ハヤカワ文庫JA
〈JA1506〉

ツインスター・サイクロン・ランナウェイ2

小川一水

JN110054

早川書房
8771

目次

ツインスター・サイクロン・ランナウェイ2

第一章　採取船にて

1

投げたものは落ちる。加速すれば落ちない。十分に加速すれば衛星になる。もっと出せば星を越える。

速度がいちばん大事な要素《エッセンシャル・エレメンツ》だ。巨大ガス惑星ファット・ビーチ・ボールを回る、周回者《サークス》にとっては。それを失ったら、すぐにでも取り戻さねばならない。

『軌道再投入噴射、開始します！　三G加速で四分弱、ちょーっと耐えてくださいねー！』

インソルベント号の機材庫に操縦ピットごと収容されてすぐ、陽気な女の声で無線連絡が入った。直後にメインエンジンがゴーッと吠えて、ピットの中までずっしりと加速度が襲ってきた。

「うわだだ、ちょっ待っ」「テラさんっ……」「ごめんなさい今どきます！」

泡型の操縦ピットの底で、テラはダイオードの真上に倒れこんでしまい、あわてて四つん這いで体を支えた。力を振り絞って横へ転がり、なんとか小柄な少女の隣に仰向けになった。

「ダイさん、大丈夫ですか？」「全然。軽いもんでした」「うそ……」

少女がこっちを見て含み笑いしている。テラは顔を背けたかったが、相手も自分も頭を床に押し付けられてもう動けず、ただ赤くなるしかなかった。

軽いだなんてとんでもない。テラが図鑑で知る古代の計量用植物に例えるならば、ただでさえテラは同年代平均よりスイカひとつ分も背が高くて、その質量もスイカ三つ分は大きい。もし、あと一〇秒もダイオードの上にいたら、テラの体重はスイカ四〇個分に膨れ上がり、華奢な少女を圧し潰してしまったはずだ。そういうことを防ぐための体液性ジェルは、ピットを少しでも軽くするためにとっくに排出してしまったから、なおさらだ。

だから、ダイオードが決して重いと言わないのは、意志表明だ。

横顔に刺さる視線と強いGに、テラはひたすら目をつぶって耐え続けた。

支払い不能号《インソルベント》という奇妙な名前の宇宙船は、テラやテラの知り合いの持ち物ではない。それはジャコボール・トレイズ氏族の所有する、踏みつぶしたパイプのような扁平な形をした古いヘリウム採集船だ。彼らは大気圏最上層で操業を終えて、帰り支度を始めていたが、たまたまテラたちに一番近いところで救難信号をキャッチしたので、わざわざ軌道を変えて駆けつけてくれた。そして雲海深くから上がってきたロケットに、放物線の頂点辺りで近づいて、うまいこと操縦ピットだけを呑みこんだのだった。

三Gはきついが、致命的な高Gではない。ハッハッと浅く速い呼吸でいなして耐え続けるうちに、テラの胸中には安堵が広がっていた。助かったのだ。武装した敵に追われて逃げ回り、船を壊されて、四〇〇〇気圧の深淵に呑みこまれてしまうところだったけれど、奇跡をつかんで帰還した。

「ダイさん――」

声をかけようとしたとき、またアナウンスが入った。

『加速終了まであと一〇秒。五秒、三秒、はい終了ー！　おつかれさまでしたー』

圧倒的な荷重が雲散霧消して、体がふわりと宙に浮く。無重力だ。トレイズ氏の氏族船にまで至る、楕円軌道に入ったのだろう。

『あーあー、大丈夫？　生きてます？　バイタル確認するひまなかったですが。返事してください』

「二人とも生きてます！　ありがとうございます、助けて下さって」

テラが叫び返すと、おーナイスです、と返事があった。

『この船ちょっと特殊で、こっちの居住区とそっちの機材庫がつながってないんですよ。

もちろん、そっちが死ぬほどやばいなら宇宙服着て助けに行きますけど、かすり傷程度なら到着までそこで我慢してほしいんです。酸素と非常食はたぶん庫内にあるんで。どですか？』

機外からちらっと見たこの船の形状をテラは思い出す。例によって古代の生き物に例えるならば、大口をあけたジンベエザメ。その頭のところに操縦室が見えて、吸いこまれた機材庫はおなかの下だった。胴体の中はまるまる獲物の圧縮ヘリウムというわけだ。なるほど。

けれどもこっちには病人がいる。

「すみません、そちらに内科の診断装置か体性感覚失調のお薬あったら、届けてもらえませんか。こちら、具現試験で八点のくせに無理やりデコンプして失調で吐いてしまった人がいるので――」

「え、それここで言います!?」がばっと跳ね起きたダイオードが叫んだ。「要りません、大丈夫です！　二人ともピンピンしてます、来ないで下さい！」

『えーっと、どっちなんですかね』

「ダイさん――」

「不要です！」

ダイオードがもう一度叫んで何か目配せしたので、テラは戸惑いつつも話を合わせた。

「あ、はい。もう元気みたいです。だいじょぶです」

『ですか。じゃあ、あと氏族とお名前お願いします。救助報告するんで』

「テラ・インターコンチネンタル・エンデヴァです。エンデヴァ氏の」

「カンナ・イシドーロー・ゲンドー。ゲンドー氏の」

『はいどーも、あたしはインソルベント号の吸引士《インヘイラー》やってる、プライズバッグ・バックヤードビルド・ジャコボール・トレイズです。船長タイウッドはいま作業中なんで、代わりにあたしが話します、テラさん……テラさん？　エンデヴァ氏の？』

しばらく言葉が途切れた。向こうで何か話し合っている気配のあと、『五八Kのテラさんと、カンナさん？　それともダイさんっていいましたか？』と訊かれた。

「五八K？」

『女二人で五八〇〇〇トンのバチゴンドウを揚げてきた、そういう名前の漁師さんたちがいるじゃないですか。ダイオードさんとテラさんっていう。もしご本人ならすごいなって。ていうかそうですよね？』

反射的に嬉しくなって「あ、はい――」とテラは答えかけたが、突然「うわあああん！」とダイオードが泣き出したので、ぎょっとしてしまった。

「ダ、ダイさん？」

「怖かったよお姉ちゃん怖かったよう！　お船壊れて割れて落っこちて暗い雲の中でざー

ざー雨が降ってぐるぐる回ってばきばき割れて、カンナ怖かったほんとに怖かった、お姉ちゃんもお船もカンナもバラバラになって落っこちて飲みこまれて死んじゃうかと思ったよ、暗かったよお姉ちゃあああん！」

「ダイさん落ち着いて！　大丈夫、もう大丈夫ですよ？」

とりあえず肩をつかんで言い聞かせたが、ダイオードは銀髪を振り乱して絶叫し続ける。年齢こそ一八歳で成人しているが、小柄な彼女がそんなふうに泣いていると、幼い妹か娘が怖がっているかのように錯覚してしまう。

「ダイさん、大丈夫ですから……」

仕方なくしっかりと抱き締めて、胸に顔を埋めさせつつ、テラは通信相手に言った。

「すみません、プライさん。ケガはないんですけど――」

「んあああああひっくひっくおねえっおねえちゃっ」

『あっ今はそっとしておくほうがいいですかね！　はい、では！』

あっさりと通信は切れた。

「なんなんですか……」

明らかに、面倒事にはかかわりたくないという感じの逃げっぷりだったので、テラは苦笑した。そのまま少女の濡れた背中を撫でていると、また突然がばっとダイオードが身を離したので、反動でぐるんと回ってしまった。

「ダイさん!?」

しっ、とダイオードが口の前で人差し指を立てる。その指で左手の手の甲に印刷された小型通信端末《ミニセル》に触れて、全チャンネル外部通信カットの操作をすると、はーっとため息をついて手で顔を覆った。

「疲れた……」

「え？　あ、演技ですか!?　今の」

「ですよ。そうに決まってるでしょう」ダイオードは不満そうに銀髪をかき上げる。「私が素であんな風に取り乱すと思ってました？」

「突然あんなふうに演技できるほうがおかしいですよ。普通信じますって」テラもぷんと顔をそむけたが、怒る前に思い出した。「でも、そうですね。ダイさんて、突然そういうことのできる人でした」

「人格のせいじゃなくてですね……テラさんがほんと、根っから善人だからですよ」

「私が？」

振り向くと、ダイオードがジェルに濡れた髪をしきりに手櫛で梳きながら、「相手はトレイズ氏ですよ？」と言った。

「ジャコボール・トレイズ氏族がどんな人たちだか、テラさんまさか、知らないわけじゃないですよね」

「何でも屋さんでしょう？　その名前通り、どこよりもいろんなものを売ってくれる親切な人たちだって聞いてますけど……」

「CMを真に受ける人ですか」

ダイオードは天井を仰いでから、憐みの目を向けた。「違うんですか？」とテラが訊くと、首を振りながら肩をつかんだ。

「よく聞いてください、トレイズ氏は周回者《サークス》いちの守銭奴です。なんでも売ってくれるっていうのは、言い方を変えればお金を出さなきゃ何ひとつやってくれないということです。ケツの毛までむしったうえモツまで引っこ抜く連中なんです」

「ケ、はい？」

「私は以前一度彼らに逮捕されて、賄賂を使って逃げました。何度か話してますよね。あれだって、実際は向こうが言いがかりをつけてきたから、仕方なくお金を払ったんです。今回、彼らは私たちを救助しましたし、そのために大型ヘリウム採集船の軌道を変更して加減速を行いました。これだけでもけっこうな額を請求されるはずです。なのに、もしここで私たちが五八キロトンのバチを水揚げした腕利き漁師だなんて気づかれたら、どうなると思います？」

「ど、どうって――」

「盛り盛りに盛られるに決まってるじゃないですか！　時間外操業費だとか危険作業費だ

とか救急作業費だとか各種通信費だとか！　薬の出前ひとつ取っても、善意なんかじゃないですよ。あれ絶対オプション料金狙いですからね？　ちょっと喚いてみせたらすぐ逃げたのが証拠です！」

「あ、そうなんですか」

「そうなんですよ警戒しなきゃだめですよ！　私たち今回、大損こいたんですから！」

「でも、嬉しくて」

「う？」

瞬きするダイオードに、テラは照れ笑いした。

「ツイスタのダイさんのことがみんなに知られているんだと思ったら、つい嬉しくて、はいって言っちゃって」

「そ」

まくし立てていたダイオードが、脳のバグでも起こしたみたいに固まった。

ゆっくりと目を逸らしながら、ぼそぼそと続ける。

「……ういう理由で、すぐガード下げるのは……よくないと思います……」

「そうですか？」

「はい」うなずいてしばらくしてから、「いえ」とダイオードは取り消した。

「そこはまあ、テラさんらしさだと言えなくもない……ですね」

ぎこちない沈黙が続いたが、テラにとっては不快でない時間だった。黙ってしまったダイオードのベタつく髪に手をやって、「少しきれいにしませんか」と誘った。

それで二人は、遭難者から生還者へ移る行動を始めた。

インソルベント号の機材庫にはシャワーはおろか水道すらなかったが、非常用ロッカーに簡易トイレと宇宙食缶《ペミカン》と、数十本の水のボトルが入っていた。船の状況によっては、ここで何日か生き延びることが想定されているのだろう。

水は飲用であり、また飲めば代金を請求されるに決まっていたが、部屋の隅を覗きまわったりしていたダイオードが戻って来て、「洗いましょう」と発議した。果断というか乱暴な企てだったが、テラはこれに賛同した。

ボトル九本分の飲料水を一G下で開けたら大洪水だが、重力がなければ球になる。互いの髪を水球で包んで、ゆすいでこそいで手ですくい取って、簡易トイレに吸わせてその辺の物陰に押しやることで、思ったよりもうまく洗髪できた。俄然さっぱりした文明的な気分になって、二人は壁の送風口の前に並んで座って、髪をはさはさとはたきながら一〇本目のボトルを回し呑んだ。

「生還と、ダイさんの強運に乾杯！　んぐっ」

「私に？　強運はテラさんのほうでは？」

「私は助けてもらったほうですから」

「生還と、テラさんのインスピレーションと存在に乾杯。んっ……で、ですね」

型どおり祝杯をあおると、今後のことですが、とダイオードは外したヘッドドレスを指先でくるくる回した。

「二つほど相談しなきゃいけないことがありますよね」

「三つじゃないですか？」

「三つ？　まずひとつ目がゲンドーの追手のことですよね」

「ああ、はい。あの船って無事に逃げていったんですか。無事っていうのも変ですけど」

「無事だと思います、忌々しいことに。テラさんが落ちていったとき、あいつは大気圏離脱加速をしていましたから」

「じゃあ、また来る？」

「来るでしょうね。さっき私たち、救難報告書に名前載せられましたからね」

「簡単には片付きませんよね」

「ません。なのでちゃんと考えるとして、二つ目が馬のことです」

「はい、ですよね」

「馬」

雲海の底でテラが口走った奇妙な言葉をダイオードは繰り返す。「あれはなんだったんですか？　あのタイミングでテラさんがつまんないこと言ったとは思わないんですが」

「星を出る脱出船があるんですよ」

「は？」

「星を出る脱出船があるんですよ」

「は？」

きっかり二度、同じやり取りを繰り返してから、「マジですか？」とダイオードが強く眉をひそめた。テラは微笑みながらうなずく。

「まじです。うちの氏族船にあるはずです。汎銀河往来圏《ギャラクティブ・インタラクティブ》まで出られるやつが」

「一大事じゃないですか……！」

ダイオードが目を見張ってテラの両肩をつかんだ。

「詳しく話してくださいよ。本当ならゲンドー氏の追手とかどうでもよくなるトピックじゃないですか。さあテラさんほら、今すぐ！」

「あっあっ、ちょっと待ってください、揺さぶらないで。先に三つ目の話を！」

「三つ目なんかありますか？」

「ありますよ、いちばん大事なのが」

「それは脱出船より大事な話？」

「そうです。私たちってなんなんですかってことです！」

「私たち？」

ぴたりとダイオードが手を止めた。なんとも嫌そうに口を歪めてつぶやく。

「もしかして、助かったから気が変わりましたか」

「え？　ひどい、私のことそんな人間だと思ってたんですか？　ダイさん！」

テラはそこをきっかけにして、逆にダイオードの両肩をつかんだ。「え、いえ……」と顔を背けたダイオードが、「じゃ、どういうことですか」とつぶやいた。

テラは軽く唾を呑んで、詳述し始める。

「私たち、雲の底でああなったわけです」

「はあ」

「何かそれまでとは違う関係にです。少なくとも私はそう思いました。ダイさんもそうだと信じてます」

「はあ」

「とても嬉しかったです！」

「……はあ」

ダイオードは横を向いたまま目を合わせない。しかしその青白い頬にほんのりと血の気が昇ってきているのは、おそらく見間違いではない。テラは一度息継ぎして、大きな体で小さな体に覆いかぶさる。

「でもそれって、どうしたらいいんでしょう」

「どう、って……」

「わかりません、私、何も」テラは目を輝かせる。「まずですね、私、人とお付きあいっていうのをまともにするのが初めてです。いろいろ想像してましたけど、今こうして実際に来てみると、当てはまらないことも多くて困ってます。お見合いしているあいだは、綺麗にして会いに行って、部屋に戻ったら一休みしてましたけど、ダイさんもう一緒の家にいますよね？　部屋とベッドどうしましょう？　全部一緒にしちゃうんですか？　その場合、朝どうやって顔を合わせれば？　起きたらいったん出てって顔を洗って着替えて、それから戻っておはようって言うべきですかね？」

「ちょっ、ちょっちょっちょっ、ちょっテラさん」

変な鳥のさえずりのような声を漏らして、ダイオードがぐいぐいともがき始めた。テラの至近距離での拘束から抜け出して、よろよろと横の壁まで飛んでいって、ふー、ともたれる。

「距離感……」

「あっすみません、つい私だけ盛り上がっちゃって。もちろんダイさんに合わせようと思いますけど、どうします？」言ってから少し心配になった。「まさか、今まで通りに別々の部屋で寝る気です？　それって……そんな……」

「その話は後じゃだめですか」

「今がいいです」力をこめて、テラ。「あそこからここまで我慢して来ましたし、この後はまた多分、いろいろあります。怒られたり取り調べられたり戦ったり逃げたり、あると思います。でも今はまだ数時間あるはずです。今しかないです。このことをダイさんといっぱい話したいです！」

「……」

たっぷり三〇秒ほども黙りこんでから、ちらりとダイオードが振り向いた。

「テラさん」

「はいっ！」

可能な限りの笑顔でテラは答える。「っ」とまたダイオードがむこうを向いて、ぼそぼそ言った。

「そっち向いてください」

「え？」

「そっち向いて、動かないでください。顔を見られたくない」

「でも私……」

「でもはないです。これが条件です。私にもできることとできないことがあります」

「……はあ」

不思議に思いつつテラが壁を向くと、すぐに背中にどしんと何かが抱きついた。

「――です」

「はい？」

「私も嬉しい、です」

「ダイさ」「振り向くなっつってんですよ言葉わかりますよね⁉」

　ぐるんと振り回されたダイオードが怒鳴った。

　壁に向いて座ったテラと、その背中に抱きついたダイオードのあいだで、小さな声が行き来した。

「部屋だのベッドだのなんだかんだは無事に帰ってからでいいでしょう。問題はそこまで帰れるかです。いえ、問題はどこに帰るかです。私としては、テラさんさえいればどこでもいい。それこそボロ部屋に住んでも、FBBから出て行っていい。でもテラさんは立派な家があって、仕事と知り合いと親族と氏族がありますよね」

「私そういうの何度も捨ててますけど？　出戻り常習ですよ」

「他の氏族船に行っても二年に一度は帰れます。でもGIまで出たら、そんなにちょくちょく帰れると思いますか」

「……無理ですね、きっと。ちょくちょくどころか、一生帰れないかもしれない」

「そうです。それどころか、行った先で生きていける保証すら何もありません。それでもいいですか」

「いっぺん心中しかけたばっかりじゃないですか」

「あれは状況に流されてやむを得ずでしょう。今度は任意です」

「答えは同じです。私はダイさんと同じ苦労、同じ喜びを見つけたいです」

「……はい。私もです」

「わあ！」

「抑えて。続きです。じゃあ、私たちは二人でやっていけるどこかへ行きましょう。それは氏族船のどれかか、氏族船以外のＦＢＢ近辺の天体か、ＧＩのどこかになるはずです。いえ、だるいから先へ進めると、私もテラさんもＧＩに行きたいですよね」

「はい！」

「でも抑えましょう」

「はあ？　なんでですか！」

「情報が何もないじゃないですか！」テラはキュッと首を絞められる。「汎銀河《ギャラクティブ》・往来圏《インタラクティブ》についてのテラさんの見解は？　どんなところだと思ってます？」

「天の川銀河系に広がる四〇〇〇光年の大きな三日月、多種族が往来する人類世界。ここにいない生き物、見たことのない風景、やったことのないお仕事と食べたことのないごちそうがあって、無理強いする長老会のない、夢と希望の無限の宇宙です！」

「空想全開のご都合世界じゃないですか！　行けば何とかなる無限のフロンティアじゃな

いんですよＧＩは！　そんな天国だったら私ら周回者《サークス》はここへ来てません！」

「うっくっく」苦しいが、うなずかざるを得ない。「確かに……ご先祖様たちがマザー・ビーチ・ボール星系に来たのは、こっちのほうがマシだろうと思ったからですよね、きっと」

「残念ながら彼女らの目論見は外れて、わけのわからない魚もどきを獲らなければ生きていけない、金属資源のないギリギリ世界についてしまいました。私たちがＧＩに戻ろうとするのがそれよりましだっていう保証は、何もないわけです」

「金属資源ぐらいはあると思うけどなあ」

「それをこっちにいるあいだに確認しましょうって言ってるんですよ。別にＧＩが全然だめだなんて言ってません。せっかく選択肢があるんだから、一番いいところに決め打ちで行きたいって話です」

「……それもそうですね！　ダイさんかしこい！」

「頭悪くなってませんか、テラさん」

「えへへへ、嬉しくていろいろすっ飛ばしてる気はします」

「ちゃんと考えてください、私はあなたに野垂れ死んでほしくない。情報を集めて行き先を決める。いいですね？」

「――はぃ」

「で、行った先でどうするかですけど、私たちはツイスタとデコンパです。家だの家族だのはなくなっても、最低限、二人で船は飛ばしたい。あなたと船との二択になったら死ぬほど悩むところですが、取れるものならこの二つは取りたい。いいですか？」

「わかります！　私もダイさんとデコンプだったらどっちを取るか……ダイさんとデコンプ……ううう」

「そこで悩むテラさん、とてもいいです。だから、できれば操縦ピットを持っていきましょう。粘土さえあれば礎柱船《ピラーボート》が再建できますから。それともテラさんの言う脱出船って、礎柱船《ピラーボート》をまるまる乗せられるような巨船なんですか？」

「さあ、それはまだわかりません。ただ船があるのは間違いないと思います。聞かれる前に言いますけど、これは初代船団長マギリのパートナー、ドライエダ・デ・ラ・ルーシッド博士に保証されました」

「いつ？」

「気絶したダイさんを雲海からすくい上げてもらったときに」

「……今いちばん信じづらいのがその話ですけど、私は確かに一度しくじりましたし、なのにこうして生きている。てことは、信じるしかないんでしょうね」

「そうですね。『アイダホ』に戻ってちょっとした操作をすれば真偽が確認できるはずなので、それまでは期待半分ぐらいにしておきましょうか」

「正直に言って、それが嘘だったら、私はとても落ちこむと思います」

「大丈夫です、落ちこむときも一緒ですよ、ダイさん。その場合は、なんとか暮らしやすい氏族船に移るか、ロックさんみたいに独立した船で暮らす仕事を探しましょうね」

「気の進まないプランBですけどね……」

「あ、話が逸れてますね。ええと、GIまで礎柱船《ピラーボート》を運べるか？　でしたっけ。運べない、という前提で考えたほうがいいと思うんですけど」

「その通りですね。だから操縦ピットを持っていく。そして現地で粘土を手に入れる」

「全質量可換粘土《AMC》、ありますか？　GIに」

「ありますよ。事実あるんですよ、だって輸出したから」

「――あ」

「周回者《サークス》は三〇〇年近くのあいだ、往来圏防軍《ワンライウェイバオジュン》が運航する大巡鳥《ターシンニャオ》に粘土を託して輸出してきました。去年度の取り扱い量は一億二八〇〇万トンです。もちろんその多くは消費・消耗されたでしょうけど、私たちの船一隻分なら、手に入るんじゃないでしょうか」

「そこ楽観だと思いますけど、とにかく、向こうで礎柱船《ピラーボート》を飛ばせるかもしれないし、そうなったら漁ができるってことですね。あ、漁のお仕事がなくても礎柱船《ピラーボート》なら他に何かできるかもしれませんしね！」

「そう、そうなりますね。粘土を探す、入手可能かどうか調べる、できれば行って働くまでの段取りも考えておく――」

「そこまで予定が立ったら、もうあとは出発するだけですね？　うわあわくわくする、ものすごく本当っぽくなってきた」

「本当なんですよ。私たちは本当に、生きて別天地に行くか、ドジ踏んで死ぬかってことを始めるんです。いいですか、テラさん。絵空事じゃないですよ？」

「大歓迎です！　行きましょうダイさん！」

こらえ切れずにとうとうテラは振り向いてしまったが、さっと身を離したダイオードが赤点そして追試を告げる学生時代の教官ＡＩのような冷然たる顔で、「じゃあ追手の話をしましょう」と言った。

「しなくていいじゃないですかそんなの！」

「よくないです。むしろきっちり片付けておくべき問題です。でないとＧＩへ出て行っても追いつかれる恐れがあります」

「さっき追手とかどうでもよくなるって！」

「ついはしゃいで言ってしまっただけです。考えてみたらテラさんの脱出船がどういうものであれ、『フョー』にも同じものがないとは言い切れなくないですか。ゲンドーの氏族船に」

「……」

「ですよね？　そして恐らく、持っているなら彼らは使います。考えてもみてください。

仮に私たちがＧＩへ出て、仕事やお金のことで苦労しているときに、あるいは暮らしやすい住処を見つけてひと息ついたときに、武器を持った追手が突然横から飛び出してくる可能性がずっとついて回るんですよ。これ大歓迎ですか？」

「いやです～、それはすごくいや！」

「でしょう。だからちゃんと片付けておきましょう」

「わかりました」はあ、とうなだれて、テラは顔にかかる髪をかき上げる。「じゃあ仕方ないので、これまで棚に上げてたやつをここでドンと降ろすことにします。ダイさんはどうしてそんなに追われるんですか？」

ふーっ・く、とダイオードが息を吸って天井を見上げた。

「やっぱり、そういう話になりますよね。いえ、ここまで来たら話しますけど」

「向こう、ダイさんのお父さまなんじゃないですか？」ずばりと、テラとしては訊きにくいことを訊いたつもりだった。「ゲンドー氏の、ゲンドーさんですよね。きっと偉い方ですよね？　娘さんのダイさんを手放したくなくて、なりふり構わず追ってきてるんじゃないですか」

しかしダイオードは微苦笑を浮かべて首を横に振った。

「安心してください。父は多分、この件とは無関係です。こういうことをやれない人間なので」

「お優しい方なんですか」

「性格の話じゃないんです、資格の話です。私の父親、小角石灯籠弦道《オヅノイシドーローゲンドー》は、長老株を放棄したんです。彼は研究一筋で一族の運営にはまったく興味がない人だったので、すべての権利を捨てて隠棲しました。だから、奪還隊を出すなんてことはできません」

「隠棲されたんですか、お父さま。それってつまり……えーと、言わないほうがいいかな」

「父が母を捨てたっていうよりは、母が父に愛想つかしたって感じですね」テラが避けようとしたことを、ダイオードが無造作にぶちまける。「先に言っておくと、深刻な愛憎のもつれみたいなものは目撃してないので、ご心配なさらず」

「ああ……それはそれは」

「って顔をされると面倒なので言ってなかっただけです」手のひらでテラを押さえてダイオードは唱える。「別に寂しいとか恨めしいとかじゃないですよ。単に会ってないだけで、私は普通に親子だと思ってます。定期報告みたいなものはやってましたし。それで納得してほしいです」

「ですか。じゃあ、はい」

　親がまだ生きているならもっといろいろしたほうが――というような言葉を呑みこんで、テラはうなずくにとどめた。

「それで、ええと、奪還隊がお父さまの采配ではないとしたら……って話でしたよね」テラは軌道を元に戻す。「何か心当たりが？」

「誰かも何も、ゲンドー氏が公式に奪還を宣言している以上、首謀者は長老です。今の長老、ヌルデ・ケイワクが私を連れ戻そうとしてるってことです」

「理由は？」

「わかりません」

そう言った少女の顔をテラはよくよく見定めようとした。その視線に、ダイオードは困惑しながらも素直に答える。

「出てきた当初は氏族のためのデコンパ要員、そして繁殖要員だと思ってたんですけど、それにしては異常に熱心なんですよ。奪還宣言をして、次の大会議《バウ・アウア》にその通りにしたっていう例は、確か過去にあるんですけど、武装船まで出したなんて話は聞いたことがないです」

「でもダイさんは美人です。どこかの男の人にめちゃめちゃ愛されていたのでは？　気づいてなかっただけで」

「それが通るなら、めちゃめちゃ美人のテラさんだってわけもなく突然奪還されますよ」

「されませんって、この大きさじゃ」

「だったら私もされませんよ、この小ささじゃ」

「私だったら奪還しますけどね。ダーッと行ってひょいっと」

「そういうのは脇へ置きましょう。船まで出すのは遊びじゃなく本気ってことじゃないですか。本気ってのは結婚狙いってことでしょう。けれど結婚するつもりなら男から見て繁殖とデコンプは欠かせません。だからそんなことをする男はゲンドーには――」

言いかけたダイオードが静止した。「ダイさん？」とテラは顔の前で手を振る。

「……ゲンドーには、いないと思います」ゆるゆるとダイオードは再び話し始めた。「そこまでするやつは……」

「それ、心当たりがあるっていう反応ですよね？」テラは勢いこんで食らいつく。「ゲンドー以外の氏族に、いそうだってことですか？　前に寄ったっていうポルックス氏や、このトレイズ氏？」

そう言ってからテラはふと心配になって、機材庫の壁を見回した。

「ここって監視されてないですかね」

「大丈夫です、さっき確認しました。一個カメラがありましたけど、なんとかしました」

ダイオードが指差した天井の隅を見ると、積荷を覆う断熱シートがくしゃくしゃになって押しつけられていた。そこらの物資やゴミが無重力下で隅に溜まってしまうことは実際よくあるのだが、まさにそうなったように見える感じだった。

「あら上手」

「監視よけは野宿の基本ですし」

「つまりそういうことなんですか？　トレイズ氏に心当たりが？」

テラが直球を投げ続けると、ダイオードはいえいえと手を振ってテラを押し留めた。

「そこじゃないです、トレイズ氏は無関係です。さっきチラッと頭に浮かんだだけで、今の場合はありえないから大丈夫です」

「でも一応教えてもらっても？」

「元、えと」目を伏せる。「ルームメイトです。メイカっていう女子で」

「女子――」その情報によって変わってくるもろもろの条件を検討する前に、感情が先走って口を突いた。「その子とゴムを？」

「なんってこと訊くんですかテラさん!!!」

「ひえっあのっつい、ついつい、つい」

ダイオードも脊髄反射的に叫んだが、テラのほうも自分の言ったことに動揺して狼狽して、わたわたと手を振り回した。「ちょっと気になってただけです、ナシでいいです、ナシで！」

「テラさんそういうキャラに見えないからインパクト強いんですよ……」血が昇った頬を手でさすって、ダイオードはぶるるっと頭を振った。「ええとですね、女子は奪還隊を出せないです。以上、この件終わり」

「それ、心当たりがあるっていう反応ですよね」テラは同じことを違う口調で繰り返す。

「どういう心当たりがチラッと頭に浮かんだんですか。その……ダイさんを、その」

「いま終わりって言いましたけど」

刺すような眼差しで迎撃された。

「うう」テラはぎゅっと目をつぶって、引き下がる。「はい、わかりました。……すみません」

本当のところ、さらにぐいぐい訊いていけば、ダイオードは答えてくれそうな気がする。今、彼女とのあいだにはそれぐらいのつながりは感じる。

ただ、今はそれでよくても、先行きが怖い。もともとダイオードは気さくでも親切でもなく、不満をためれば爆発するし、それもよく爆発する。そして嫌だと思えば突然どこかへ行く。

何をどこまで突っこんで聞いたら、その爆弾のスイッチを押すか――それがもっとよくわかるまでは、テラは思い切って踏み込む気になれなかった。

ダイオードのほうも一度は突き放したものの、何か思うところがあったのか、目を床に落としたまま、ぼそぼそと何か言った。

「……ですから」

「え？」

「今ここに、こうしているわけですから、私」見えない箱を目の前に置くような仕草をして、こちらを向いた。「それで納得してください。向こうにはいません」

「あ……」気遣い、らしかった。「……はい」

向き合って、座っているような、浮いているような、二人。トレイズ氏の機材庫は雑然としているが幸い暖房されており、濡れていた二人の艙用盛装《デッキドレス》もだいぶ乾いている。大きな体の存在感を華やかさに変える、草色と山吹色のビクトリアンドレスと、細い体の輪郭を涼しげに強調するような、銀黒色のスキンスーツ。二人の手持ちの中では定番かつ無難といった位置づけの衣装で、見慣れているとともに見飽きない姿でもある。

ダイオードが太腿の外側に貼りつけてある平たい金属箱の隙間に、五本の指を差し入れた。お尻のほうへシャカッと音を立てて振り出す。銃の弾丸を装塡する音みたいだと思ったテラの目に、半透明の樹脂に包まれたダイオードの指が映る。

「ここみたいな、あまり衛生的な保証のない場所で、使います」

「え？」

ふわりとダイオードが近づいて、テラの片腕に触れた。重いほど濃い睫毛の陰で、ダークブルーの瞳がうっすらと微笑みかけているように見える。

「さわってみませんか？」

「さわ」

「テラさんさえよければ」

反射的に逃げたり叫んだり、テラはしなかった。ひとつ大きくどきんと心臓が跳ねたが、来た、と息を呑んでこらえた。

「さわ……るんですか、ダイさん」

「いえ、あなたが、私に」

ついついっ、とダイオードが互いを指差した。テラは思わず、「さわりたいんじゃなかったんですか？」と訊く。

「もちろんさわりたいです。もうばれてますし」色の薄い唇に、ちろりと赤い舌が覗く。

「でも、テラさんは初めてですし、さわられるのが苦手だって言ってましたから、きっとNGがあります。だから最初は、あなたから出てくる気持ちを見てみたいなって」

「わ——私、何もわかりませんけど！」

「でもごほうびくれるんですよね」

「へぶ」

雲の底で交わした約束を抜き打ちで突きつけられては、ぐうの音も出なかった。

ダイオードがテラの右手を取り、くるりと背を向けた。自分がやったのと同じように、太腿の装着箱にテラの手を引き入れる。粘性素材に沈みこむ感触。

テラが見よう見まねで横へ払い出すと、歯切れのいい音がして、薄くて強い膜がぴっちりと指を覆った。

「これって、あの……？」

「はい、テラさんご期待の例のブツです」

「こ、こういうのなんですね。いきなりもう着けちゃうんだ、へぇ……」

「さわる前に着けないと意味ないですから」

「さわる……って、どこに？」

「テラさんでしたら、どこにでも」

少女はテラの前に浮かんで、ゆるりと一自転してみせる。銀髪が円く裾野を広げる。

「NGなしです。前も後ろも中も外もお好きなように」

「前？　後ろ？　って？」

ダイオードはにっこりと、ここから先は言葉になんかしてやりませんからねと書いてあるようなまぶしい笑顔を浮かべた。

目を閉じて胸の前に手を組み合わせ、献身的で清らかな乙女であるかのように、無防備に目の前に佇む。テラはこの、気後れするほど可憐な姿をした爆弾を、好きなようになんとかせねばならない。

なんとかって？

「……ううう」

何もわからないまま、小さな両肩を手のひらにすっぽりと収めて引き寄せ、ひとまず胸に抱く。ダイオードはくんなりと体の力を抜いている。少しだけ上気したような吐息がテラの首筋にかかり、甘苦い薬草めいた特有の匂いが、テラ自身がまとう空気と混ざり合う。

胸がざわつく。鼓動が早まる。

勢いで宣言したパートナーをどうしたいのか、これは自分にとってなんなのかという根本的な命題を、たいして心構えもしないうちから膝にずっしり置かれてしまった。何をしてもいいと言われている。もちろん、何をしてもいいわけがない。してはいけないことがあるし、しなければならないことがあるはずだ。誰かとこんなふうになったことは二四年間一度もない。そもそもテラはさわられる（のを拒む）側として生きてきたので、その逆をやる発想は根本的になかった。

ないものを芽生えさせねばならない。

まったくないわけではない。テラはダイオードの髪に頬ずりし始め、腕と背中を撫で下ろす。あんなやっつけ洗いの後だから髪は乱れているが、髪質そのものが極めて滑らかなので、梳けば梳いただけ素直に整う。普通は無重力下でアースを取らずに乾いた髪を梳くと、帯電して四方八方へ針のように広がってしまうものなのに、今日は不思議にそんなこともない。指を覆う例の膜のせいかもしれない。不思議なぬめりをまとっており、指の股に挟んだ髪が水のように抵抗なく流れる。

「……んん」

ダイオードが鼻を鳴らして、テラの豊かな胸に、気持ち体を押し付ける。彼女はそこが好きなはずで、その程度ならテラも何も抵抗は覚えない。むしろ好ましくて、迎え入れるつもりで抱き寄せる。髪繕いと背中の愛撫を続けていく。抱き締めた小柄なものが、温かく密度高く、心地よい。それは間違いない。

だがその先に進めない。

理屈はわかっている。今さわっていないところまで手を伸ばせばいいのだ。そうしたいといううっすらした欲望もある。この良く動く好ましい相手の、いろいろなことを知りたい。けれどもテラの常識では、していいことといけないことの懸隔はあまりにくっきりしていて、どう言われても自分からそれを乗り越えることは不可能に近かった。

さわりたくても手が出ない。おかしなほど動かない。

それでもかろうじてさわれるのは——首から上。

「はむ」「ひゅん！」

銀の髪をかき分けて露わにした生菓子のような白い耳たぶに、唇で甘く噛みついて、ダイオードに息を呑ませた。

「っ、テラさ、ん」

「んむ、んうむ、むく」

「そっれっ……！」

耳たぶは心地よかった。されるほうでなく、するほうでそんなにいいというのも奇妙な気がしたが、ダイオードのくるりと丸い形のいい頭骨を片手で押さえて、もう片手で髪を避けながら、曲線の入り組んだ柔らかな迷路を唇でたどっていると、唇がジンと気持ちよくて胸が強くざわついた。自分より経験のあるダイオードは、きっともっと刺激的な他のことを求めているのだろうけど、今はこれがしたいと感じた。

唇だけでは物足りなくて舌も出してみると、紅色に熱くなった入り組んだくぼみをいっそう細かくたどれて、息が詰まるほど興奮した。でもこぼれた唾液がもし耳孔に入ったら、きっと不快に違いない。ダイオードが妙に身動きするのも気になる。だからしっかり体を押さえて、耳の中心に触れないように、周りの可愛らしいつくりだけを、ゆっくり丁寧にちろちろと――。

「テ、テラさん、ストップ」

「ひゃ？」

「待って……お願い」

「――ダイさん？」

耳の五ミリ上でそうつぶやいたとたんに、ダイオードが「んっ」とのけぞって小刻みに震えた。

「……すごい」

「え？」

「やばいですテラさん……」

見るのを忘れていた顔を改めて見直すと、少女は町中を四ブロック走り回ってきた後のように汗ばんだ真っ赤な顔で、はあはあと速い呼吸をしていた。

「真ん中じれったい……そんな、そんなことするんですか、あなた……」

「え、え？」テラは戸惑いしかない。「なんですか？」

「なんですかじゃないですよ」

「いえほんとに」

「……無自覚天然ガン攻め属性……？」

ダイオードの目に喜びと恐れの混合物が閃いた。

相変わらずテラにはよくわからない。多少喜ばれているような気もするが、それよりも驚かれて、叱られている気がする。しゅんとなって謝った。

「すみません、やっぱり私、まだあまりさわったり脱がせたり、できないみたいです。でもあの、ダイさんは好きなので！　ちょっとずつやらせてもらえればいつかは」

「いや全然できてますよ⁉」

ダイオードが今度こそあきれ顔で言った。

それからまた、やけに上機嫌で顔をすり寄せてきた。テラは続けようとしたが別のことが強く気になる。胸郭の奥がむずむずして落ち着かない。指先や爪先やそのほかの場所がちりちりとうずく。

物足りない。とにかくどうにかしてほしい。

「ダイさん、あの……」

「はい？」

「お願いしたいんですけど」

「何を？」

「あれを。その、つまり、私もでして。いえ、耳じゃないんですけど——」

「さわってほしい、って言えない感じですか？」

「……！」

楽しげな視線に本音を射抜かれて、テラが声を詰まらせたとき——。

ビーッガチャンと小さいほうのエアロックが音を立てて、『すみませーんカメラ見えないんで直接見に来ましたけど異常ないですか？』と、作業用宇宙服が機材庫に入ってきた。

二人は爆破ボルトで断離されたブースターとロケットぐらいの勢いで左右に分かれた。

宇宙服が不思議そうに尋ねる。

『大丈夫ですか？』

「あ、はい、あの」「全然まったく異常ありません」

肌が若干汗ばんでいることを除けば、ほぼ異常のない顔色でそう答えられるダイオードが、テラは心底うらやましかった。

やってきたプライという女の乗組員の手で、監視カメラに偶然かぶさっていた断熱シートは残念ながら無事排除された。ここに二人がいると常時生存確認せねばならないから、上の居住区に来てはどうかと誘われたが、よく聞いてみるとやはり乗客料金が発生するという話だったので、先ほど自船を失ったばかりで文無しであるという、事実に即した説明をして断ろうとした。

「文無し？　文無し大歓迎ですようちは」

ヘリウム吸引士《インヘイラー》のプライが折り畳みヘルメットを襟に収納すると、ツーサイドでざっくりしばった黄銅色の頭髪があふれ出した。マホガニー色の肌をしたテラと同年代の女だ。陽気な笑顔が印象的で、犬歯が一本欠けている。宇宙服はポケットだらけであちこち汚れて接ぎの当たった作業服。スリムでお洒落なプリントスーツを選んでいないところを見ると、ファッションや色気といったものへの関心はないらしい。

「文無しこそ人間のデフォルトの姿です。なんでもやれる、なんにでもなれる姿ですからね。文無しで何ができるかが大事ですよ」

「だからこの船は支払い不能号《インソルベント》なんて変な名前なんですか？」

「いやこの船は三〇〇年前からこういう名前ですが、まあみんな気に入ってるからそのまんまなんですね。どうです二人とも、船なくなったなら、いっそ引っ越して来ません？」

突然の勧誘に二人は顔を見合わせた。ダイオードが尋ねる。

「私、一度そちらでツイスタやろうとして、断られたんですけど」

「え、ツイスタ？　あなた女――ああ、そういう人ですか。うちでツイスタやるって言ったんですか！　いやーそれはねえ」

「話になりませんね」

プライはなんとか追い返したが、もういちゃつくわけにはいかなかった。それに往来圏調査脱出計画についても話せなかった（それは周回者《サークス》の慣習と法律を全部無視する相談だったので）。

なので二人は残りの時間、それぞれ別の断熱シートにくるまって、ただそばに並んで眠った。それだけでもテラは幸福だった。

四時間三〇分後、インソルベント号がジャコボール・トレイズ氏の氏族船『テーブル・オブ・ジョホール』に到着すると、ゲンドー氏の駐在員率いる保護団が待ち構えており、JT氏との引き渡し協定に基づいて氏族子女カンナ・イシドーロー・ゲンドーを保護する旨を宣言し、その通りにした。

テラは「アイダホ」に送還された。

2

頭蓋骨が眉間に向かって全部押し縮められるような、ひどい頭痛でダイオードは目覚めた。最近はエンデヴァ氏の邸宅に住み着いて、浅い水中から明るい大気の中へ浮上するような穏やかな目覚めばかりだったから、こんな感覚は忘れていた。これは懐かしい目覚めだった。懐かしくて極めつけに不快な目覚めだ。過服薬《オーバードーズ》からの回復だ。

「うあ……つっ……」

額を押さえて悶えていると、板に布を擦りつけるような、奇妙な足音が近づいてきた。

「気が付きましたか、寛和《カンナ》さん」

落ち着いた涼しげな声が聞こえたので、顔を傾けてそちらを見た。

開け放たれた縁側から、茶盆を捧げ持った少女が入って来た。矢絣《ヤガスリ》の着物《キモノ》を着た、ダイオードと同年代の娘だ。深宙色《スカイブラック》の髪を電桜色《プラズマピンク》のリボンでまとめており、髪と同色の袴からのぞく白足袋の爪先を床にすり足で運んでいる。

彼女の向こうは床から天井まである大窓で、その外は暗い宇宙空間だった。部屋の壁の一方が恒星マザー・ビーチ・ボールに直接向いているのだ。そしてダイオードの枕元の床の間には違い棚が作りつけられて、二一世紀の機械巫女像や四一世紀の単結晶土偶や八七世紀の太陽熱鍛造刀などの歴史的遺物が麗々しく安置されており、それらが浮かび上がらないだけの、快適な重力もかけられている。

　つまりここは、多額の費用をかけて大型自転施設の外周に設置された部屋だ。はるか昔の西暦時代《アンノ・ドミニ》の様式を、現代の宇宙都市船にはめこんだこの構造には、いやというほど覚えがあった。

　ここはゲンドー氏族船「芙蓉《フヨー》」だ。

　寝床のそばにやってきた娘が、ホバリング機のようにふわりと腰を下ろす。両かかとを尻の下にきちんと折り畳む、ダイオードが最も苦手とする座り方だ。雨に濡れた花を彷彿とさせる、湿った甘い香りをまとっている。それとは別の渋い焙煎臭が、押し出した盆の上の低温焼成カップから立ち昇っている。

「薬効が消えます。お呑みなさいな」

　寝床のダイオードは天井に目を向け、頭痛に逆らって猛烈に思考を巡らせる。直前の記憶は、トレイズ氏の氏族船で診療室に通されたところだった。そこからここへ飛んでいる。つまり自分はさらわれたのだろう。であればここはもう敵中だから、慎重に行動しなければならない。

　だが、最初に口を突いて出たのは、どうしたってやはり悪態だった。

「なさいなじゃないでしょうが毒壺女。このクソ煮詰め頭痛は間違いなく、あなたがクソこれ混ぜ薬を横からぶっ刺してくれたせいですよね」

「懐かしい罵倒。ちっとも変わってませんね」

「変わりようがない、せっかく出て行ったのに四カ月もたたずに連れ戻されたんじゃ」

「それもちょっとした気まぐれですよね？　戻ってきてくれて嬉しいです」

「一生の別れって書き置きしましたけど、あなたもう老眼になったんですか？」

「両眼ともに健在ですので、誤字だと思って」

「じゃあ繰り返すからよく聞いてくださいよ、あの文字列は死ぬまで会わないっていう意味だったんです」

「じゃあもういいですよね、あなたはあの大きな相方さんと、一度死んだも同然なんですから」

「瞑華《メイカ》」

声と感情は低く抑えたが、歯は隠しきれなかった。

「テラさんはどうしたんですか？」

ダイオードは布団に半身を起こしてにらんだ。いつの間にか自分も単《ひとえ》の着物に着替えさせられている。

紺の髪の女が見つめ返す。

「目つき凄いですね」

「答えに気を付けてください。寿命が伸びたり縮んだりしますよ——テラさんは？」

瞑華《メイカ》はわざとらしく天井に目を泳がせてから、「氏族に帰っちゃいました」と微笑んだ。

「寛和《カンナ》さんはこちらへお迎えしますと伝えたら、ああそうですかって、くるっと手のひら返されて」

「嘘ですね」言下に退ける。「それはない。どうせ無理やり送り返したか……いや、取り逃がしてしまったか。私たちを偶然助けてくれたトレイズ氏の氏族船に、そう都合よく網を張っていられたわけがないですし。現地のゲンドー氏の人間を使って誘拐させたけれど、小娘ひとりが精いっぱいだった。そんなところでしょう」

「あっさり見破りますねえ。まあ、バレバレの嘘でしたね」

瞑華《メイカ》は悪びれもせずに認めて、うそぶいた。

「ともあれ、あなたが私の元へ戻ってくれたんですから瑣末なことです」

「戻ってません」

テラを巻きこまずに済んだと知って、ダイオードはややほっとする。

「そもそも私はあなたから離れるために出たんです」

「あら、違うでしょう？　あなたはここを出るとき、飛びたいから行くんだって言ってましたよ」

瞑華《メイカ》が目を細めて笑う。ぐっとダイオードは言葉に詰まった。確かに自分はそう言った。

態勢の崩れに付けこんで、瞑華《メイカ》が畳みかけてくる。

「本当の理由はそちら？　飛ぶ話は建前？　私なんかなんでもないと言っていたのは嘘で、やっぱりとても気にしていた？」

「いえ、私は」

「あなたドハマリしていましたものね。お薬と、あれ」

瞑華《メイカ》が二本の指を揃えて差し伸べ、顎でもくすぐるかのようにちょいとすくい上げるのを見て、反射的にダイオードは茶盆のカップをつかみ上げようとした。

しかしその手は空を切った。まるで壁から滲み出したみたいにぬるりと現れた黒衣長髪の若い男が、床に膝を突いてカップを取り上げていた。

「颱風閣《タイフーカク》で暴力はお控えくださいい、寛和《カンナ》さま」

「……次号《ジゴー》さん」

「淑女の枕頭に断りもなく侍ったことはお詫び申し上げます」

淡々とした低い声で述べると、ダイオードたちより五歳ほど年上のその男は、瞑華《メイカ》の背後へ回って腰を降ろした。

彼についてダイオードが知っているのは、彼がゲンドー氏の男にしては珍しく、女に対して腰が低いということと、随身《ズイジン》という身分にあって、瞑華《メイカ》に絶対の忠誠を誓っているということの二つだった。以前は、この二つは心強かったが、今ではそんな気持ちを抱きようがない。

先ほどの会話も、もし第三者に聞かれたなら耐えがたい内容だが、次号《ジゴー》には瞑華《メイカ》のそばにいたころのことは全部知られている。今さら騒いでも仕方ないと思って、ダイオードは気を落ち着けた。

「まあいいですよ、認めます。あなたにドハマリし続けるのが嫌になったから逃げたんです」

「あら、素直ですね。あなたそんな人でしたっけ」瞑華《メイカ》が可愛らしく頬に指をあてて、首をかしげる。「それとも、素直になれることがあった？」

「好きに考えてください」

瞑華《メイカ》は口を閉ざす。それを見てダイオードのほうから尋ねた。

「で、なんなんですか、これは。嫌がってる人間を無理に連れ戻してどういうつもり？」

「久しぶりに会ったんですから、近況ぐらい話しません？」

「最近・どう・なんですか？」

「すごい顔で聞きますね。もちろんお父さまのお手伝いなどしつつ、嫁入り修業してますよ」

「あなた私と同じぐらい嫌がってませんでした？」

「今でもあなたと同じぐらい嫌ですよ。だからおあいこですね」

「何がどれぐらいおあいこなんですか？」

「そもそもあなたは無断脱船したんですから、嫌がれる筋合いではありませんけどね」

「筋合い云々は笑わせます。正式な手続きに則っているなら、私は奪還隊に捕まって外務省だか刑部省だかの取り調べを受けているんじゃないですか。こんなところに寝かせてる以上は、あなたも決まりに従っていない」

そう言ってから、先ほど聞いたことを思い出して、ダイオードは顔をしかめた。

「ここ、颱風閣《タイフーカク》ですって？　てことは――」

「ええ、お父さまじきじきのお許しをいただいているの」

「……白膠木《ヌルデ》族長の肝入りですか」

それは、想像していた中では最悪から二番目にあたる事態だった。その先を聞く気が失せそうになる。

「じゃあ、あなたが私を取り戻したいっていう以上に、輪をかけてろくでもない目的なんですね」

「私に取り戻されるのはちっともろくでもないことじゃありませんけど、これはそれ以上に素敵なことですよ。お父さまはあなたの腕前をお知りになって、筆頭網打《デコンパ》ちになる素質があるかもしれないと思われたんです」

「なんですって？」

それは不快であるという以前に、不正な判断だった。ダイオードは声を上げる。

「デコンパじゃなくてツイスタなんですが!?　私」

「何を言ってるんですか？　あなたは女ですよね、寛和《カンナ》さん」

「もちろんです。女として礎柱船《ピラーボート》に乗りました」

「じゃあ、男の舵取り《ツィスタ》の伴侶になったということじゃありませんか」

「何を言ってるんですか？　私がそういうことする人間じゃないって、あなたいちばんよく知ってるはず――」

　同じ言い口で切り返しかけて、ハッとダイオードは気づく。

「知ってて族長をけしかけた？」

「だってお父さまに本当のこと話しても、わかっていただけませんし」瞑華《メイカ》は口元に袖をあてて上品にほほ笑む。「寛和《カンナ》さんがとびきりの網打ち《デコンパ》になったってお話しして、画像映像もさまざまにご覧に入れたんです。そうしたら、たいそう気に入ってくださって」

「あ……この……男娼の娘女！」女学校時代の発明罵言の中でもいちばん珍奇だったものが口を突いて出た。「やり口が無茶苦茶じゃないですか、親にそんなこと吹きこむなんて！　全部バラしますよいいんですか？」

「大丈夫ですよぉ、お父さまは本物の石頭ですから、男と女以外の組み合わせが可能だなんて、死んでも思いつきませんからね。単にあなたが妄想で変なこと言ってると思われるだけです」

「なんでそこまでするんです⁉」

「決まってるじゃないですか」ズィとにじり寄って、瞑華《メイカ》がダイオードの頬に触れる。「寛和《カンナ》さんと一緒に網打ち《デコンパ》がやりたいからです」

「いっ……」

「私はどこかのろくでなしと、あなたもどこかのろくでなしとつがいになるわけですけども、そうなっても網打ち《デコンパ》同士なら、末永く仲良くできますからね」

細めた目の奥の瞳が暗い。魂を吸いこまれそうな気がして、ダイオードは鳥肌を立てた。

「一緒にせいぜいマシなろくでなしを選びましょうね、寛和《カンナ》さん」

「わ……私にはもう」

決まったパートナーがいるんです、と言いかけてダイオードは思い留まった。今それを口にしてはいけないという直感が走ったのだ。

必死に口をつぐんで、うつむくに留めた。

顔色を失ったダイオードのその様子を、あきらめたものと受け取ったらしい。うふ、と嬉しそうに頬を撫でて、瞑華《メイカ》は明るく立ち上がった。

「起きたばかりのところへ、きつい話をしすぎましたね。何日かしたらまた一般妄想具現試験をやってもらいますから、それまではゆっくり休んでくださいな」

「そんな試験をやっても……」

「わかってますよ、あなたが苦手なのは。それでもあなたは礎柱船《ピラーボート》に乗れますって。誰が乗ろうとうちの漁法は、定型の袋網の厳守ですからね——」

最後のひとことにだけは、ほろ苦さが感じられたような気がした。

だがそれを確かめようとダイオードが顔を上げたときには、瞑華《メイカ》が流れるようなすり足で部屋を出て行ってしまった後だった。

残されたダイオードは、どっと疲れて布団に倒れかけた。しばし顔を伏せ、ちらりと目を上げる。

そこに依然として、黒い着流しの男が黙然と端座している。次号《ジゴー》こと忠哉幻日斎次号《チユーヤゲンニツセージゴー》は、主人に顎で使われてはいるが、何か粗相をしたところをダイオードは一度も見たことがない。

「監視ですか？　次号《ジゴー》さん」

「あなたの面倒を見るように申しつけられております」

「じゃあお茶を淹れ直してください」言ってから訂正する。「いえ、食事を。胸がむかついていても喉を通るようなやつを」

「かしこまりました」

彼が出て行ったので、ようやくダイオードは布団に仰向けになって息をついた。どうせ隠しカメラがあるだろうが、目の前に男がいるよりはましだ。

面倒なことになった、と目を閉じる。

冥華《メイカ》仕切鬼蛍惑《シキリヨーニケイワク》とは一時期、部屋の他にもいろいろなものを共有していた。最初は友人を、次に用品と反抗心を、そして痛みと快楽と薬を、終わりに失望と焦りを。磁石の同じ極みたいなもので、ちょっとひびが入っただけで当然別れてしまった。忘れたい記憶のうちのひとつであり、しょせん学生だから追いかけても来ないだろうと高をくっていた。それが親子で協力して誘拐に来たのだから、うんざりするし泣きたくなる。しかも二人とも動機が重い。

だからこんな運命には意地でも屈したくなかった。必ずもう一度逃げてやる。

問題は逃げ方だった。前回は周回者全船団《サークス》がひとつにドッキングする、大会議《バウ・アウア》のチャンスがあったので、逃げ出せた。今回はそうもいかない。宇宙船を乗っ取るか潜りこむかしなければならない。一回逃げているから監視もきついはずだ。しかし、根気よくチャンスをうかがえば、いつかは逃げられるだろう。

ではどこへ逃げるかということだが……。

そこまで考えて、ダイオードは、ぎゅっと強く目をつぶった。

それで結局、テラはどうなったのだろう？

おとなしく氏族に帰ったと冥華《メイカ》は言っていた。そんなことはあり得ない。だましたか脅したかして、無理やり帰らせたに決まっている。それで片付いたと冥華《メイカ》は思っているのだろう。

だが生憎、片付かないのだ。およそ想像力に欠けると評された自分なのに、このことは不思議なほど簡単に思い浮かべられる。――送り戻されたあの人は、そのまま泣き暮らしたりはしない。すぐに決然と再起する。冷静に考えを巡らせて、大胆に打てる手を打って、不可能に思えることもやってくれるはずだ。

自分とまた会うために。

それを考えるとダイオードは嬉しさで胸の奥が締め付けられた。こんなに心地よい期待を抱くのは初めてだった。

これだけでももう、以前逃げ出したときとは大違いだった。逃げてやるではなく、逃げなければいけなくなった。テラを安心させてやるために――。

いや、待て。今は何日だろう。

ひょっとして、あの人はもうとっくに動き出しているんじゃないか？

そう考えると、がぜんダイオードは落ち着かなくなった。テラは動いてくれるだろうが、きっとその手口は予想外だ。すれ違いや衝突がいくらでも考えられる。できるだけ早く連絡を取ったほうがいい――。そう思って左手を見下ろし、自分の氏族のいまいましい慣習に舌打ちする。

この街では女のミニセルがろくに使い物にならない！

「お待たせしました。粥と煮付けですが、よろしいですか？」

食膳を抱えた次号《ジゴー》が、また音もなくやってきた。ダイオードはさりげなく左手を伏せて答える。

「いただきます。優しいですね、次号《ジゴー》さん」

「ありがたいお言葉です。ですが、あなたたちの礎柱船《ピラーボート》を戦闘艇で追撃したのは私ですので、ここでお詫びさせていただきます」

「――はい!?」

ダイオードは食膳をひっくり返しかける。瞑華《メイカ》の物静かな随身《ズイジン》は澄ました顔をしている。

やはりこの青年はただ者ではなかった。

テラが何も考えずにのこのことやってきたら、またこの男とぶつかることになるだろう。それを避けるためにも、なんとかして連絡を取らねばならない。

ダイオードは、懐かしくわずらわしい味のするでんぷん質のペーストを、勢いよく掻きこむ。

3

「え……?」

理不尽な騒動とそのあとの複雑な事務手続きに忙殺されていたテラが、一人になってようやく我に返ったのは、「アイダホ」へ向から送還船の中だった。

「ダイさん？」

いない。右の席にも左の席にも人はいない。数列の座席が並ぶキャビンに他にも五、六人の公用客がいるが、見慣れたあの銀髪の頭はどこにも見当たらない。

さらわれてしまったからだ。

いやさらわれたのは知っているが、それはつまり右にも左にも彼女がいなくなることだと、今の今まで実感できていなかった。当たり前だ。ほんの半日前まで一緒に生還を祝い、この後のことを相談していた相手が、数分目を離した隙に横からかっさらわれて、今はもう同じ空気を吸っていない。それどころか毎秒一〇キロメートル以上の相対速度で遠ざかっており、一切の付き合いが終了した、などという事態がすんなり頭に入るわけがなかった。

だがそれは厳然たる事実なのだった。

「ダイ……さん……」

テラはまだしばらく周りに彼女の姿を探したが、やがて顔を覆って嗚咽し始めた。

まんまと一杯食わされたのは、氏族船『テーブル・オブ・ジョホール』についてすぐのことだった。

そのトレイズ氏の巨大船に、ヘリウム採取船のインソルベント号はすんなりと入港した。

テラとダイオードは賓客のように丁重に迎え入れられ、やっぱり彼らは思ったよりもいい人たちなのかもしれないと思いながらゲートを出た矢先に、防護服姿のスタッフに呼び留められた。遭難者は健診を受けるようにとのことだった。

当然だと思って診療室に向かい、先にダイオードが招き入れられた。テラは廊下で待たされて、八分経ったころに通りがかった税関の係官に声をかけられた。

「何か祭具が必要でしたらお貸ししますよ。有料ですが」

テラが理解できないでいると、係官は首をかしげながら防音ドアに貼ってあった診療室というプレートを剝がした。その下には多宗派祈禱室と書かれていた。

部屋に踏みこむともぬけの殻で、奥の扉が開いていた。旅行者の投地礼のために敷かれた簡素な絨毯の上で、倒れた主要恒星指示器だけが、ゆっくりと数本の針を回転させていた。

以後のことは断片的にしか覚えていない。ダイオードの名を叫びながら通路を駆けずり回って、開けていいドアもいけないドアも片っぱしから全部開けて回って、ミニセルの呼び出しを連打した。返信はなく、姿も見えず、時間だけがジェット気流みたいな勢いで流れ去り、突然三人がかりで抑えこまれて、もう無駄だからやめなさいと言われた。ダイオードは連れていかれてしまったと。

犯人は元からこの地にいたゲンドー氏の使節団だった。いや、彼らの言い分によれば無断脱船していた自氏族の娘を見つけて連れ帰っただけなので、犯罪ですらなく正当な送還にあたるという話だった。

さっぱり意味がわからない。

その時からテラは虚脱してしまった。目の前にいればしがみついてでも奪い返すところだが、すでにゲンドー氏の駐在船で連れ去られてしまったというのだからどうしようもない。椅子にへたりこんでいるうちに周りが事態を把握して、勝手に手続きを進めてしまった。耳に入った限りでは、主権の侵害だとか、ゲンドー氏への抗議だとか、賠償金の請求だとかの言葉が飛び交っていたので、トレイズ氏にとっても不本意なことだったのだろう。また、エンデヴァ氏からの問い合わせとか、送還要請とか、費用の肩代わりなどの言葉も聞こえたから、故郷の人々もこの事態に対して動いたのだろう。あのプライという吸引士《インヘイラー》の女も、ひと時、テラの前でじっと向き合って、何か話しかけていた気がする。

だがそういったことは頭に入らなかった。テラは困り果てていた。目的と予定のすべてが一度に消えたのだから仕方ない。というよりも唐突すぎて、消えたことすら受け入れかねていた。

途方に暮れて座っているうちに、わけの分かっている親切な人たちから、わけは分かっていないがやはり親切な人たちへと事態はバトンタッチされていき、気が付けばテラはただの帰郷を求める遭難者、という扱いになっていた。

事実と全然違った。

全然違うのだが、訂正する気力も意味も失せていた。

「ダイさん、ダイさぁん……！」

響く声に、送還船の人々が気遣わしげな視線を向ける。

一秒ごとに人生の目的から遠ざかる船の中で、テラはしばし感情の土砂降りに身を任せた。

——が、悲痛な慟哭はおよそ二〇分で終了する。

ひとしきり顔を拭ったテラは、ぶつぶつと独り言を始める。

それは六時間半後に送還船が「アイダホ」に到着してもまだ続き、乗客が次々にベルトを解いて出口へ漂い始めても終わらず、最後から二番目の客の耳に、奇怪なつぶやきを届けることになった。

「うん大丈夫、これならきっと十分に自殺的」


琥珀色の瞳をしたポピ・ヌートカは、幼いころ、世が世ならヌートカ氏の族長だと言われて育った。

現実にはヌートカ氏は三〇〇年前の周回者《サークス》成立時の動乱のとき、弱体化して有力なヌエル氏に支配されたと伝わっている。そのヌエル氏も、以後の歴史の中でクオット氏に吸収されてしまった。クオットとは「万人に関わることは、万人に討議されよ」という意味の古い言葉であり、その名の通りクオット氏では比較的男女の区別なく政策を議論していた。それがポヒの育った故郷だったのだが、長じてデコンパの才能を表したため、族間交婚の原則によって、別の氏族船へ嫁に出された。古い沃土の地を表す名前、「アイダホ」を冠した船へと。

今ではエンデヴァ族長にして漁師たる、ジーオン・ハイヘルツ・エンデヴァの妻である。衣食住の面では何ひとつ不自由なく、五人の子供にも恵まれ、友人は数多く、故郷ゆかりの黒髪と褐色の肌もますます艶深い。そして夫は漁師としても統治者としても秀でた力量を示しているし、毎夜ポヒの琥珀色の瞳を美しいと称えてくれる。

申し分のない暮らしだと思っていた。あの二人の女たちを見るまでは。

「おう、テラちゃん！」「おかえりなさい、よく戻ったな！」「クロスジイカにぶちかまされて死にかけたんだって？　大丈夫だったかい？」

今その二人のうち片方、テラ・インターコンチネンタル・エンデヴァが氏族船に帰り着き、到着棟ロビーに出てきた。送還船を出して連れ戻すという派手なことをやったために、物見高い人々が出迎えに集まっている。その中には彼女の知り合いらしい漁港の人々や、育ての親である伯父伯母も混じっている。そして当然、船を差し向けた族長のジーオンも、諸手を広げて待ち構えている。

「テラくん、歓迎するぞ！　噴出物《イジェクタ》のＥストームに巻きこまれ、ゲンドーの攻撃艇に追われ、昏魚《ベッシュ》にやられて深淵に墜落しかけながら、わずかな粘土をかき集めて脱出したそうじゃないか。女子としてはいささか破天荒だが、わがエンデヴァ氏の家族として前例のない冒険だ。私も鼻が高いよ！」

半分は周りに聞かせるための台詞を並べる夫の隣で、付き従う属員二名とともに、妻のポヒも歓迎の微笑を浮かべている。氏族の大事な礎柱船《ピラーボート》乗りが、自分の命と二つの操縦ピットをともに持ち帰ったのだから、これは歓迎するべき場面なのだ。であると同時に好き勝手をやって戻って来た若い娘に、同族の目が遠く他氏族まで行き届いているのだと悟らせるための儀式でもある。いずれにせよ完全に社交的な行動であって、私事ではないはずであった。なのにポヒは、なぜかテラの答えが気になった。

「はい。ただいま帰りました。ありがとうございます。ご迷惑おかけしました。ダイオードさんですか？　一緒じゃないです。満足して帰ったと思います。私の命を助けてくれたんです。そうです。一人です。大丈夫です。ありがとうございます。帰って来られて本当に嬉しいです。歓迎会？　着替えの用意がある？　喜んでご招待にあずかります」

二四歳の娘はさまざまな呼びかけに、非の打ちどころのない明るい笑顔でそう答えた。抜きん出て背の高い彼女が群衆の中央でそのように振る舞うと、まるで灯台のように思えた。

船という乗り物がまだ惑星の大気圏内しか走っていなかったころ。その船が暗い海でぶつからないよう、光を放って導いた存在。

なぜそう見える？　この娘はうまく結婚できず、皆と同じことができず、ただちょっと目立つ能力があるだけの、憐れむべき道化のはずなのだが。

感じたことのない複雑なものを覚えて、ポヒは戸惑う。

その夜に開かれた歓迎会で、娘は四つ年上の魅力的な青年と打ち解ける。さっそくというべきか、早くもというべきか。相手はアイタル氏族のビトリッチという名の男で、なぜ他氏族なのにここにいるかといえば、採氷船乗りだからだった。採氷船はＦＢＢを巡る氷衛星から水の氷を採掘してくる。一六氏族すべてが必要とする仕事だから、すべての氏族に同業がいて、人材の往来も盛んだ。また新たな氷衛星を探す任務もあるため、やる気と能力のある若者には人気が高い。

これを族長夫人の目から見るなら、外部の優秀な若い血筋を氏族にもたらしてくれる存在だということになる。氏族の（いくつかの問題がある）娘と引き合わせるにはもったいないほどの相手だ。しかも船乗りと船持ちのデコンパの組み合わせ！　願ったりと言わねばならない。

いつもならそう思うところだ。しかしポヒは落ち着かない。

渦中の灯台娘は以前、あのゲンドー氏の少女ととても親密なところを見せていた。その片割れが去ったのだから悲しんでいるに違いない。悲しんでいてほしいとポヒは思う。なのにもう、若い男と肩を並べて酒杯を交わしている。

どういうつもりなのか？

いや、そういう成り行きに驚いているわけではない。ポヒだって二〇回もの大会議《バウ・アウア》を見てきた女だ。親しい相手と仲違いした若者が、河岸を変えた矢先に別の相手とささやきあっている光景など、いくらでも見てきた。それはただの気分転換の場合もあれば、悩み深き相談の場合もあり、また思いがけない新しい恋が芽生えている場合もあった。大きな衝撃を受けた二人がそうなるのは珍しいことではない。歳を重ねてそうした場面を何度も目にするにつれ、ポヒは深い喜びを覚えるようになっていた。

だが今回は、解せなかった。誰が見てもお似合いのはずのビトリッチとテラの二人に、ポヒはいわく言いようのない収まりの悪さを感じてしまった。

経験したことのない奇妙な気持ちを抱きつつ、ポヒはテラを見守る。忠実な属員の勤務時間や、長老連の交友関係や、システムに対する権利のごく一部を割いて、インターコンチネンタル家の出戻り娘の動向に聞き耳を立てる。――疑問と好奇心でやっていることをポヒは自覚しているが、同時にこれが口にされない義務であるとも感じている。族長の妻は夫の手が回らないところで起きる問題の芽を摘むべきであるし、テラは問題を起こす可能性があるという意識だ。

　翌日からもう灯台娘は映像配信司の勤めに出る。「アイダホ」一〇年層にある骨董扇区の媒体庫へ出勤して、同僚と映像作品を見て何やら議論して、分類とタイトルを決める。それに時代を経て古びた書庫そのものの補修にも手を付ける。公用部品庫から建材やAMC粘土を持ち出して、庭園のような書庫に転がるすり減った素子石を掘り起こし、並べ直す──平凡かつ退屈な、漁に出始める前とまったく同じような仕事だ。

　そして仕事の時間が終わると、娘はアイタル氏の青年と落ち合う。二人で向かった先は作業港に停泊中の氷採取船、インセイシャブル号だ。これは単に親交を深めているわけでもなく、もっと実務的な会合であったらしい。

　続く数日、ポヒは若者を見守る以外の務めに没頭する。族長夫人がやらねばならないことは、人口二万人たらずの氏族船にも、けっこう持ち上がるものなのだ。たとえば氏族船内のうわさを話し合ったり、氏族船外のうわさを話し合ったりといったことだ。

　そのような気だるい諸事にかまけていたポヒが二人のことを思い出したのは、一週間ほど後だった。属員に命じて調べさせたところ、ずいぶん話が進んでいた。

「採氷船に乗る？」

「はい。テラ・インターコンチネンタル嬢が、ビトリッチ・クーンデン氏の勤める船に乗るとのことです」

「どうして？」

思わず問い詰めるような聞き方をしてしまった。

説明によれば、アンカリングのためだった。採氷船は小惑星上でドリルを用いて氷を掘るが、低重力のために反動で船体が浮いてしまう。だから船の四隅から使い捨てのアンカーを氷に打ちこんで固定する。問題はこのアンカーがそれなりに高価だということだ。もしデコンパが乗っているなら、出来合いの杭の代わりにAMC粘土を変形させて、氷に突き刺したり引き抜いたりできる。それなら貴重な鉱物性の杭を使い捨てずに済むし、作業効率も大幅に向上する。だから船のほうで、デコンパのアンカリングを望んだのだと属員は報告した。

若い二人は非常にスムーズに話を進めて、テラのほうはすでに氏族船内のデコンプ練習場にも出かけ、粘土を杭の形にする試みまでやっているそうだった。

なるほど。だがそういうことではない。礎柱船《ピラーボート》に乗れなくなったテラが新たな仕事を探し求め、ぴったりの船を見つけたのだという説明は、ポヒが聞きたい種類のものではなかった。

そうではなくて、自分と夫が年季の入った漁を見せつけようとした勝負で、逆に誰も見たこともない五八〇〇〇トンのバチゴンドウなどという図抜けた獲物を捕らえ、やけくそでいながら清新で雄壮な精神脱圧《デコンプレッション》を諸人に見せつけたあの二人が、「どうして」突然別れてしまって、わずか一週間後に縁もゆかりもない男と仲良く船に乗る相談ができたのか、とポヒは問うたのだ。

彼女にそんな相談ができるわけがない。

そんな相手も仕事も、あの灯台娘が求めているはずがない。

であるなら彼女は、テラ・インターコンチネンタル・エンデヴァは、一体「何を」しているのか。

今やエンデヴァ族長夫人ポヒの胸中には、未知の空想と確信が際限なく育ちつつあり、その取るべき行動はずっと明確なものになった。

さらに三日後、ポヒ・ヌートカはすべてを突き止め、テラを自邸に呼び出した。


玄関のほうでバタバタと音がしたかと思うと、突然リビングルームのドアを開けて、小型図悪高機動な生き物がいくつも転がりこんできた。

「たっだいまーおやつママ昨日の！　ドライメロンまだある？」「ママ聞いてママあのね今日脱気警報がね」「りゃーっすおれ夕方帰る」「あっ、〝TT〟さん!?」

ハイヘルッ家の子供たちだった。初等巡航生の制服を着たサイズ違いの四人か五人が、母親に飛びついたり、かばんだけ投げこんでさっさとまた出て行ったり、何食わぬ顔で通り抜けてキッチンへ向かおうとする。

「はいはいあなたたち、お客様がいらしてるわよ！　行儀よくご挨拶して！」

女主人たるポヒが手を打ち、子供全員が横一列に並んだ。カリヤナです、ザギです、シュワードです、クリンク！　と順番に名乗ったのを見て、母親が満足げに振り向く。

「どう、いい子たちでしょ。一番上のダーウィスは逃げちゃったけど」

「あっはい、お元気そうでいいですね！　でも乳母さんがいらっしゃるんじゃ……？」

「漁の日はね。でも今日はうちの番じゃないから。スイマは三家族を回ってるのよ。あ、今日あなたにも紹介すればよかったわね？　そのうち頼ることになるんだし」

「いえ、はあ、ありがとうございます……」

テラはかろうじて愛想笑いで答えた。

一Gきっかりの快適な重力に恵まれた二五〇年暦、落水扇区。見事な滝を望む高級居住区にあるハイヘルッ邸の居間である。招かれてやってきたテラが、応接テーブルにポヒと差し向かいで腰を下ろしたとたんに、突然の子供嵐の直撃を食らったのだった。

「子供ができたらまた教えてね、斡旋するから。さああんたたち、行っていいわよ。ザギはちゃんと一皿ずつ配って！」

ポヒの言いつけに、はあいと答えて駆け去ったのは三人で、その場に一人が残った。歳のころは中学年ぐらいで、両親譲りらしい暗い色の肌をした金髪の女の子が、おずおずとテラの前に出てくる。

「あの、〝TT〟さん、いいですか」

「はい？　ＴＴって？」

「網引きデカ鬼《トロール・トロル》――」言いかけて、はっと口元を押さえる。「あっ違うんです、これみんなが言ってるやつで、ううんみんなも悪口じゃなくて、トロ、テラ・インターコンチネンタルさんの網がすごいっていう話をしてて、その！」

「あは、それ私のことなんですか」テラは笑い飛ばそうとして失敗し、気抜けした苦笑を漏らした。「面白い仇名ですね」

「カーリィ謝るときは？」

「あっごめんなさい、ごめんなさい！」

母親に言われて、カーリィと呼ばれた少女は泣きそうになって何度も頭を下げた。

「ト、テラさんってどうやってあんな網を作るのか、聞きたかったんです……」

「ああ、網。網ですね」特に悪意はないようだったので気分を和らげて、テラは答える。

「網を作るには……いつも空想してるいろいろなものを、思い浮かべたりしてます。図鑑とか映画で見たものを」

「図鑑？」

「配信してますよ。未成年向けもたくさんあるから見てみてね。それから、ＦＢＢもよく見ていたかな」

「ＦＢＢを？　見るんですか」

「そう」答えながら、テラ自身も自分の仕組みを覗くようなつもりで考える。「ファット・ビーチ・ボールの雲はどんな形にも変わっていくの。子供のころはそれをよく見降ろしていたから……」

「そうしたらテラさんみたいなデコンパになれますか？」

少女はまっすぐテラを見つめる。なりたいと思ってなったわけじゃない、と答えかけてテラは思い留まる。ほとんど初めての経験だが、目の前にいるのがテラを動かそうとする人間ではなく、テラから影響を受けようとする相手だと気づいたのだ。

「私みたいになるには……むずかしい質問ですけど、今言ったようなことをして、それからデコンプしてあげたい相手の望みを考えること、だと思います」

「してあげたい相手？　誰ですか？」

当然の質問だったが、言葉に詰まった。息もできずに少女を見つめる。

「私にとっての、パパみたいな人よ」

思いがけず、ポヒが助け舟を出してくれた。テラさんに聞いてるのに……と不満げな顔の娘を、大人のお話し中だから今度にしなさいと優しく追い出してから、族長夫人がいささか厳しい表情で振り向いた。

「今のはもう、間違いないわね」

「はい？」

「なぜできたばかりの恋人の名前が出てこないのよ」

避けたと思った弾丸が後ろから命中した気分だった。テラはぎくしゃくと、「そ、れはちょっと、照れくさくて……」と答える。

そのあとで、この成り行きについての疑問が口を突いて出た。

「なんのお話なんでしょうか。今日のご用件は？」

「これが今日の要件よ、テラ・インターコンチネンタルさん。あなたの恋人の名前は？」

返したつもりが再びまっすぐ突っこまれて、戸惑いつつテラは答える。

「恋人ってビトリッチさんのことですか？　まだそういう関係じゃないんですけど、なぜそう思われたんですか？」

「とりあえず順番に話すと、あなたが彼に気がありそうな態度をとって、彼もあなたを気に入って、もしかすると付き合えるかもしれないと周りの仲間に言いふらしていることが、私の耳にも入って来てるの。ここまで、いいかしら。私、何か誤解してる？」

「誤解……」てきぱきとした話の進め方に面食らって、うまい返事をしそびれる。「いえ、誤解はない……と思いますけど」

「そう。じゃ続けるけど、あなたは彼が勤めるインセイシャブル号のデコンパに志願して、船に入ったり、設備を確かめたりしてるわね。一度、試験的にデコンプまでやった」

「あ、はい。やりましたけど――それもどうして知ってるんですか？」

「そこはどうでもいいことよ。あなたも船も別に隠さずデコンプ試験をやったんだし、ここはエンデヴァの『アイダホ』なんだから。私が知っているのは問題じゃない。むしろ問題があるのはあなたのほうじゃないかしら」

テラの質問をあっさりいなして、ポヒはどんどん話を進める。

「それも一つじゃない。あなたは三つも四つも問題を抱えてる。そうよね？」

「なんの、ことですか」

「言わせたい？　いいけど面倒だからいきなり最後の大きいやつね。まず四つめ、あなたは『アイダホ』から無断で脱船しようとしてる」

「だっ――」

またしても凍り付いたテラに、あなた本当に嘘つかないほうがいいタイプね、とポヒの憐みの声が突き刺さった。

「脱船計画だと判断したのは、あなたがデコンプ能力を利用して、インセイシャブル号の粘土アンカーに員数外の宇宙服をひとつ埋めこんだのを見つけたから。言うまでもないけど私もデコンパですからね、その宇宙服はすでに取り出してある。なぜそんなことをしたのかと考えてみたけれど、あなた、その宇宙服で他の宇宙船に乗り移るつもりだったんじゃないかしら。もちろん、アイダホの港内で、じゃない。氷小惑星で、よ。氷小惑星には他氏族の採氷船も来ている。そこでなら宇宙服一枚で逃げられる。――どうかしら、この話は認める？」

「……突然すぎて、なんのことだか」

テラはうろたえて左手のミニセルや明るい高窓に目をさまよわせる。

「なら続けるわね。問題の三つ目、あなたはその計画に利用するために、インセイシャブル号の人たちに対して船員になりたいと嘘をついた。逃げる予定で雇用契約を結んだら、れっきとした罪になりますからね」

「は……」

もったいぶらずに最大の悪事を最初に突然ぶつけてくるポヒの話し方は、心の準備ができないせいでかえって衝撃が大きかった。テラは相槌すら打てずに青ざめる。

「さらに問題の二つ目は、スムーズに受け入れてもらうために、あなたが好きでもないビトリッチさんに気のある振りをしていることよ。これは別に警備隊に捕まるような罪じゃないけど、悪いことはわかってるわね」

「私は……彼を」

「どうぞ、言ってみて。あなたが彼を本当に好きなら、この話を素敵だと思う人が増えるかもしれない。どうして好きな男に黙って脱船計画を進めていたのかを、きっちり辻褄合わせられればだけど」

「……何もかもご存じなんですね。まさか私が屋根裏でしていたことまで見てました？

いくら族長夫人が偉いからって、そんなことが許されるんですか」

「屋根裏で何をしていたの？　プライベートな場面は見てないわよ。そんなことをしたら氏族中のみんなに怒られてしまう。私が知っているのは作業港だとか書庫だとか飲食店街だとかの、誰でも見られる公共空間での言動だけ。咎め立てされる筋合いはないわ。だって犯罪を見つけ出すためなんですからね。うちは入退船については比較的自由なほうですけど、船持ちのあなたが無断脱船することはまず許されない。私が今ひとこと警備隊を呼べば、あなたはゼロGエリアの無景観区域に送られて、年単位の移動制限を課されることになる――」

片手をひと振りして、ポヒが鋭い目を向けた。

「まあそんなのは言わずもがなだわね、私たちみんな初等学校で習ったもの」

テラは顔を背けたまま、返事もできなくなった。部屋が完全に脱気してしまったみたいに息が苦しくて、背中がひんやりした。

「ということで、ここらで聞きたいのだけど――」

テーブルにじわりと身を乗り出して、ポヒがソファの裏にも届かないような小声でささやく。

「あなた、何がしたいの？」

「え……」

「こっちを向いて。まっすぐ。横を向かないで」

話の途中からずっと左手を見下ろしていたテラは、言われて正面を向いた。自分の倍近い年齢の女が、琥珀色の瞳を鈍く輝かせて、見上げていた。

「問題のひとつめ。あなたはこれだけのことをしでかしてでも、あのダイオードという子を追いかけようとしている」

「――ひっ」

今度こそテラは声にならないうめきを上げて立ち上がろうとしたが、「教えて！」と腕に手を置かれて、動きを止めた。

「それはケンカをしたからなの？　それともその逆なの？」

「ポ……ポヒさん？」

瞬きするテラに、ポヒは早口で問いかける。

「あなたが、ともに漁をした舵取り《ツイスタ》のことしか考えていないのはわかってる。あれはデコンパにとって、間違いなくそういうツイスタだった。だから、あなたがあの子と円満に別れてきたなんて話は信じない。絶対にそんなわけがない。でも、だったら、実際何があったの？　ちょっとした誤解で軽くやり合っただけなのか、それとも、不満をぶちまけ合った末に、衝動的にその場を離れてしまって――だとしたらなんてつらいことなのかしら――後から死ぬほど後悔して、もう一度会おうとしているとか？　どうなの？　ねえ？」

テラは唖然とした。

何を言われているのかわかるまでずいぶんかかったが、最初に感じ取ったのは、ポヒが責めているのではなく、むしろ自分に同情しているらしいということだった。今日感じたことの何よりもそれが信じられなくて、テラはぼんやりと問い返した。

「あの……そもそも女をパートナーとしてツイスタに選ぶの、ダメでしたよね？」

「常識的にはね」言ってから、ポヒはフンとぶてぶてしく腕組みする。「だけど常識なんてものを折り畳んで押しのけていくのが、私たちデコンパの力よね」

「そうなんですか？」

「そうなんですかじゃないわよ、あなたあれほどのデコンプをやってのけておいて――ああ、そうか。あなた、他のデコンパと話したことがないのね」

「ええ、まあ」

「デコンパなら誰だって思ってるものよ。空想している、いいものよ。好きな形を作りたい。見たことのない形を見てみたい。自分の知らないものを見て驚きたい、って」

その言葉が染み入ってきて、テラはつぶやいた。

「ひょっとして、認めて下さるんですか？」

「そういうことかと思ったの。あなたと彼女は、そういうことなのか、って。新しかったわ」

テラは、すとんとソファに尻を落とした。全身のこわばりが弛んで、眩暈までした。

その場で泣き出さないために、まぶたをきつく閉ざさねばならなかった。

「あら、大丈夫？　何か飲む？」

ポヒが心配そうに言って、壁のプリンタからコーヒーライクを出してきてくれた。テラが何度も深呼吸しながら熱いカップを手で包むと、ポヒは微苦笑して言った。

「なんだかずいぶん不安がらせちゃったみたいね。ごめんなさい、軽い話し方だとかわされてしまうと思って」

「すみません……混乱してます」

「いいわ、ゆっくりして。でもその前にひとつ言っておくと、これはエンデヴァ氏全体が方針を変えるという話ではないからね」

テラは顔を向けて、「はい、わかってます」とうなずいた。

「明日、ジーオンがあなたの操縦ピットを入れた礎柱船《ピラーボート》を再生して、乗せてくれるという話でもない。あくまでも私一人があなたに助言と手伝いをしたくなったというだけ。それでもかなりの意味があるとは思うけど。少なくともさっき挙げた問題のいくつかを、全部未遂で済ませることはできるわ。そしてより良いやり方に変えられるかもしれない。採氷船のアンカーに練りこんだ宇宙服で脱出する？　そこまで自殺的な方法ってなかなかないと思うわよ！　もうちょっと考えましょう？　ねえ」

「はい」うなずいて、笑みがこぼれてしまうのを、テラはこらえられなかった。「はい」

「いいわ。で……さっきの話に戻るけど」

ポヒは自分のカップを手にして、今度はテラの隣に腰を下ろした。肩の高さの違うテラを見上げながら、例の小声でささやく。

「どんなケンカをしたの？」

「何もしてません。ただ、さらわれてしまったんです」

ゲンドー氏による誘拐のことをテラは説明した。それを明かしてしまうと、自分が彼女を取り戻したがっているのが誰にでもわかってしまうから、今まで黙っていたのだ。

話を聞くと、「まあ……」とポヒは目を見張った。

「別れたんじゃなくて、引き裂かれたということ？　それは必死になるわ、それは助ける気にもなるわよ！　まあなんてひどい……これはちょっと、氏族として公式な抗議もできるかもしれないわ」

「いえ、それはやめてください。ポヒさん」

気色ばむポヒに向かって、テラは遠慮がちに手のひらを向けた。

「そういうことをしても、ゲンドー氏はダイさんを返してくれないと思います。かえって警戒を強めてしまうだけでしょう。でも私は……なんとしても、どんな手を使っても、あの人を取り戻すつもりなんです」

「……テラさん」

　ポヒがカップをテーブルに置いて、テラの手を握った。

「それは、ええ。それはとても……わかる、と言ったらあれだけど。理解できるわ。応援する」

「ありがとうございます」

「では、どうするべきかしらね。その場合は……」ポヒが考えこむ。「思ったのだけど、あなたの計画はこのままでは犯罪だから、少し手を加えて、ビトリッチさんとインセイシャブル号の力を借りる形に変えることはできるんじゃないかしら。まあ、彼の甘い希望まではかなえてあげられないことになるけれど。小惑星でよその船に乗り移るという流れそのものはいいと思うの。その先のことは考えてあるんでしょうね？」

「それについてなんですけど――」

　テラはカップを取って、それを半分ほど飲むまで考えてから、心を決めてポヒに目を向けた。

「考えは、あります。ポヒさんとお話しして、ちょっとだけそれを変えることにしました。ひとつお願いしていいですか？　ひとつだけでいいので」

「何かしら？　なんでも言って」

「私たちは船を出て、多分それきり戻りません。――でも、そのことで、ルボール伯父さまとモラ伯母さまに責任や賠償を負わせないで下さいませんか」

ポヒが戸惑って顔を振った。

「戻らないの？　彼女を連れ戻すのではなく？」

「はい、私たちは行くところがあります」

「それはやっぱり、さっきの犯罪計画のままで？」

「いえ、違う方法で」どういう顔をしたらいいのかわからなくて、微笑のような困り顔で、テラは打ち明けた。「変えたことっていうのは、これをあなたに打ち明けていることです。黙って行くつもりだったんですけど」

「違う方法」ポヒは確かめるようにじっと見つめる。「人を傷つけたり、物を奪ったりする？」

テラはカップを置いて、天窓を眺める。

「今みんなが持っているものは、何も傷つけませんし、奪いません。しいて言えば、私たちが今後獲ってくる分の漁獲がなくなりますけど――私たち、もともと漁師じゃないですよね？」

「そうね」ポヒはほろ苦い笑みを浮かべた。「私たちはとうとうあなたたちを漁師にしてあげなかった。雲の底から船を持ち帰った後でさえ」

「別に仕返しってわけじゃないんです。ただ、絶対に氏族のためになるはずのことまで無視されたのは、ちょっときつかったな、っていうだけで」

「ええ」

「そういうわけなので……お世話になりました、ポヒさん」

「わかったわ、元気で。伯父さま方のことも聞き届けたわ」

テラは礼を言い、玄関で夫人とその娘に見送られて立ち去った。


翌朝も、テラは朝食と弁当と焼き菓子を作る。うすらでかい灰色の旧式背嚢《キスリング》を背負って、「アイダホ」一〇年層にある骨董扇区の媒体庫へ出勤する。深い渓谷に突き出した足場から長いロープで縛られた女が思い切り突き落とされるコンテンツを見て、娯楽作品なのか科学実験なのか拷問記録なのか別のいかがわしい何かなのか、同僚のマキアと相談する。

昼に古い庭園のような書庫で弁当を食べて、馬の尾を握る。

アイダホ骨董扇区が成立した時からいる、ロボットの古い馬の尾だ。

ぽくぽくと歩くそいつのあとについて、散在する遺跡のような素子石の奥にある、目立たない隠し扉を抜けて、三〇〇年前の脱出船の中へ入る。

秘密の領域に足を踏み入れた途端に、ミニセルが勝手に作動して爆才エダの顔を表示した。

「おめでとう、テラちゃん。君はとうとう逃げ切った」

「っはー……」

持ちこんだ旧式背嚢《キスリング》ごと壁にもたれて、テラはずるずると床にへたりこんだ。その横で案内役の馬がぶるるっと鼻を鳴らして、書庫へと戻っていった。

扉が閉じ、脱出船は氏族船「アイダホ」船内と完全に隔絶した。

テラはしばらく立ち上がれない。計画をやり遂げた安堵と疲労がずっしりとのしかかっていた。アイタル氏の青年たちをだますのも、それを見破った族長夫人とやり合うのも、普段のテラなら逆立ちしてもできないような難事だった。

「つかれた……寿命が一〇年ぐらい縮んだ気がします」

「君があのおばさんの前で打ち明けてしまったときはひやひやしたけどね。運が良かったな」

「運じゃなくて、あの人の人柄がよかったんです。おばさん呼ばわりはやめてください」

テラはミニセルをにらんで言った。エダが笑う。

「はっは、まあいいじゃん。あたしもおばさんだが気にせず綺麗にやってるよ」

「そういうことじゃなくて……」

「わーってる感謝ね。それと謝罪か。これから彼女の氏族の持ち物をかっぱらって逃げるんだからな」エダは肩をすくめてこともなげに言ってのける。「そもそもが『アイダホ』から何から何まで全部、船団長《グレート・チーフ》であるあたしとマギリのものなんだけどな。テラちゃん、君の体を構成する分子のひとつまでもな」

「私の体は私のものです」

「もっともだ。誰かのものになるまではね！」

刈り上げショートの白衣女が、テラの左手の甲で恐ろしく気さくに言う。それがこの世の何よりも異様なことだと知っていても、信じられない光景だ。

ＦＢＢの雲の底で出会ったドライエダ・デ・ラ・ルーシッド星間生物学一等博士とは、「アイダホ」に帰還した翌日に再会した。書庫にやってきたテラが一縷の望みをかけて馬の尾を握ったときに、初めてここへのドアが開いたのだ。足を踏み入れた時にエダが話しかけてきた。それで脱出船のシステムが生きているとわかり、テラの脱出計画は初めて実現可能なものになった。

以来、エダはこの脱出船の中にいる。肉体は存在しないが、人格としては、いる。テラが雲の底からここまで連れてきたような形だが、もしかすると「アイダホ」の中央ＡＩの中で眠っていたデータが目覚めたのかもしれないし、どこからか通信しているのかもしれない。本当のところ、まだよくわからない。

そんな曖昧な存在だが、幸いなことに利害だけは一致している。

「とにかくテラちゃんがいろいろ物資を持ちこんでくれたおかげで、この船もだいたい再起動できてる。あとはもう一人、ダイオードちゃんさえ乗ってくれればＧＩへすっ飛んでいけるってわけだね」

「乗せる前にすっ飛ばないでくださいよ、絶対」

「わかってる、そんなことをしたら君は船を爆破しかねないしね。きちんとあの子を拾ってから逃げることを約束するよ」

エダ博士はGIへ行きたがっている。だから手を組むことができたのだ。テラは採氷船で逃げるダミーの計画を推し進める。そうやって氏族の監視の目をごまかしているあいだに、エダが古い脱出船での本当の脱出準備を推し進める。もしも不手際で露見しそうになったら、エダの船団長コードで氏族船に緊急事態を起こして逃げる手はずまで定めてあった。そんなことをせずに済んだのは幸いだったが。

単に利害が一致しているだけではないようだ。不思議に思ってテラは聞く。

「エダさん、あなたはどうしてそんなに私たちの手伝いをしてくれるんですか？　今までにもあなたと接触したFBBの人間はいたって聞きましたけど」

「趣味で」

身も蓋もないひとことを口にしてから、エダは付け加えた。

「それなら私のほうこそ聞きたい。君はなぜダイオードちゃんを助けに行くんだい」

「パートナーだからですけど。聞くほど不思議なことですか？」

「不思議だから聞いてるんじゃないよ。君が一番大事なことをちゃんとわかっているのかどうかを聞いているのさ。一人の人間は多くの要素、多くの側面からできている。そのすべてを他人が受け入れられることはまれだが、もっとも愛する場所を知悉していれば、紐帯を保ち続ける役に立つ。——さあ、君はダイオードちゃんのさまざまな属性の中で、何をもっとも取り戻したい？」

　テラは虚を突かれて黙った。これは意外な、興味深い問いかけだった。

「彼女の顔かたち？　性格？　パイロットとしての腕前？　それともまだあたしが知らない、見たことのない要素のどれか……？」

　配管の隙間に押しこまれた一五個のクッションに染みついた、あの甘苦い髪の匂い。

出し抜けにそんなものを思い出して、テラは瞬間的に顔を赤らめた。

「え、いえ、違」

「ん？」

　ミニセルのある左手をうんと体から離して、右手で顔を隠した。

「……すみません、この質問、棚上げにしていいですか」

「うん？　よく考えたい？　どうぞどうぞ」

　考えれば考えるほど、はっきり自覚が湧いてきた。会って顔を見たい、話したいということもあるけれど、それ以上に。あの、幅も高さも厚みも少なめで、くるくる動いてすぐ跳んで逃げて、まれに突然ぶつかったりして来る彼女の存在を。

　この、手で、胸で。

　——すうはあ、とテラは大きく深呼吸をして、動悸と体温の鎮静に努めた。これはなんとかしなきゃいけない、特に左手のことをなんとかしなきゃいけないぞ、と思った。

「さて……行きましょうか、そろそろ」

息を整えたテラは梯子を上って操縦室に入る。一四個のリクライニングシートが外へ向いて放射状に設置された部屋で、天井が船首の方向に当たるデザインだ。その中心に、計器盤ごと回転する一五個目の船長席があり、テラはそこに腰かける。ちょっとえらそうで気が引けるのだが、他に乗組員がいないのだからそこに座るしかない。

「準備完了なんですよね？　じゃあ、出港しても？」

テラがよく目立つ脱出ボタンに手を伸ばすと、いや待って、いちばん大事なことが残ってると真剣な顔でエダが言う。

「なんですか？」

「この船に名前を付けてない」

「そんなの、なんだっていいじゃないですか……」

「いや、大事だから！　名前のない宇宙船ほど味気ないもんがあるか？　君がつけないなら私がつけよう、インサニティ号とイントレランス号とインザミネイト号、どれがいい？」

「ろくでもない名前ばっかりな気がします。あっまさか、今残ってるそういう名前の船って、全部あなたが？」

「そういうこと。じゃあ、そうね、眠れない号《インソムニア》はどう？」

「なんでですか？」

「きっと二人はそうなるからよ」

　意味ありげに目を細めて女は笑う。

　周回者暦《C.C.》三〇四年一〇八日の昼休みが終わる午後一二時五九分、エンデヴァ氏族船「アイダホ」の中央シャフト北極トップから、現行の周回者船《サークス》リストに記載のない、昔のワインの瓶のコルク栓のような小さな物体が、スポンと離脱した。

　縦横二〇メートルほどの物体は、近くにある作業港に係留されていた、ＡＭＣ粘土艤装中の礎柱船《ピラーボート》から、二つの操縦ピットだけを摘出、収納。この際デコンプが行われたので、物体にはデコンパが乗っていることが確定している。

　直後に主エンジンに点火して物体は逃走。「アイダホ」航管により追跡が試みられたが、なぜか原因不明のデータ欠失が起きて軌道決定に失敗、ロストした。

　同一三時四〇分、骨董扇区の媒体庫より届け出があり、テラ・インターコンチネンタル・エンデヴァの無断脱船が判明した。

第二章　「芙蓉《フヨー》」

1

周回者《サークス》の公用重力加速度は九・八メートル毎秒毎秒、いわゆる一Gである。当然のようだが、実はまったく当然ではない。もちろんこれは汎銀河往来圏《ギャラクティブ・インタラクティブ》の公用値に合わせているのだし、またそれより昔の地球の表面重力がこうだったのだとも言われているが、実はそうでない宇宙社会も過去たくさんあった。日常的に三Gで暮らし、戦士たちが長靴一足で大気圏突入を敢行したという伝説の肉弾社会ベラーフォンから、まったくのゼロGで過ごす群小の非回転コロニー社会まで、六〇〇〇年の宇宙生活のあいだに、人類はさまざまな公用重力を作り出した。

しかしながら高重力や低重力で形成された社会は、公用重力の異なる他の社会との交通が難しくなる。低重力人が高重力界に入った時の苦労は無論のこと、逆に高重力人が低重力界に入る時も、上半身膨満や内分泌系の変化による不調、手すりやカップから恋人の肋骨までなんでも壊してしまう「墓場腕《グレイブ・グラップル》」と呼ばれる握力過大事故まで、さまざまなトラブルを発生させることが多かった。手すりやカップはともかく、恋人を壊してしまっては融和と子孫繁栄に差し支える。親密な関係を築くのは難しい。

そういったことが続いた末に、「星間交通を無視しないつもりなら、公用重力は周りに合わせたほうがよい」という常識が形成された。当初は人工天体社会だけのものだったが、新天体探索の際に重力値がより重視されるにつれて、汎銀河往来圏《ギャラクティブ・インタラクティブ》全域での常識として、公用照度値《ルクスポリシー》や酸素呼吸とともに定着した。

そういうわけだから、周回者《サークス》が公用重力加速度九・八メートル毎秒毎秒の値を採用しているのは、逆に理にかなっていない。なぜなら周回者《サークス》は星間交通をほぼ無視した孤立社会だからだ。この社会はもっとさまざまな重力値を採用する可能性があり得た。にもかかわらず、三〇〇年前から一Gであり、現在でも自転する一六隻の氏族船すべてが、外周基底面でこの重力加速度を実現するよう、回転速度を調節している。奇妙な話である。単に変更が不可能だからそうしているのだとは限らない。たとえばエンデヴァ氏の「アイダホ」などは拡張するにつれて速度を変化させつつ、最外周の一Gを維持している。完全に意図してやっているのだが、なぜそうしているのか説明されたことはない。

なんにせよ、回転する宇宙都市にとって、遠心重力の値がいちばん大事な要素《エッセンシャル・エレメンツ》であるのは間違いない。周回者《サークス》の各氏族船はそのことを強く意識して作られている。

一六隻の氏族船は外周が一Gになるように自転しているが（外周よりも外に取りつけられている倉庫や処理場を除く）、それ以外の点ではさほど共通化を目指してはいない。もちろん電力・通信・浄化などの重要機器の規格は統一を保っているが、町としての船の形は全部ばらばらだということである。「アイダホ」はドーナツ型をしていて、年々直径が大きくなる。ジャコボール・トレイズ氏の「テーブル・オブ・ジョホール」は文字通り円テーブルの形をしている。シンチン氏の「ツァイジン」は五芒星型をしているし、ラデンヴィジャーヤ氏の「マンダーラ」では円形の周りにさらにいくつもの円が隣接する形をしている。ゲンドー氏の「フヨー」は花の形をしている。

「フヨー」は芙蓉という表意文字を充てるのだと当のゲンドー氏は主張している。芙蓉が何を指し示すのかは不明である。彼らの氏族船は現存するハイビスカスという花の形に酷似しており、それをなぜフヨーと呼ぶのかわからないということである。彼らの文字体系は古すぎて、彼ら自身もその意味の多くを忘却している。文字の意味が似ているとか、形や響きが好ましいなどの理由で、実はけっこう気ままに音と文字を対応させているらしい節があるのだが、それを率直な問いにしてぶつけると、彼らは頑として認めない。由緒正しい伝統があるのだと主張する。ゲンドー氏は弦道と書き、それは二点を結ぶ最短距離を意味する言葉で、超光速航法・光貫環《クアングアンフアン》《バウ・アウァ》の発明とも関係があるのだ云々の蘊蓄を繰り広げることがままあるが、それが大会議で認められたものとは限らない。

ともあれ八〇〇〇年の歴史を持つと称し、奇妙な表意文字の他にもさまざまな独自の習俗を持つのがゲンドー氏という人々である。

さきの大会議《バウ・アウァ》では、今期の「フョー」の軌道傾斜角が七八・八度に決定された。だから彼らは船団が分離して以来、赤道面に対してかなり大きく立った軌道を巡っている。それはつまり、ファット・ビーチ・ボールの南北極を取り巻くオーロラ帯の真上を、一〇時間ごとに通過しているということだ。ガス惑星の極域を彩る電桜色《プラズマピンク》と雷紫色《サージパープル》の巨大な冠。その直径は二八〇〇〇キロメートルにも及ぶ。

ゲンドー氏の漁師は、そこで網を打つのである。

オーロラに照らされて飛ぶ「フョー」は、大部分が艶美な赤桃色をしている。この直径五キロメートル近い花は外周に五枚の花弁を開いており、これが第一から第五までの居住区になっている。内周には少し暗いパープルの接続部があり、病院や配送所や浄水槽が収まっている。中央には無重力塔がそびえ立っている。この部分は他氏族と同じで、公用宇宙港や通信施設が配置されているのだが、「フョー」ではこの塔の周りに、氏族旗である昏魚《ベッシュ》型の黄色い吹き流しを多数取りつけている。これを一〇キロメートルほど離れて眺めると、花柱に黄色い粉をはたいたように見え、全体としてはまさに宇宙空間に咲き誇る大輪の花といった趣である。ゲンドー氏の人々はこれを大変誇りにしている。

特徴として、花なので裏表がある。表側はおおむね恒星マザー・ビーチ・ボールに向けており、窓や観測設備を設けて、豊かな日光を利用している。いっぽう裏側には空調や貨物昇降機や上下排水のダクトを通してある。重要なのは確かだが、ごたごたして日の当たらない、地味なエリアだ。ここも花にたとえて萼片部《がくへんぶ》と名付けられており、その中心にある軸端《じくたん》部、「アイダホ」でいう南極部分を、「フョー」では萼筒港《がくとうこう》と称していた。

周回者暦《C.C.》三〇四年一〇八日。大輪の花たる「フョー」に出入りする宇宙船に混じって、ごく平凡な竜骨吊下げ型《フィッシュボーン》貨物船が管制の許可を受け、萼筒港《がくとうこう》に入港しつつあった。

船籍はジャコボール・トレイズ氏、船名はインソムニア号だった。


「だ、大丈夫ですかね、これ……」

ゆっくりと港へ進むインソムニア号の船長席で、テラはどきどきしながら外景を見つめている。開けっぴろげな「アイダホ」と違って、ここでは港湾施設は花のつぼみの外皮のような対デブリ防護殻に覆われている。その隙間のような港口で、武骨な長い筒がこちらをにらんでいる。素人のテラにもその正体はひと目で分かった。

「あれ大砲ですよね？」

「粒子ビーム砲だね。ド派手な光線が飛んでくる。うっふっふ、あれはいっぺん見ておく価値があるよ」

手の甲のエダ博士が薄笑いしている。現在、インソムニア号は彼女が操縦しているので、テラはなすすべもない。

「しかもあれは私らの時代からある、骨董品だ。今でもまだ使ってるんだねえ」

「骨董品だって、ハリボテをふっ飛ばすぐらいのことはできますよね？」

テラが言うのは、インソムニア号の外形のことだった。「アイダホ」を出たときの形そのままでやって来たら当然捕まってしまうので、別の貨物船に化けたのだ。

その方法は、ＦＢＢの乱雲の中で礎柱船《ピラーボート》を飛ばして、追っ手を幻惑したときと同じ――デコンプによる変形だった。

船籍の偽装はもちろん犯罪だ。まさか大砲があるとは思わなかったので引き返したいが、時すでに遅く、自船の後ろにも別の船が続いている。もうこのまま進むしかない。テラは祈るような気持ちで、近づく大砲と後ろの船を見比べる。

後続はチューブを踏みつぶしたような平たい円筒形をした船だ。その船をどこかで見たような気がしてテラが見つめていると、エダが気抜けした口調で言った。

「まあ種を明かすと、港湾レーダーもトランスポンダもあたしがごまかしてるから心配しなくていいよ。向こうからはまともな船に見えてる」

「そんなことをやってたんですか？」テラは驚いて声を上げる。「ていうか、そんなこともできたんですね？」

「言ったでしょ、周回者《サークス》はあたしたちの船団だ。船団長命令権《グレート・チーフ・コード》が通じるんだよ。特に氏族船の古いシステムに対してはね」

「それは聞きましたけど……じゃあ、ダイさんのいるところまで、『フョー』のドアというドアを全部開ける、なんてこともできるんですか？」

「もちろん可能だよ」エダは得意げにうなずく。「ドアだけならね。それを見た人間がどう出るかは知らないけど」

「寄ってたかって閉め直すでしょうね」

「大騒ぎするだろうね」エダはあっさりと肩をすくめる。「それにドアだけ開けても、ダイオードちゃんは何が何だかわからないだろうね。だから連れ出すなら実際に行かなきゃいけない。それができるのは体のある存在だけだ」

「それにエダさんてこの船にいるんですよね？　船から離れても役に立つんですか？」

「無線とか構内通信が使えれば声ぐらいは届くと思うけど、まあ今の時代のセキュリティがあるだろうなあ」

「意外と頼りにならない……」

「言ってくれるねえ。まあ実感がないだろうから無理もないけど」透明感のある整った顔で、エダはあくまでも気軽そうに笑っている。「わかるように仕事をしてみようか。正面衝突を避けるとか」

「え？」

聞き返したとたんにゴーッと噴射音がして、テラは真横に首を持っていかれそうになった。

　窓代わりの外景ディスプレイを巨大なピンク色の円錐形が横切る。後部からまばゆい光芒を噴射している。いつもそれに乗っていたテラにとって、外から見るのは馴染みのない光景だった。

「礎柱船《ピラーボート》！」

「漁の時間みたいだね。おっと、まだ来るよ」

　さらに二度、インソムニア号は立て続けに横滑りして避けた。二隻の礎柱船《ピラーボート》が航路の真ん中を占領して堂々と出て行く。まだ桟橋を離れたばかりだろうに、メインエンジンを派手に噴射している。

　それらを目にしたテラは気づいた。

「ニシキゴイ漁へ行くんだ……」

「それはどんなやつ？」

　エダが首を傾げた。知りませんかと訊くと、昏魚《ベッシュ》の漁はあたしが死んでから発明されたんだよと答えた。

　死んだ女と話しているという感覚にむずむずしながら、テラは説明した。

「ニシキはゲンドー氏の言葉で色鮮やかなオーロラ、コイは口が大きくて上昇力の強い魚を表すそうです。オーロラの中で大暴れする昏魚《ベッシュ》を彼らは獲りに行くんですよ。もちろん漁場はFBBの極冠部。あるいはその中でもごく狭いエリアなのかも。そういうところへ狙って降下していくために、みんな一度に出て行ったんだと思います。——昏魚《ベッシュ》そのものはあなたもご存じなんじゃないですか？」

「ああ、あれかな。極冠でやたらと活発に活動して、ものすごく高みまで昇るやつがいる。六〇メートル級の中・大型種だ」

「そう、それです！」

「あれならあたしはバラクーダって呼んでる。ふーん、あんなのまで獲るのか。小型の群れを獲るより、漁獲効率は悪いだろうに」

「大会議《バウ・アウア》での協定上、氏族船が極冠の上を通る二年間にしか獲れません。ニシキゴイ漁は、効率よりも男らしい勇ましさを求めて行われるそうですね」

「なるほどなるほど」うなずいたエダが、愉快そうに口角を上げる。「前もそうだったけど、テラちゃんは魚とか漁に詳しいね？」

テラは自信をもって微笑み返す。

「漁師ですから」

「いい顔だ。ついでに接岸までできれば文句ないね」

いつのまにかインソムニア号は萼筒港《がくとうこう》に入り、金属チューブ型の桟橋に近づいていた。

航行士席のあたりにドッキングシーケンスのＶＵＩ画面が何枚も表示されており、テラはひえっとうろたえる。

「ちょっ、待ってください、私この船初めてで、しかも一人で精密接岸は」

「なるほど、でっかいテラちゃんは細かいことが苦手、と……」

幸い接岸はエダがやってくれた。――三軸方向への正確でまっすぐな動きを、スーッ・スーッ・スーッと一回ずつ。それで船は見事にガチャンとドッキングした。

テラは感心してぱちぱちと手先で拍手する。

「わ、すごいすごい。でもダイさんとは全然違いますね」

「ダイオードちゃんも操船が下手なの？」

「いえ、そんなことはないです」きっぱり首を横に振って、テラは自慢げに話す。「ダイさんは上手です。でも今のエダさんのプリンタヘッドみたいな動きじゃなくて、行くときは怖いぐらい大きくグイッと行って、寄ってからはものすごく丁寧に、そっと押し付けるんです。そのメリハリがとても大胆で。あれをやるダイさんの手と指の動きは、私ほんと好きなんです。素敵だと思います」

思わず説明に熱が入るテラの顔を、エダはじっと見つめて低い声でつぶやいた。

「へえ、そういうタイプなんだ……そりゃぜひ見てみたいね」

接岸後に入港事務が発生したが、これもエダがごまかした。ダクト清掃用ロボット五〇〇台を輸送してきたと称して、然るべき書類と船倉の合成画像を提出したのだ。同時に裏で何か電子的な小細工も仕掛けたらしく、入港管理官は疑いもせず許可してくれた。

「これ、もし踏みこまれていたら、どうすればよかったんですかね……」

「精神脱圧《デコンプレッション》。何かしら人目を欺く変形をその場でやらかさなきゃいけなかっただろうね？」

「たとえば？」

「たとえば、粘土は人の形にできる」

そう言ってエダはウインクする。人の形にしてどうしろというのか。大量の粘土人間で港を襲撃でもするのか。出来ればそんなデコンプはやりたくないと、テラは強く思った。

とにかくこれである程度、行動の自由が手に入った。

「長くて五日。一週間はないね」

エダはそう言う。テラは上陸の装いを整えながら、「十分です」と答える。

「そんなにスムーズに行きそう？」

「一週間も見つからずにうろうろできるとは思えないので、そのころには救出成功してるか失敗してるかです」

「けっこうな覚悟だ。発砲や人さらいも辞さない異氏族の街に入りこんで、二万人の中から一人を見つけて助け出す。勇敢な男でも尻込みしそうな計画だが、君は彼女の何を求めているのか、ちゃんとわかるようになったんだね？」

「はあ、まあ」

「それは未成年の女の子を大人の女がかっさらうことを正当化できる理由かな？」

「みっ？」

薄赤く頬を染めていたテラは、突然入った指摘に動揺して振り返った。

「み、未成年じゃないんですけど？　ダイさんは」

「でも一八だそうじゃないか。六歳も年下の子を本気で追っかけてる自分をやばいと思うことはない？」

「ちょ、そういう……そういうこと今言います？　このタイミングで？」

「その顔からすると自覚がないでもないのだね。いやけっこう、余計なことを言った。気にせず前のめりで行ってくるといいよ、あたしは応援する！　そういうの！」

「あの、もういいので静かにしててください……」

テラは頭から爪先まで覆う風管正装《ダクトドレス》を着込んでいた。肘と膝に武骨なプロテクターの付いた気密服で、宇宙施設の配水管や通気管の検査をする、菌工師《バクジニア》の作業服だ。人数の少ない菌工師《バクジニア》は氏族間を行き来することがよくある。それに素顔を見られずに済むという利点があるので、これを選んだ。

軽量の服ではないが、幸い宇宙港は無重力である。宙を漂ってふわりとエアロックに入った。

目指すはゲンドー女学校である。

「じゃ、行きますよ。きっと二人で戻って来ます」

「がんばってね。なるべく回線つながりそうなあたりで動いてって」

エアロックを出て桟橋に入った。隣に接岸してきた貨物船がやはりなんとなく気になったが、出たばかりのここで他の人間の興味を引いてもいいことはなさそうだったので、速やかに離れた。

2

固く結束して新天地へ旅立ったはずの集団が、旅先の困難に出遭って内紛を起こし、分裂して自滅する。七〇〇〇年の人類宇宙史においてはちっとも珍しいことではない。

しかし三〇〇〇年前、汎銀河往来圏《ギャラクティブ・インタラクティブ》から惑星ファット・ビーチ・ボールにやってきた周回者《サークス》たちは、その点稀有なことに、これまで一度も割れたことはなかった。小さな問題は氏族間で話し合い、大きな問題は大会議《バウ・アウア》で協議して、氏族船同士が艦砲を撃ち合うようなことはせずに、今日まで共存してきた。当初の二四氏族が一六氏族まで減ったのは、すべて人口減による自然消滅である。

　そんな平和的共存が可能だったのはなぜだろうか？　どこの氏族の初等学校でも子供にそう問いかける。それは我々が高い理想を持ってやってきたからだ、とどこの氏族のＡＩ教師も人間教師も教えている。

　周回者《サークス》は新天地を開拓するために、高い理想と堅い意志を携えて、このマザー・ビーチ・ボール星系へやってきた。あいにくと到着前の予想が外れて必要な資源の幾つかが発見できなかったが、幸いファット・ビーチ・ボールという燃料資源の豊富な惑星に定住することができたので滅びずに済んだ。それ以来、昏魚《ベッシュ》を獲ってＧＩに輸出するという有力な産業を確立して、平和な暮らしを維持しているのである……。

　こうした教育がほとんどの周回者《サークス》市民を育ててきた。しかし毎年必ずこう訊く子供がいる。ご先祖様たちはどうして人が大勢いる汎銀河往来圏《ギャラクティブ・インタラクティブ》を離れて、わざわざこんな田舎へ逃げて来たんですか？　私も広大なサバンナで雷竜に乗ったりモルフォ蝶を追いかけたりしたいです。僕も猫やグルギュリの青いやつや赤いやつを撫でてみたいです。大きくなったら行ってみたい。

　大巡鳥《ターシンニャオ》に乗りたいです。

　これに対する教師の答えは、ＡＩと人間とで分かれる。

　毎日規則正しく善良に暮らしていれば乗れるかもしれません、とＡＩ教師はにっこりする。

先生も乗ろうとしたことがあったんだけどね、と人間の教師は苦笑する。誰でも申請はできるが
二年に一度GIからやってくる大巡鳥《ターシンニャオ》の乗船条件は不明である。誰でも申請はできるが滅多に通らない。客船や観光船ではないからだと説明されるが、翼幅六〇キロメートルの巨鳥に、たかだか数人の客を乗せられないわけがないと皆思っている。密航者はカプセルで投げ返される。もしくは成功することもあるのかもしれない。これについては確かめようがない。

そのくせ情報は切れ切れに置いていく。GIに散らばる暖かい星と涼しい星。過酷な嵐の星と荒れ果てた岩石の星。街路を人が埋める都会の星と霧に包まれた無人の星。さまざまな星があると伝えるが、奇妙にもその星の場所と行き方は知らせない。夜空に輝く星々のどれがそれなのか、さっぱり教えずにとぼけている。行き先も来た星も教えない。

明らかに大巡鳥《ターシンニャオ》は情報を操作している。その意図は周回者《サークス》の想像の外だ。単に乗れないだけでなく、不可侵の雰囲気をまとっているのだ。教師たちは、AIも人間も、それについて語れない。

自分を包む世界にこうした態度を取られた子供たちの多くは、漠然とした不安な宇宙観を持つことしかできなくなる。形ばかり素晴らしいと語られる、書き割りのような遠いGI世界。それに対して狭いがそれなりに安穏とした周回者《サークス》世界。何も銀河の果てまで行か

なくても、他に一五も氏族がある。食べ物や風習が違って戸惑うかもしれないが、違いはむしろ願ったりだ。二年にひとつ回ったとしても、すべて巡るのに三〇年。三周もすれば人生が尽きる。十分な変化を味わえるじゃないか。

そんな境地に至れない子供は、いてもごく稀だ。

こうして、他氏族と争うことはどこにも行き場のないFBBでの暮らしそのものを危うくする愚行であるという感覚が、若者に根を張っていく。――手の届かない、どこか高いところを漂う理想ではなく。

そんな周回者《サークス》社会だから、C．C．三〇四年のゲンドー氏の動きは、かなりの異常事態であると各氏族に受け止められていた。

他の氏族船で夜間に女の家を襲う。また小型船を実弾で撃つ。さらに別の氏族船でも拉致を強行してしまう。いずれも賠償や問責に値する蛮行だ。

実はゲンドー氏の問題行動はこれが初めてではなかった。昨三〇三年の半ばからすでに、周回者《サークス》の在り方にまつわるアイタル・クオット氏の自由な発言に抗議したり、男女の役割の再配分についてのジャコボール・トレイズ氏の提案を非難したりと、何度も攻撃的な態度を取っていた。それが積み重なって、直近の三〇四年の大会議《バウ・アウア》では調整の話し合いがもたれたのだ。内々にだがゲンドー氏の長老格の人物も呼ばれ、事情が調べられた。

それで明らかになったのは、問題の源泉が族長だということだった。

一昨年就任したゲンドー族長、白膠木《ヌルデ》仕切鬼蛍惑《シキリヨーニケイワク》が奇妙な考えを抱いているらしい。外からはうかがいしれない、理解しがたい行動を取っている。無用のいさかいを起こしているように見えるのは、何か彼らなりの思惑があるらしい。だが長老格の身内から見てもその意図はきわめてわかりにくい。

分析の得意なクオット氏あたりに言わせると、どうもゲンドー氏はまわりの反応を探っているらしい。一連の問題行動を通じて、他氏族が新しい事態や事故に出くわしたときどう動くのかを、ひそかに見極めているのだという。だとすれば、さらに先の思惑があるということになる。

こうしたわけで、この時期の周回者《サークス》の人々は氏族の垣根を越えて、ある一つの船を——「フョー」を注意深く見つめていたのだった。

太陽を向いて回る花の街、「フョー」。光の当たる五つの花弁には無数の四角い窓が並ぶ。それらひとつひとつの中にゲンドー氏の人々の住居があり、事務所があり、教室があり、商店がある。家々を結ぶ路地があり、老人たちの憩う公園があり、野菜の生い茂る農場があり、光化学変化を利用する工場があった。どの窓からも人々の「横顔」を見ることができた。どの窓にも、氏族船がFBBの昼の側を航行している間は、豊かな陽光が降り注いでいた。

周回者《サークス》の氏族船のほとんどが、設計上の問題から恒星の光を直接取り込むことをあきらめて人工照明に頼る中で、船内の広い範囲で陽光を受け取れる「フョー」のことを、ゲンドー氏の人々はことあるごとに誇っていた。常に陽光が「真横の一方」から差すせいで、体の半面だけ日焼けすることやまぶしさを避けるために様々な工夫が必要だったが、他氏族にそのことを言われると、そんな些細な問題よりも、光を浴びる益のほうが大きいと返すのが常だった。

しかしながらゲンドー氏の中にも陽光嫌いの人間はいないわけではなく、その中の一人が、いま「フョー」の中でも陽光の届かない特に暗い場所をごそごそと移動していた。

「しばらくほっといたわりには綺麗で助かりますね……」

小さな小さな独り言が、絶え間ない風の音に流されて消える。狭苦しくて、無限に長く、ブラックホールのように真っ暗で何も見えない空間である。

つまり換気用ダクトの中だった。そこを声の主が動いている。

ごつんと音がして「あいた」と声が響き、ポッと小さな明かりがついた。ほんの一瞬、埃のこびりついたダクトの交差点に、白くてなめらかな細身の輪郭が浮かび上がり、すぐ闇に消える。

「あ、もうここか」

方向を確かめた声が遠ざかっていくが、もし誰かが目にしたら、自分の目と正気の両方を疑っただろう。

ダイオードである。であるのだが、普段の船用盛装姿《デッキドレス》でも、最近与えられたヤガスリとハカマ姿でもなかった。銀の長髪をまとめて入浴用タオルで包み、首元にクッキー一枚ほどの発光チップを構えて、あとは何も。

上も下も前も後ろも、何も。

つまりほぼ全裸の小柄な少女が、四つん這いで殺風景なダクトの中を動いているのだった。

正確な場所は「フョー」第五花弁、行政中枢・颱風閣《タイフーカク》二三一層、蓴片部換気ダクト排気系副管。わかりやすく言い換えるならば、ダイオードが捕まっていた政府ビルの日陰側にあるごちゃついた機械設備の一部に含まれる、上方へのルートのひとつである。日にちは周回者暦《C.C.》三〇四年一〇九日だった。瞑華《メイカ》に捕まってから一五日間、一般妄想具現試験を始めとする各種試験を施されたのち、その結果を聞かされた当日だった。

細長い暗黒の空間を少女は迷いなく進む。交差点では音の変化を感じてぶつかる前に止まる。照明代わりに壁から剥ぎ取って来た発光プレートを一瞬光らせて、壁面の記号を読むこともあるが、多くの曲がり角ではそれもしない。複雑怪奇に接続されたダクトを、右へ左へとすいすい曲がっていく。

そして一定間隔で通路を塞いでいる騒々しい送気ファンにでくわすと、手探りで電源コードを引き抜いて整備用ラッチを外し、ファンを横へ回転させて通過する。垂直部に出くわすと、壁に作りつけられている梯子代わりのハンドルを頼りに、そのまま何十メートルも登っていく。

人間が通れるこういう空間があること自体は、何もおかしくない。可住大気圏内の施設と違って、宇宙施設は空気循環がすべてだ。窓を開けて風を入れるなどということは不可能だから、全域をくまなくダクトが接続している。中枢部に設置されている大規模な浄気センターで作られた呼吸可能な空気が、浄気系統ですみずみまで配分され、排気系統ですみずみから回収される。ダクトの不調は窒息に直結するため大径のパイプが各所をつないでおり、その化学成分も熟練の職人によってppbの単位で監視され、有害物質がすみやかに取り除かれるようになっている。

だからおかしいのはダクトではなくダイオード本人だった。ダクトのルートに関する知識、方向感覚、這いずったり登ったりの身体能力、そして思い切った姿で動く行動力。すべてがただ逃げてきた少女のそれではない。

ダクトに潜りこんでから二〇分、前方にぼんやりと薄明かりが見えた。自分以外が発する初めての光だ。静かにそちらへ近づいて、出口から慎重に覗きこむ。

そこに場違いな光景があった。

縦横二メートル四方ほどで天井の高い、小さな四角い竪穴の底だ。配気井《はいきせい》と呼ばれる場所で、いくつもの穴が壁に空いており、以前は字の通り、付近のダクトに空気を流通させていた。

　今は別の目的を果たしている。壁際には拾ってきたおんぼろのベンチが置かれ、床の中央には借りてきたテーブルが陣取り、まともに作動するのか怪しい情報端末や汎用プリンタや鏡や化粧具が雑然と乗せてある。床には食用トナーの空パックやぬいぐるみやら服やら靴やらが散乱しており、ひとつの辺には半分にぶった切ったマットレスが無理やり斜めに立てかけられて、ソファともベッドともつかぬ鳥の巣めいた寝床に仕立て上げられていた。

　そしてその寝床には、一人の女が片膝を抱えこんでだらしなく座り、テーブルに投影されたコンサート映像をぼんやりと見ていた。黒髪を鳥の翼のようにワックスで固めて、顔の右半分には猛禽の目のようなデコレーションをプリントした、なかなか派手な見た目の女だ。知らない顔だったが何者かは察しがついた。例のヤガスリにハカマを着ているからだ。

　つまり、ゲンドー女学校の生徒である。

　綱領にいわく、「淑やかに健やかに。すぐれた漁網を績紡《うみつむ》ぐ女子を教え育てる伝統の場」。それが弦道女学校である。その生徒がダクトの奥のごちゃついた隠れ家でくつろいでいるなど、あってはならないことだ。

そのあってはならない光景を目にして、ダイオードはひと息ついた。ここがまだそうなっているのを期待してきたのだった。

とはいえ、まだ完全に安心はできない。壁の穴から顔だけ出して、コンコンと壁を叩く。

「ごきげんよう、績紡《うみつむ》いでる？」

女がハッとこちらを見て、「ごき。ウミツムってるけど……」と答えた。

これは挨拶というより合言葉なので、互いに口にした時点で一応仲間だということになるが、それと気持ちとはまた別だ。突然現れた知らない女を警戒して、相手は「……誰？」と鋭い目でにらんだ。無理もない。

ダイオードとしては争う余裕はない。なんとか懐柔するかやり過ごしたいところだが、うまい手は思いつかなかった。

仕方なく、素直に事実を話すことにした。

「寛和石灯籠弦道《カンナイシドーローゲンドー》、以前ここにいた者です。わけあって設備を使いに来ました。入っていいですか」

「は？　誰？」

相手がさらに眉をひそめて立ち上がった。背丈は中ぐらいだが体格がよくて堂々としている。まずいかもしれない。ダイオードは後ろへ飛んで逃げる心構えをする。

相手がハッと目を見張った。

「カンナ、カンナ……って、そのちっさい体にシルバーの髪、まさか『ひと瓶の寛和《カンナ》』さん？」

「……それって、あの薬の呑みすぎ事件のこと言ってます？」

ダイオードは顔をしかめる。以前、馬鹿な仲間たちが馬鹿をやる中で、自分が一番馬鹿をやってぶっ倒れた。アメ玉みたいな効き目の弱い睡眠薬を、ふざけて飲み合っている最中の出来事だった。

そのときから今の名を名乗っている。あの頃の仲間にも最近出会った人たちにも、イキッてヤバいことをした証の、ただの自己主張だと思われている。そう思われることも含めてなお名乗っている。

だが目の前の女は突然顔を輝かせた。

「言ってるっす、それっす！ 他の子が教師に捕まらないように、寛和《カンナ》さん一人で残り全部飲んで逃げたんすよね？ 証拠インメツってやつで！ あれほんとっすか？」

「……なんで知ってるんですか」

自分一人の胸の内だと思っていたのに、という意味の返事だった。

だが相手はそれを単純なイエスだと受け取ったようで、一気に詰め寄ってまくし立てた。

「ほんとなんすね？ それほんとって顔っすよね！ うわー本当なんだ、すっげえ！ ドラッグやりまくったり教師をだましたり怒ると机割ったり、商店街のお店三軒も燃やして自警団に指名手配されたり、しまいには外へ飛び出して漁船に乗ってるほんとにヤバい人なんすよね？　寛和《カンナ》さん！」

「なんでそこまで細かく知ってんです……？」

表現の激しさの点でいろいろ異議はあったが、言われたのはおおむね事実ベースの話だった。てっきりもっと馬鹿にされていると思っていたダイオードは、面食らった。

「瞑華《メイカ》さんからみんな聞いてるんすよ！　ダクトじゅう這いずり回っていい場所探して、この溜まり場作ったのも寛和《カンナ》さんだって！」

「……ああ」

「あっオレ、瞑華《メイカ》さんの二個下の蘭寿《ランジュ》っす。蘭寿終夜立待《ランジュヨモスガラタチマチ》！　伝説の寛和《カンナ》センパイを見れて嬉しいっす、よろしくっす！」

「伝説ってまだ、あれから一年かそこらしか経ってないけれど……」

さっきまでの警戒ぶりとは打って変わって、蘭寿《ランジュ》は感激の顔ですり寄る。ダイオードは困り顔を曖昧に緩めてうなずいた。後輩に好かれたのは生まれて初めてだし、それ以前に瞑華《メイカ》が自分を褒めてくれていたというのも居心地が悪い。

だが好意は好意だ。

「で――その寛和《カンナ》センパイが、ここの設備に何の用っすか？　なんでも言ってくださいっす！」

蘭寿《ランジュ》がそう言ってくれたので、今はありがたく受け入れることにした。

ひとまず設備を借りる前に、そこらに放り出されていた気密ジャケットを借りて、身に着けた（裸だったので多少心配されたが、風呂から逃げて来ただけだと話して無理やり納得させた）。それからベンチに腰かけて、テーブルの通信端末を立ち上げた。

「実は外へ連絡するために来たんです」

「外って氏族外っすか？　禁止されてるっすよ？」

「ええ、知ってます。でも無理やり通信できるのが、これですよね」

ダイオードは端末の旧式入力装置を手ずから叩く。これは瞑華《メイカ》がどこからか調達してきたものだ。テラにも少し話したことのある、例のアングラコンテンツ云々は、ここで仲間たちと肩を寄せあって眺めた。

族外通信は禁止されているが、この端末にはそれ用のアカウントがある。ダイオードはそれを起動して個体認証を行い、氏族船外への接続を求めた――が、つながらない。

だからと言ってあきらめはしない。予備の、ニセの、他人のアカウントを、以前念のために手に入れたことがあり、暗記していたそれらを次々と試してみた。

だが、どれも成功しなかった。

「んむう……」

ひとまず両手を挙げて、次善の策を考えていると、蘭寿《ランジュ》がおずおずと言った。

「あのー、族外通信だったら、実はオレもアカウントあるんすけど……」

「マジですか」思わずダイオードは振り向く。「貸してもらえます？」

「貸してもいいっす。でも——誰に何を話すのか、教えてもらえないすか？」

　ダイオードがまじまじと顔を見つめると、蘭寿《ランジュ》はわざとらしく目を逸らしながら、「えっと、こういうことするると、すぐにアカ止められちゃうことが多いんで。オレも何もわからないまま貸すのはちょっと、みたいな」と言いわけした。

　もちろん彼女は、伝説のセンパイがここまでするのはなんのためか、という好奇心で訊いているのだろう。

　しかしそうでない可能性もあって、ダイオードはそちらがおおいに気になった。

が、蘭寿《ランジュ》の態度は基本的には、ダイオードが以前好きだった、学校側の眼を掠めて跳ねっかえりをやる仲間たちと同じだった。それに免じて、話してやることにした。

「七点だったんですよ」

「え？」

「一般妄想具現試験。網打ちになるための。あれがね、私七点」

「……マジっすか？　女学校の生徒でそんな点があるんすか？」

「言ってくれるじゃない」純粋に蘭寿《ランジュ》が驚いているのがわかったので、苦笑しただけだった。「ある。私は史上最低の生徒なんです」

　今朝、白膠木《ヌルデ》がそれを知ったのだ。ダイオードがとてつもなくデコンプの下手な娘だとわかると、彼も気づいた。この娘ではなく、その相方が上手かったのだと。かつてなく貴重なデコンパなのだと。

それで改めて、テラを「フョー」に呼び寄せたいと言い出したのだ。

今さらか。

ダイオード的には、それこそ今さらかとしか言いようのない遅れた認識だったが、テラの危険が高まったのだから是非もない。何とか彼女に伝えるために、無理をしてでも連絡を取ることにしたのだ。

「といっても、私たちが族外通信をする方法なんて、そうそうないですよね。まあ、中央通信塔を乗っ取ったり、宇宙港で紙の手紙を渡したりすればいいんですけど？　伝説の『ひと瓶の寛和《カンナ》』にとっても、さすがにちょっとだけ難しくて？」

だからここへ来ました、とダイオードは芝居がかった態度で、テーブルを軽く叩いた。

蘭寿《ランジュ》は黙って聞いていたが、「わかりました」とうなずいて、端末にアカウント名を打ちこみ始めた。今の説明で納得できたのかと思ったがダイオードは思ったが、ともあれ入力を任せた。

「これでつながると思うんすけど……」

接続指示を出した端末を、蘭寿《ランジュ》がダイオードに向ける。やがて固唾を飲んで見守る二人の前に、惑星の周りを二四個の点が巡る図柄が表示された。

「やった……！」「成功っす！」

ただちにダイオードは、テラのミニセルと「アイダホ」のインターコンチネンタル家を呼び出したが、それは拒否された。単に不在だとか相手先不明だとかではなく、明確に族間サーバーから接続拒否を告げられたのだ。

「なに？　これは」「ちょ、ちょっといいすか」

その手の操作に詳しいらしく、蘭寿《ランジュ》が代わって詳細を調べる。

やがて事情が明らかになった。ニュースサイトにテラのことが出ていたのだ。

『五八Kの名デコンパ、未届けの宇宙船で無断脱船』

「テラさん――！」

ダイオードは思わず天を仰いでしまった。よりによって、このタイミングでやらかしてくれるとは。

かくなる上は、テラは来てしまうものだという前提で、先のことを考えるしかなかった。なんとか逃げ出して、テラと合流するのだ。それには今逃げてもだめだ。すぐ捕まってしまう。テラが来たときに、今回と違う手で逃げる必要がある。信用できる人間の手を借りなければいけない。その人に連絡を取らなければいけない――ごくごく、内密に。

どうやって？

額を押さえて悩んでいると、蘭寿《ランジュ》が言った。

「あの……聞いていいすか」

「なに？」

「この人って、センパイの新しい彼女さんすか」

一瞬息が止まった。

何をどこまでとぼけようかと考え始めたが、「新しい」という一言がついている時点で、蘭寿《ランジュ》の知っていることがわかってしまった。

「……瞑華《メイカ》に訊いたの？」

「聞かされるんす。寛和《カンナ》さんのこと」

蘭寿《ランジュ》は苦笑してそう言った。何かいろいろと感情が伝わってきて、こういうときでなければ少し話してもよかったのに、とダイオードは思ってしまった。

今は忙しい。つとめて事務的に答えた。

「同じ礎柱船《ピラーボート》の仕事仲間です。そして、大事な人」

「そうなんすね。その人もセンパイを大事にしてくれる？」

「ええ。そこは間違いないです。テラさんは人を大事にできる人です。というか私を」

言ってから素直に答えすぎた気がした。蘭寿《ランジュ》は小さく微笑んで、「へえ、いいっすね」と言った。

「そういう人だから、苦労してダクト這いずってでも連絡取りたくなるんすね……」

しんみりと指先をこすり合わせたりしている。そうしていると、さっきにらんだり喜んだりした時とは、また別人のよう見える。表情の起伏の多い子だと思った。

「今日はどうしてここにいたの？」

「瞑華《メイカ》さんに……じゃなかった、寮ではこういう格好でこういう曲聞けないんすよ」

蘭寿《ランジュ》はわざわざここへ来て仕上げたらしい髪型に触れたり、端末でさっきまで表示していたコンサート映像を示したりしてくれた。

「寮でこれ聞いてて吊るしあげられたときに、後から瞑華《メイカ》さんが声かけてくれたんすよね。そういうの好きにできる場所があるわよって。オレ、それであの人についていくようになったんす。いい人なんですよ」

「そう」

「でもあの人、ほかにもたくさん声かけてるんすよね」

「ああ、それを知ってるの」

「はいっす」

それなら改めて言うまでもない、とダイオードは思った。

引き揚げ時だった。卓上の汎用プリンタで手拭きを一枚印刷させ、指の股を丁寧に拭いてポケットに突っこんでから、戻りますと立ち上がる。

「戻るんすか？　逃げないんすか？」

蘭寿《ランジュ》が面食らって言う。ダイオードはちょっと意地悪に微笑み返す。

「まるで私が何から逃げて来たのか知ってるみたいね」

「い、いえ……」

「ここで逃げてもすぐ捕まる。だから、今は戻ります。あ、これありがとう。借りていきますね」

わざわざまた脱ぐのも変なので、そう告げて、ダイオードは気密ジャケットを着たままダクトに這いこんだ。「ええと、またっす！ じゃなくて、気をつけて！」と背後で蘭寿《ランジュ》が叫んでいた。

ダイオードは来た道を逆にたどっていく。部外者から見れば迷路のようなルートを通り、止めておいたファンをすべてまた作動させて、痕跡を消して元通りにしていく。

そうしながら、途中でポケットの手拭き紙を細かく引き裂いて、風に流した。

最後は出口の明るい横穴にたどり着いた。まずジャケットを脱いでその場に残し、腹ばいで穴から爪先を出した。そこは広い部屋の壁の高いところに空いている空気の吹き出し口で、ダイオードは握力だけで縁にぶら下がって、飛び降りようとした。

その爪先を下から手のひらで支えられた。ぞくっと鳥肌が立った。

「乗っていいですよ、寛和《カンナ》さん」

下を見ると、瞑華《メイカ》がうっとりした顔で見上げていた。

「ほんといい眺め。相変わらずきれい」

全裸のダイオードはあえて無表情を保って言った。

「なんでそこにいるんですか」

「あなたが降りづらいだろうと思って」

「じゃなくて」

「あなたが逃げたからですよ、もちろん。まあ戻って来たから許しますけど」

「ガン見やめてもらえます？」

「可愛いから無理ですね」

踏み抜くつもりで思い切り手のひらに体重をかけたが、簡単に支えられて床に下ろされた。

湯気の立ちこめる颱風閣内の女子浴場だった。そろそろ入浴時刻なのに誰もいないのは、瞑華《メイカ》が人払いでもしたのかもしれない。先刻、ダイオードはここからモップ一本を梯子代わりにして換気口へよじ登った。そんなことをしたのは、男の次号《ジゴー》の監視から逃れるためだった。女子浴場なら男性は入って来られない。その代わり裸でダクトをうろつく羽目になったが。

瞑華《メイカ》は面白そうに言う。

「どうしてわかったと思います？」

「どうもこうも、蘭寿《ランジュ》を利用してるんでしょう」

「あら、わかりました？」

「最悪だと思いました、あんな純粋な子を引っかけて使うなんて」

ストレートな苦言にも、瞑華《メイカ》は顔色一つ変えなかった。以前からそういう女だった。

ゲンドー氏特有の共浴場には現代型と古式の二種類があるが、ここはその古式で、かつ高級なほうだ。周りを天然の植栽と投影の庭園が囲む中に、二〇人ほど同時に入れそうな大型共浴槽と立式洗体スタンドが設置されている。人間が自分で歩いて自分で洗い、自分で湯に入るタイプの場所だ。

つまり、見ても触っても、機械に邪魔されることはない。

瞑華《メイカ》がバスタオルを外して手近の装飾岩にかけ、右手を引く。

「裸でずっと風に当たっていたのなら、よく温まらないといけません。どうぞ？」

「あなたを大事にしてくれる人を誘えばいいでしょう」

美しい裸身で誘う瞑華《メイカ》の手を外して、ダイオードは脱衣場へ立ち去った。

3

路地にかけられた「共浴場」の看板の前で、うすらでかい風管正装《ダクトドレス》姿がうんうん唸っている。見るからに怪しい人物に、キモノ姿の通行人が横目で見ながら避けていく。

「ダイさんならきっとわかってくれる……いえ、でもさすがに……でも命にかかわることでもないし……うう」

一人でぶつぶつ言って悩んでいる。

船を出て五日目にして、ある問題を抱えたテラだった。

ダイオードの居場所は早くも目星がついていた。第五花弁の底に近い、颱風閣《タイフーカク》という政庁エリアだ。近くに女学校もあり、その辺りに誰か閉じこめられている、と情報通信系に潜りこんでいたエダが探り当てた。

問題はそこが直径五キロの「フョー」の外周にある、つまり宇宙港から二五〇〇メートルも下方に当たるということで、鈍足の貨物エレベーターしか使えないテラでは、一日で行って戻ってくることは到底不可能だった。だからテラは、颱風閣《タイフーカク》に近い市街地に居場所を定めて奪還の段取りを整えていたのだが、三日目あたりからつらくなってきた。

人目を避けるためにずっと物陰やダクト内で過ごしている。風管正装《ダクトドレス》は細菌汚染のあるダクト内でも動けるように、密閉された造りだ。カモフラージュのためにそれを着て動いていたが、ひどく蒸れる。

つまり、普通に入浴したり着替えたりしたくなってきたのだ。

ところがゲンドー氏の市街地には旅人向けのホテルなどというものはなく、あるのは話に聞く共浴場なのだった。

共浴。他人と同じ場所で服を脱いで湯を浴びる。テラのいたエンデヴァ氏や、ほか多くの氏族ではやらない行為だった。テラもできれば避けたい。

しかしそれでは、あまり望ましくない状態のままダイオードを迎えに行くことになる。人生や生死がかかっているときに、そんなことを気にするのもおかしい気がするのだが、悩むうちに二日が経っていよいよ状態がまずくなり、ついに店の前までやって来たというわけだった。

およそ一五分も悩んでいただろうか。突然横からぽんと腕を叩かれた。

「外人《ガイジン》さん、何しとるの」

「は、はい？　ガイジンって？」

驚いて見下ろすと一般人らしい中年女性だ。なんだかわからないが片手に短い杖のような棒を持っている。返事をしたテラを見上げて笑いかける。

「外人《ガイジン》は外人《ガイジン》よぉー、あんた他氏族の人でしょ？　ゲンドーはそんなかっこうでおろおろしない」

「あ、はい。そうですけど……」

「やっぱりね。外人《ガイジン》さんが湯屋さんの前でもたもたしとるってことはぁー、入りたい？　入り方わからん？」

「入り方というか、入るときの気構えというものが、その」

「気構えも何もあるかってー。チャリンして服脱いでザッバーよ。男なら思い切って入りい？　どってことないよ」

「あの」思わずテラは、武骨なマスクで覆われた風管正装《ダクトドレス》の顔面バイザーを開いた。「女です、私」

「あっれぇ、女⁉　あんたでっかいねえ！」一歩下がってじろじろと全身を見ると、感心しながらまた近づいた。「でっかいけど、女ならますますどってことないわ。ここは新式だから何も心配ないよー。私も入るから一緒に入りいよ」

「いいんですか？」

「いいも悪いもないわ、裸の付きあいしたいんでしょ？　追っ払いやしないよー。ささ」女が背中を押す。店の入り口では、旗の好きな氏族性なのか、目隠しの布を垂らしてドア代わりにしている。その布をくぐってテラは共浴場に入った。

「え、ちょっと、まだ――」

知らない土地で、知らない人間に促されて、これから多分全部脱ぐことになる。動揺しつつなし崩しに進んだテラは、中をひと目見て凍り付いた。

壁に二つの穴がある。片方の穴からはすぽんすぽんと人間が滑り出してくる。誰もが同じキモノを着て、ほかほかと上気した顔をしており、満足そうだ。みんな上手に脚から着

地して、横手にあるベンチの並んだ小部屋に向かう。休憩所のようだ
　そしてもう片方の穴には、先に入店した人々が頭からすぽんすぽんと飛びこんでいた。

穴の先は真っ暗で何も見えない。

「これ、入るんですか？」

「まずチャリンよチャリン、あんた小銭ある？」

一応あった。全周回者共通《サークス》の珪貨（電貨よりもやや交換レートが悪い）の詰まったカートリッジを持っている。それをどうしろというのか。

見ていると先に立った中年女性が、穴の横のスリットに小銭を三つ入れてから、「あんたも来るんよー」と手を振って、すぽんと穴に飛びこんでいった。

「これが共浴場……？」

テラは立ちすくむ。が、人の気配を感じて振り向くと、後から来た人たちが黙ってじっと並んでいるのだった。あわてて順番を譲ろうとしたが、追い抜いてくれない。

どうやらゲンドー氏の人々は、かたくなに行列を守る習慣があるらしかった。

「あの、ええと……ああもう！」

脱ぐはずの服も脱いでいないが、それは先の女もそうだった。半ばやけになって、テラは小銭を支払ってから穴に飛びこんだ。

途端に圧縮空気だか流水だかが、勢いよくテラを押し運ぶ。驚いたことに風管正装《ダクトドレス》の各

部の気密ラッチやファスナーが勝手に外れていき、胴部や腕部や脚部のパーツになってどこかへ流れ去ってしまった。ちらりと精密なマニピュレーターが見えたような気もしたが、確かめる間も止める間もなかった。

かと思うとザブンと温水に受け止められて、今までは空気で浮いていたのだとわかった。しかし身を起こすことは許されず、四方八方からノズルで噴流を叩きつけられる。

「ちょっ、待って……！」

溺れてしまうかと焦ったが、不思議に呼吸だけはできる。強力な噴流でごろごろとベアリングのように転がされていくのに窒息しない。ヘルメットが外れてからは髪も流れ出しているが、もつれもせず首に絡みつきもせずに頭の周りでなびいている。わけがわからず、とにかく凄い勢いで洗われる。

その激しい洗浄が、バタンという衝撃とともに、また突然中断した。今までの騒ぎが嘘のように静かになって、仰向けに横たえられている。体全体が何か温かい綿のようなものに包まれている。ひとまずテラはため息を吐く。が、手足は動かない。

「外人《ガイジン》さん、来たねー。びっくりした？」

声のした隣を見ると、さっきの中年女性が横たわって笑っていた。ただし見えているのは頭部だけで、首から下は見えない。一人用らしいタンクに収まっている。見れば自分も同型のタンクに捕まっている。

気が付くとそこは暖かく細長い部屋で、女たちが次々と転がりだしてきてはバタンとタンクに挟まれ、順番にコンベアで奥へと運ばれているのだった。

テラはきょろきょろしながら尋ねる。

「びっくりしました。勝手に脱げるし溺れそうになるし」

「あはは、予洗いはザバザバ来るから最初はびっくりするね。でもちゃんと顔は避けてくれるから溺れないよー。ここの最後は洗顔だから気を付けてね」

「予洗いなんですか？　これは？」

「ここは深洗いだ。泡ボコがボコボコいっとるでしょう。ん？」

「ボコボコ……あ、はい」タンクの中の見えない自分の体の周りで、液体がぐつぐついい始め、テラは逃げ出したくなった。「なんかお鍋で煮られているみたいですけど」

「鍋じゃなくて洗剤だよ、あわてず力を抜くといいよ。マッサージにもなるから。あ、それと頭――」

言われないうちにザーッと髪の洗浄が来てテラは頭を持っていかれそうになり、会話もできなくなった。

それが終わると次には予告通り洗顔が来たが、これもテラにとっては不意打ちで、呑みこんでしまってだいぶむせた。しかし溺れないかどうかはきちんと検出されているらしく、咳込みが収まるまで洗顔が停止して――のみならず、呆れたことにこの大規模な洗体ライン全体まで止まったようで——テラがなんとか呼吸を整えてはあはあいい出すと、再びドラム缶の行列が動き出し、別の誰かが「早く慣れてね、外人《ガイジン》さん！」と叫ぶのが聞こえた。

そのあとは、もう一度激しい流れに放りこまれてすすぎ洗いでもみくちゃにされた末、今度こそスポンジで全身を包まれて軽く湿気を取られて、案外、けっこういいかもしれない——と慣れ始めたところで、いつの間にか例のキモノを着せられてすぽんと床に放り出され、油断しきっていたテラは店の表までコロコロと転がり出そうになって、先に出ていた中年女性に止められた。

「おっとまだ出ちゃダメだよ、休憩所の奥に服が出て来るから、受け取るんだ」

「至れり尽くせりですね。ちょっと勢いが良すぎますけど……」

「そうさー『フョー』は何から何までよく出来てるからね。ゆっくりしておいきよ、外人《ガイジン》さん」

親しげにそう言った中年女性が、初めて髪まですべて見せて立ち上がったテラを見て、「あれ？　あんた見覚えがあるよ。ええと——」と言い出したので、テラはあわてて身を縮めた。

「あっ、どうもありがとうございました！　ではこれで」

タオルの山から一枚とって、頭にかぶりながらそそくさと逃げる。休憩所で自分の風管正装《ダクトドレス》を受け取り、並んだベンチの陰にしゃがみこむ。

そして自分の腕などくんくんと嗅いで、これぐらいならまあ、とうなずいてから、こんなところで何をやってるんだろうと苦笑した。

休憩所の壁に設置された平面ディスプレイが族間番組を流している。アイタル氏から流行り始めた新しいプリンタ料理、稚魚の油煮風を紹介する料理番組。クオット氏の楽団が開いた弦楽コンサート。恒星マザー・ビーチ・ボールのフレア警報などが紹介されている。一見して他氏族の情報が自由に流されているように見えるが、実はどれも当たりさわりのない話ばかりだ。

テラの記憶が確かなら、「外人《ガイジン》」というゲンドー語は、ことさらに出身地のみに注目して自他を区別する排他的な表現のはずだが、今まで話した相手が気にしている様子はなかった。きっとそれに馴染みすぎて区別しないことなどできないのだろう。

ディスプレイの横には恐ろしく古そうな繊維紙の説明絵画が貼ってあり、ご丁寧にもこのような大衆共浴場の美点が書き連ねてあった。いわく疫病退散健康増進・効率上昇電力節約。古式な大浴場に比べてタンク搬送型浴場は、時間当たりで二・五倍の人数の客を洗体でき、電力節約効率も高い。善良なるゲンドー市民はぜひタンク搬送型浴場を愛好しよう、とあった。風変わりな習慣だが、当人たちは理屈に合ったことだと思っており、善良でもあるので、避けることが難しい。ひたすら受け入れることで楽に暮らせるようになる社会らしかった。

——古式だと本当に裸で一緒に入るのかな？

ぼんやりとそんなことを考えながら、隅の目立たない席で体を冷ましていると、隣にどさっと腰を下ろした誰かが、押し殺した声で言った。

「テラ・インターコンチネンタルさん」

答えようとして、テラは息を止める。さっきの中年女性ではなく、別の女だ。でもテラはここでは名乗っていない。

女はかまわず続ける。

「テラさんですよね。まあとぼけようがないですけど」

「……誰ですか？」

「ども、私です」

テラは横を見た。自分と同じように湯上がりらしく、ほかほかに温まった褐色の肌の女が、背もたれの後ろへ黄銅色のざっくりした頭髪を流して、横目を向けていた。ゲンドー氏の者ではないようだ。

「このほうがわかるかな」

女は両手で自分の髪をつかんで、頭の左右に揃えてみせた。その面影と、どこか楽しむような物腰が記憶と一致して、あ……とテラは声を上げかけた。

「あなた、プライさん！　トレイズ氏の――」

「しーっ！」

手でテラの唇を塞いで、プライことプライズバッグ・バックヤードビルド・ジャコボール・トレイズがウインクした。

「当たりなので静かにしてくださいね。私は別にお尋ね者じゃないですが、騒がれても嬉しくない」

「……なんでここに？」

「現代型弦道浴場の仕掛けってけっこう好きなので」プライは澄まして言う。「調理工場の野菜になった気分になれますが、これでしっかり爪の先まで洗ってくれるのがありがたいです。お値段安いですし」

「そういうことじゃなくて――」

「はいはい、わかってます。テラさんの後をつけていたからですよ」

「後って……どうして！」

「そこが本題です。長くなるので説明はあとにしますね」プライは言って、ぐいと顔を寄せる。「あなたを呼びに来ました。探している人がいるんです。私はその下っぱ」

「誰ですか？」

「あなたをとても必要としている人」言ってから、プライは悪戯っぽく目を細める。「そして、話し相手としてはだいぶきつい人……ってとこですかね」

「なぜ行かなきゃいけないんですか？」

「ダイオードさんに会えますよ」

「行きます」

不穏な予感はあったが、テラは即答した。


「フヨー」中心部まで一気に昇った。二五〇〇メートルの昇りだったが、プライと一緒に高速エレベーターに入ると、三〇分もかからなかった。怪しい風管正装《ダクトドレス》のよそ者には使用許可の下りない交通機関だが、プライがミニセルをかざすと誰にも咎められずにゲートが開いた。

宇宙港のすぐそばまで戻って来たかと思うと、そこを通り過ぎてさらに中心部へ案内された。入浴時・夕食時をすでに過ぎつつあるためかひと気のまばらな無重力通路を進み、関係者以外立入禁止の扉を何枚もくぐった末に、特大のパイプが四方八方から集中している施設に入る。

入り口には、芙蓉浄気センターとあった。

事態が急に進みすぎている。ひと気のない殺風景な通路を進みながら、テラはミニセルを顔を寄せてそっとエダ博士を呼んでみたが、通信状態が悪いのか、それともセキュリティに妨害されているのか、返事はなかった。

　仕方なくそちらはあきらめて、先を行くプライに聞く。

「プライさん、なんでこんなところに入れるんですか？　それも、トレイズ氏のあなたが」

「不思議ですよねー、変ですよね」

　ヘリウム採集船の吸引士《インヘイラー》であるはずの女は笑って受け流すが、テラは気が気でない。持ち前の想像力が暴走してありそうもないことまで考えてしまう。

「ダイさんに会わせてくれるっていうことは、先にあなたが助けてくれたんですか？　私とダイさんをまとめて連れ出して、ゲンドー氏とエンデヴァ氏に身代金を請求する？」

「うちはお金にしっかりしてはいますけど、海賊はやりません」

「じゃあ、ええと……閉鎖的なゲンドー氏が隠している大昔のお宝を探して乗りこんできたとか？　エレベーターが使えるのはハッキングの得意な仲間がいるからで、私とダイさんも仲間にして金庫破りをするつもりでは……？」

「テラさんって面白い人ですね。そんなんじゃないですよ」

　プライは噴き出し、さあここですとある部屋のドアを開けた。

　そこは、なんの変哲もない一〇歩四方ほどの部屋だった。ここが浄気センターであることを考えれば。

　壁面には複雑に絡み合う細いパイプが走っており、何本かのパイプは分岐とバルブを経て、大小のタンクや蛇口につながっている。面ファスナーで覆われたゼロG用の吸着机には、昔ながらの試験管や混合機や分離機、抽出器や試薬などといったものが所狭しと貼り付けられている。要するに、気体を分析するための設備と道具であふれ返っている。

そして机の前では、水色の真新しい上下つなぎの印刷服をまとって、バイザーマスクで顔を覆った小柄な人物が、片手に四本、両手で八本の試験管を指に挟んで、恐ろしく真剣な目で見比べていた。

それを見たテラは、つい古いコンテンツに出てくるある人物像を思い浮かべてしまった。

――狂的科学者というやつだ。

なんだろう、この人。

ちょっと困って話しかけずに眺めていると、その人物がふとこちらを見て、うわっと声を上げた。

「なんだ？　そのゴツいやつは」

テラはちょっとムッとした。大きいなと驚かれることはあっても、露骨にゴツいやつ呼ばわりされることはそうそうなかった。いくらなんでも――と思ったがふと気づく。

そういえば自分も、似たような大げさな仮装状態だった。

声と動作で、相手は男らしいとわかった。隣のプライを見たが、どうぞというふうに手を差し伸べているだけで、相変わらず説明しない。素直に受け取れば浄気センターに所属する分析科学者なのだろうが、そんな人が何の用なんだろう。とにかく顔を見せるしかなさそうだった。

テラは風管正装《ダクトドレス》の顔面バイザーを開け、ヘルメットを外す。流れ出る乱れた金髪を後ろへかきあげて、「テラ・インターコンチネンタルです。ここにダイオードさん……寛和《カンナ》さんがいると聞いてきたんですが」と言った。

それを見て男は「へえ」と嘆声を漏らし、テラをじろじろと見回して、「顔はいいのに格好で全部ダメになってるな」と遠慮のなさすぎることを言った。

打ち続く雑な扱いにさすがに腹が立って、テラは言い返した。

「人を呼びつけておいてそれですか。あなただって相当なものだと思いますけど。なんですか？　その八本」

「お、言うな」感心したように瞬きしてから、男はすべての指の股に試験管を挟んだ左右の手を見て、「これは『フョー』各所で微量のオゾンの増加が見られたから、比較して出所を追っているんだ。しかし後回しにしていいな。それよりあんたのことだ、インターコンチネンタル。ふうむ」

男は一動作で八本の試験管をホルダーに安置すると、テーブルを囲むハンドルを伝ってそばにやって来た。テラの胸の前ぐらいの高さでバイザーを外して見上げる。

暗い青色の瞳に鋭い光があり、一瞬少年のように見えた。――が、目元や半白の髪に年齢が感じられて、もっとずっと年上だとわかった。四〇歳ほどだろうか。

「あんたがエンデヴァの五八Kか……本当に来てしまったんだな」

「あの、あなたは」

「僕のことは今問題ではない。問題なのはあんたの存在だ。インターコンチネンタル、あんたは『フョー』に来るべきじゃなかった」

「え」テラは面食らう。「どういうことですか？」

「もしくはこの場でいなくなってもらうという手もあるな」男はテーブルから別の試験管を一本つまみ上げる。劇物の黄色いラベルが貼ってある。「あんたがいなくなれば話は簡単になる」

「は!?」

身の危険を感じてテラは身構えつつ、プライにも目をやる。

「なんですか、人殺しですか？　だましたんですか？」

「そういうのじゃないんです。この人はこうなだけで」

プライもさすがに困惑した様子で、男に向かって言った。

「チーフ、今聞いてるとあなたはテラさんにぶん殴られたがってるみたいなんですが、そうなんですか？」

「なに？　こいつは人をぶん殴る女なのか？」

「いや言葉の綾ですよ、殴りませんよ、たぶん。……つまりテラさんを敵に回したいのかってことです」

「別にそういうわけじゃない。今のはただの試案だ」あっけらかんと言って、男は物騒な試験管を机に戻す。「僕はこのテラ・インターコンチネンタルという女に聞きたかっただけだ。つまり、どういうつもりでわが家族の女の子を連れ回していたのかと」

「家族?」

いくつかの言葉がテラの頭の中で結びついた。チーフという言葉は今あまり使われないが、昔は船団長《グレート・チーフ》という熟語で使った。そしてこの男はゲンドー氏のダイオードを家族呼ばわりしている。つまり。

「あなた、族長ですか!?」

「質問しているのはこちらだよ、インターコンチネンタル」苛立った様子で男が続ける。

「なぜ寛和《カンナ》を奪おうとする? 彼女はこのゲンドーの娘だ」

「奪おうとなんてしていません!」

相手が族長だというならプライの思わせぶりも腑に落ちる。公的な面談にしたくないということなのかもしれない。が、そんなことを気にしてやる義理はない。この機にテラは言いたいことを言うことにした。

「奪おうとしているのはあなたたちじゃないですか、奪ったじゃないですか! 自分の意志で船を飛ばしたい、外へ出たいって言ってるダイさんを縛り付けて、連れ戻して。ダイさんをダイさんと呼んですらいない。いいですか、あの人はダイオードって呼ばれたいんですよ。変な名前ですけど！」

「まだ質問に答えていないな。あんたの言い分は、たちの悪いマインドクラッカーや古い宗教洗脳者と同じだ」男は冷ややかに言い返す。「言葉巧みに取りこんだ人間を、本人が行きたがっているのだと強弁してつれていく。家族や故郷の人間の言うことに耳を貸さなくしてしまう。それとどう違う？」

「私は漁師です！　デコンパです！」テラは床を見回して、フットバーに両足をしっかり引っかけて言い募る。「デコンパがツイスタを助けに来て何がおかしいんですか！」

「年端もいかない娘を船に乗せたがるデコンパなど聞いたこともないよ！」男も同じぐらい激昂して言い返した。「そんなやつ、ゲンドーには一人もいない。エンデヴァにはいるのか？　いるなら言ってみろ！　あそこは一体どういう漁をしてるんだ？」

「そりゃ——他にはいません、エンデヴァにもいませんけど」言い返しづらい話になり、テラは苦しくなる。「私がダイさんの操縦で飛びたいし、ダイさんも網を欲しいって私に言ってくれてるんです。それじゃダメなんですか……」

「どうしてもそう言い張るのか。つまり漁の成績を出すためということだな。ふん、即物的な——」男は少し考えてから、やや口調を鎮めて言った。「では別のことを聞こう。あんたはＧＩで何をするつもりだ」

「ジ」背中がどっと冷たくなった。「ＧＩ……が、なんですか」

「汎銀河往来圏《ギャラクティブ・インタラクティブ》へ、あんたと寛和《カンナ》の二人で逃げ出してどうするつもりなのか、と聞いている」正称を口にして、男はにらむ。「無謀な話だ。ノープランでＧＩへ行ってもどうなるかわからない。これは誰だってそう言うだろう。あんた自身がそう思っているんじゃないか？　どうだ？」

「なんであなたがそれを知ってるんですか⁉」

「またそれだ。僕は質問にまともに答えない人間がことのほか嫌いだ」

「質問に答えないのはあなたも一緒じゃないですか！」テラは必死に叫び返す。「答えてくださいよ、ダイさんはどこなんです？　二人で話させてください！」

「あー、ちょっと。いいですか二人とも」

沸点を超えて喚き合う二人のあいだに、プライが渋い顔で割りこんだ。

「プライベートには、できるだけ口を挟まないつもりだったんですが、今なにか変な話になってますね。――え、テラさんＧＩへ行くんですか？　ダイオードさん連れて？」

「……」

「本当にそうなんですか。大変なこと考えてますね。そういえばあなたが『フョー』まで来た方法も謎ですし、何か隠し玉を持ってるんですね？」

「……」テラは脂汗で顔中じっとりさせて黙っている。嘘はつかないほうがいいと鑑定された女だった。

プライがうっすらと口の端を吊りあげる。

「どうやら当たったみたいで。――じゃあチーフ」男に向き直る。「あなたが気になったのって、そこなんですね」

「当然だろう。寛和《カンナ》をわけのわからない遠方へ拉致ろうとする者がいる。その者の動機が腑におちない。だから僕の知らないなんらかの計画があるのかもしれず、それを聞けば納得できるだろうと思って話しているんだ」

「ああはいはい、そういうね」

「なんだ？　バックヤードビルド」

「プライと呼んで下さいよ。じゃなくて、本っ当にテラさんとダイオードさんの関係がわかっていらっしゃらないんですね？　あなたは」

「欺瞞以外に何か関係があるのか？」

プライはまた、まずいものを呑みこんだような顔になった。

そしてテラに向き直ると謝罪した。

「すみません。この人がびっくりする顔を見たくて黙ってたんですけど、まさかここまでわかってないとは思いませんでした。これじゃ、あなたもさっぱり意味不明ですよね」

「はい。私も何から何までわからないんですけど……」

「じゃあひとつぶっちゃけます。この人、族長じゃないです」

「え？」

「小角石灯籠弦道《オヅノイシドーローゲンドー》さんっていうんです」

「は？」

四度瞬きしてテラは見つめ直した。男は、だからなんだ、という顔をしている。テラはその両肩をがしっとつかんで、さらに近くで観察した。初めて男の顔に動揺が走った。

「なんだ、おい。近いぞ」

「……その反応！」

テラのセンサーが、最近鋭敏に検知できるようになった、あるパターンを見出した。

「ダイさんのお父さまなんですか⁉」

「さっきから家族だと明言しているだろう」

「だって家族って族長がよく使う表現で――」言っているうちに理解が追いついた。彼の肩をつかんだまま、テラはがっくりとうなだれてしまった。「……わかりました。名目だけの家族ってことじゃなくて、本当の親だってことですね」

「遺伝的な意味でのな」

「すみません、大きな勘違いをしてました。そういう意味でダイさんの、お嬢さんの心配をなさってるなら、おっしゃることもわかります。失礼しました」

反省して謝ると、その男──小角《オヅノ》は意外そうに眉をあげた。

「わかったならいい。これまでの質問に答えてくれるともっといいが……いや」

不意に目を逸らして、小角《オヅノ》はぼそぼそと言った。

「僕も、人に説教できるほど立派な親でもなかった」

「……え？」

「寛和《カンナ》とはあまり……」言ってちらりと見る。「本人から聞いてないのか？」

「あ、はい、少しは」テラは採取船でのやり取りを思い出す。「えーと、物心つく前に放り出されたけど別に寂しくないって聞いてますね」

「さ、寂しくないのか」

小角《オヅノ》が目に見えて動揺したので、テラは付け加えた。

「でも恨んでもいないって。普通に親子だって言ってましたよ」

「あ、そう」胸を押さえてため息をつくところは、これまでよりずっと人間くさかった。

「それならいいんだ……むしろありがたい。何もしてやれてないからな」

「だからですか。今になってこんなに心配なさるのは」

「別にそういうわけでも……いや、そうなのか？　そうかもしれない」一人で考えこむ様子でぶつぶつ言う。「親の負い目を感じていたところに寛和《カンナ》が助けを求めてきたから、ついここぞと張り切ってしまったわけか。代償行為というやつだな、僕もまだまだ修行が足りない」

「ダイさんが助けを求めてきたんですか？」

人の親の自問自答にはあまり興味を持てなかったが、そこだけは別だった。

「どこからです？　なんて言って？」

「匂いでだ」

「匂い？」

「そう、匂い。僕は見ての通りこのセンターの所長《チーフ》をしており、ここでは『フョー』全域の空気成分を、一〇億分の一グラム単位で監視している。監視対象は主に有毒物だが、任意の成分の化学物質も、あらかじめ参照データを用意しておけば検出できる。そして寛和《カンナ》はことに特徴的な匂いを発している」

「あっ、はい！　あの草みたいな匂い――」言ってからテラは妙な顔をする。「お父さま、普段からダイさんの匂いを探し回ってらっしゃるんですか？」

「別に探し回ってやしない。ただあのテルペン系の香りは元はといえば昔、岩魚《イワナ》が身に着けていたものなのだ。僕の部屋に滞留していたからデータを取ったのだが、二年ほど前から再び船内で検出されるようになったから、どこから来たのか調べたら女学校のダクトの中だったというわけだ」

「ダクト？」

「そこがあの子のお気に入りだったらしい」

「……はは あ。狭いとこ、潜りこみますね」

「潜りこむ。そして寛和《カンナ》がいなくなって以来しばらく絶えていたその匂いが、昨日再び、ダクトから検出されたというわけだ」

ダクトに潜むダイオード。テラはなんとなく納得してしまい、わかってくれたかというような顔の小角《オヅノ》と、うなずき合った。

それから何もわかり合っていないことに気づいて、再び気を引き締めた。

「いえ、その、とにかくダイさんは連れて行きます！」

決然として言うと、小角《オヅノ》にじろりとにらまれた。その瞬間、テラは言い過ぎたことに気づいた。

次の言葉は、思った通り、もっとも気づかれたくないことについてだった。

「ダイさんダイさんって、あんたはまるで恋人みたいに寛和《カンナ》をほしがるね」

「こい――」

否定の必要性と肯定の思いがぶつかり合って、テラは一瞬凍り付いてしまった。

そうじゃないです、と言うだけではいけない。そんなことはありえません、とまで言わなくてはならない。そんなややこしいことにならなくてもいいのに、と以前の同僚に言われたこともある。周回者社会《サークス》というのはそういうところだ。

だからテラは言った。

「恋人なんてことは……ありえま、せんっ」

無理やり自分の心を封じこめて、つらい思いでそう言ったのだが、返事は意外なものだった。

「ありえなくはないよ。少なくとも寛和《カンナ》のほうは女の子の恋人がいたことがある」

「えっ？」

「親としては不本意だが、いたことは認めざるを得ない。同級生の子と付き合っていたようだ。しかし寛和《カンナ》が出て行ったということは、その関係が終わって次の段階に入ったということだろうと――」

「ちょっ、ちょっと待ってもらっていいですか、小角《オヅノ》さん」

テラは両手を向けて制止した。ほんの少し前に抱いた露見への恐れが、見事に真逆の感情になっていた。

「それ言います!?　そんなにぺらぺらと！」

「なに？　言わなきゃわからないだろうが！」

「ダイさんが女の子と付き合ってたって、それ勝手に人に言っていいことじゃないと思いますよ？　しかも同級生って、その子のこともバレちゃうじゃないですか！」

「ん？　それもそうか。じゃあ済まないが、あんた忘れてくれないかな」

「それで済む問題じゃないでしょう。私は知ってたからいいですけど……」

「なんだ、結局知ってたんじゃないか」小角《オヅノ》は拍子抜けした様子で言う。「ということは、やっぱりあんたは寛和《カンナ》を好きで追いかけて来たんだな？　だったら最初からそう言えばいいんだ。無駄なやり取りを重ねてしまった」

「最初から言えたら世話はないんですよ……」テラは疲れてため息を吐いた。「じゃあ小《オ》角《ヅノ》さん、その……仲を認めていただけるんですか」

「繰り返すけれど、不本意だからな。僕は娘にはちゃんと子供を作ってほしいのだ」

こっちこそ不本意だとテラは思ったが、ひとまず抗議は控えることにした。何もかもいっぺんに乗り越えるわけにはいかない。

「不本意でも認めてくださるんですね。ありがとうございます。で――」

ぺこりと頭を下げてから、横を向いて別件に手を付けた。

「あの、プライさん。できれば席を外してもらえるとありがたいんですけど……」

声をかけると、壁際で興味深そうに観察していた吸引士《インヘイラー》が苦笑した。

「いや、もう全部聞いちゃいましたし。その内容も、だいたい前から見当がついてましたし」

「そうなんですか？」

「まあね、インソルベント号での空気とか、ジョホールでの取り乱しっぷりとかね……」、プライは薄く頬を染めて横を向く。「あれはわかっちゃいますよ。正直ちょっと困りました」

「あ、はい……すみませんでした」

テラはつい謝る。プライは肩をすくめて目を戻した。

「まあその話は置いときましょ。それより私はさっきの、ＧＩへ行く件についてもうちょっと聞きたいんですが」

「そっちですか。うーん……」

「脅すつもりはないんですけど、そもそもＧＩへ行くなんて、ほかで言ったら問題になりますよね？　脅すつもりはないんですけど」

わざわざそんなことを言うプライの思惑は明らかだった。テラはあきらめて承服した。

「わかりました。他では黙っててくださいよ」

「僕も知りたい。一緒に聞かせてくれ」

小角《オヅノ》も加わったので、結局テラは二人に向けて話した。ＦＢＢの閉鎖的な社会を離れたいこと、行った先では漁をしたいこと、ダイオードとはすでに相談済みだということ。

「最初に着くのはツークシュピッツェ星系だと思います。その先のことも調べたいんですけど、『アイダホ』では時間的な余裕がなくて手が回りませんでした。だからそれもここを出る前に調べなくちゃいけないんですが……」

「そのための脚は？　宇宙船はどうするんですか？」

プライが身を乗り出して、一番肝心なところを聞く。「これ以上はダイさんと会わせてもらってからです」とテラは言い返した。

「だそうですけど、チーフ」「そうだね。あまりもたもたしていても儀典部に見つかってしまうだろうし」

プライに話を振られた小角《オヅノ》は部屋の隅へ漂っていき、配電盤の蓋に手をかけた。

「まあ頃合いか。インターコンチネンタル――いや、テラさん。あとで話すと約束してくれるね？」

「はい！　連れて行ってもらえますか？」

「いや、どこにも行かなくていい。ここにいる」

そう言って小角《オヅノ》が蓋を開くと、中は配電盤などではなくダクトの一部で、キモノ姿の銀髪の少女が転がり出てきた。

「ダイさん!?」「はいテラさん、お久しぶりです――はいちょっと待って！　ストップ！」

目にした途端にテラは抱き締めようとしたが、冷静そうなダイオードに両手で抵抗された。涙目になって抗議する。

「なんでですか？　私、がまんできないんですけど！」

「そこに要らん二人がいるじゃないですか！」

「いてもです！　だって二〇日ぶりぐらいですよ、ダイさん平気なんですか？」

「平気——平気じゃないですよ。心配はしてましたよ」じりじりと包囲を縮める、テラの腕を押さえながらダイオードは言う。『フヨー』に来られたらまずいって。来たら捕まるって。それに今さっきからも、この偏屈ネジ曲がり父とのケンカがエスカレートするんじゃないかって。そこの中から心配して見てました」

「それってつまり、ダイさんもがまんしてたってことですか？」

「いえ——それは——」

「してたんですね？」

詰め寄られるとダイオードがうつむいて、「……はい」とうなずいた。

力の抜けた腕ごと、華奢で小さな体を抱きあげて、「ダイさん……！」とテラは頬ずりした。

「会いたかったです！」

「——」

ダイオードが何を言ったのかよくわからない。

ただ、少しだけ抵抗の力がゆるんだのは感じた。

それですっかり嬉しくなってもう一度抱きしめ直していると、「すみません儀典部が探してます」と、ミニセルを覗きこみながらプライがそばに寄って来た。

「今じゃ「今じゃなきゃだめですか!?」と、叫びかけたテラの台詞を食ってダイオードが噛みつく。

「今じゃなきゃだめですねー」トレイズ氏の船乗りであるはずの女は、いっそ見上げた無頓着さで言う。「儀典部ってこれ、うちでいう安全保障部みたいなところですよね。エンデヴァ氏だとなんだろ、長老会の情報員？　それが、ダイオードさんどこ行ったってすごく動いてます。オヅノチーフ、ダイさん助けた時にちゃんと手がかり消しました？」

「ん？　僕はそんなことしてないぞ」小角《オヅノ》もプライに負けないほど無頓着だ。「寛和《カンナ》に宛てて、ゲンドー家用のエレベーター電子鍵を送っただけだ。あとはその子が自力で来た」

「うぇえ!?　まっじですかぁ……」

プライは呆れ声を上げて、ダイオードに目を移す。

「じゃ、うちが何か言う必要もないですね？」

「はい」ものすごくしぶしぶと、ダイオードがテラから腕を放す。「できるだけ瞑華《メイカ》も知らないはずのルートで来ましたけど、到着地がここですから、詰められるのは時間の問題です」

「なんだ、ノープランで来たのか、寛和《カンナ》」

「私、急ぎだって言いましたよね、この的外れぼんくら蒙昧父！」小角《オヅノ》に向かってダイオードは喚き、テラを指差した。「この人がそろそろ『フョー』のどこかに潜りこんでるって！　私が見つかるよりもこの人が見つかるほうがやばいって！」

「あ、そういう意味か」

「そういう意味ですよ！　そういう意味で……捕まる前にここへ連れて来られたから、これでいいんですよ」

そう言って、ダイオードが目を伏せた。

そんなダイオードの打ち解けない様子は、テラにとってつかみ切れない。もともと素直でないのはわかっているが、これが単なるひねくれなのかそれとも別の何かなのかまではわからない。

わからないが、気にしている場合ではなさそうだと察知した。

「プライさん、それは逃げたほうがいいってことですか？」

「えーと、どうなんでしょうね。この奥の、チーフのガラクタ詰めこみエリアに匿ってもらえば多分見つかりませんけど、あとで出て行くのはぐっと難しくなるでしょう。それともテラさん、今すぐ脱出します？　もしそういう方法があるなら」

「はい――」言いかけてプライのにやにや顔に気づき、ちょっとだけためらったが、もう余裕はないと判断した。「脱出します。そういう方法があるので！」

「例の隠し玉ですね。それはどこに？」

「港です。ダイさん、急いで逃げましょう！」

「ちょっと待ちたまえ」

何やらデスクの引き出しを漁っていた小角《オヅノ》が声をかけた。

「テラさん、ここを出たらすぐＧＩに向かうつもりか？」

「はい多分」

「どうやって？　いや、それも聞いている場合じゃないな。とにかくこれを持っていってもいいぞ」

そう言って小指の先ほどの金色の立方体を差し出す。映像配信士テラには見慣れたもの、素子石だ。

「なんです？　これ」

「ＧＩの情報が入ってる」

「は？　どうしてあなたがそんなものを？」

テラが驚くと、小角《オヅノ》はまたしかつめらしい顔で見上げて、「情報の入手手段か？　それとも提供動機か？」と聞き返した。

「え、それはどっちも……」

「どっちもは話している余裕はないな。かいつまんで言えば、僕が研究者だからだ。以前、周回者《サークス》の来歴と、ＧＩとの関係について調べたことがある」

「ああ、じゃあ私たちのために調べて下さったんじゃないんですね」

「当たり前だ。それはただの資料のごった煮だ。だが、ないよりはましなはずだ」

「すごくないよりましです！　ありがとうございます！」

「動機のほうは——」

小角《オヅノ》は、テラに寄り添ったダイオードに視線を落とす。

「寛和《カンナ》」

「なんですか、小理屈こね回し面倒父」

「頼ってくれてありがとう」

ヴッ、と思い切り顔をしかめてダイオードがよそを向いた。

「テラさん、早く外へ……」

「え？　あっはい、そういう」

「何もわからなくていいです！」

こっちですよーとプライが通路で手招きしている。毒ガスでも浴びたみたいな顔のダイオードをそちらへ押し出してから、テラは振り向いて一礼する。

少年のようなたたずまいの男が、二本指を立てていた。

浄気センターを出た三人は、無重力用ハンドレールを飛び石伝いして先へ急ぐ。すでに就寝時刻に入っているため作業港への通路は来た時よりもひと気がない。時折、貨物用の無人空中列車やゴミ・液体吸引ロボットなどとすれ違うだけだ。

追手の気配がないので少し気を緩めて、テラは言う。

「お父さま、いい方ですね」

「致命的にダメじゃなかったですね」

「ええ、そう思った瞬間もありましたけど、結局のところ協力してくれたじゃないですか。内心はどうあれ」

「その内心が出て来るから、二日も一緒にいると耐えられなくなるんですよ」

「あ、じゃあ一緒にいたことがあるんですね？」

「やめましょうその話」苛立たしげに手を振って、ダイオードはテラのツナギの物入れを指差す。「今問題なのは三点、さっきの素子石の情報が使えるのかと、ここを無事に脱出できるのかと」

「はい」

「あなたはなんなんだってことですよ、プライズバッグ・バックヤードビルド・JT」

ダイオードがにらんだのは、さもチームですみたいな顔で隣を進んでいるプライだった。

「どうしてよその人が、うちの世間知らずむかつき父と一緒にいるんです？」

「あーそれについては聞きませんって、さっきテラさんに約束してもらったんですね」

「私の約束じゃないですよ」

「じゃあ、うちもあなた方に詳しいことを聞きますよ？」

む、と口を閉ざすダイオードに、プライはにこやかに笑いかけた。

「うちとしても、お互いに話して話されたほうがありがたいです。黙ってるだけじゃ富は増えません。取引が重なることで富は生まれるものですからね――」

「……じゃあ、少し話すので、少し教えてください」

「ダイさん!?」ダイオードの申し出に、テラは驚く。「話しちゃうんですか? そんなに気になります?」

「あの父でもそれなりに族間情勢は読めてるはずなんですよ。なのによそ者を『フョー』に引っぱりこんで何かやるってのは、変です。ゲンドーでそれは、大変なことです。かなりの事情があるはずです」

「そうなんですか……?」

テラはダイオードとともに隣人に目をやる。フレキシブルコンテナ群が全周の壁にくくりつけられた、ごちゃついた通路が終わり、開け放たれている作業港への大ゲートを三人は通り抜ける。

「ダイさんってほんと勘がいいですよね」目を細めたプライの瞳が、こちらを射ている気がする。「颱風閣《タイフーカク》から警戒ぶっちぎって逃げてきたことといい、前に採取船の中でいきなり泣き喚いたことといい。手ごわいなー、好きですよ」

「おだてても――」

そのとき、カッとまばゆい照明が上下左右に灯ってテラたちを捉えた。

「くっ」

テラとダイオードは思わず腕で顔をかばったが、プライは違った。腰からハンディスラスターを抜いていきなり全力で後方へ飛び、ゲート外のコンテナ群の隙間へまぎれ込んだのだ。驚くべき逃げ足だった。

「忠哉《チューヤ》、あいつを追いなさい！」

光の中から声が聞こえて、黒衣の青年がテラたちのそばを、矢のようにすり抜けていった。テラには誰だかわからなかったが、サーチライトの陰から芝居じみた登場をした女が誰なのかは、名乗る前から見当がついた。

「あなたたちはそこで動かないように。寛和《カンナ》さん、そしてインソムニア号の船主、エンデヴァのテラさん。初めまして、瞑華《メイカ》仕切鬼蛍惑《シキリヨーニケイワク》ですわ」

顔に当たっていたライトが逸れ、テラはようやく声の主を見た。ダイオードと同じ服装をした、同い年と思しき娘だ。紺の髪を蛍光ピンクのリボンで結い上げた装飾的な髪型が派手派手しい。背丈はダイオードよりも大きく、手はしとやかに前で揃えているものの、自信に満ちた様子で胸を張っている。周りを囲む暗色の服装の大人たちは、きっと保護者というよりも従者たちだろう。さっき聞いた儀典部の者たちかもしれない。

テラは一応、言い返す。

「人違いですよ。私はプライズバッグって言います」

「船主登録はそうなってましたわね。でもそれはどこかの他人から借りた名前でしょう。もう嘘をつかなくてもいいんですよ、さあ」

瞑華《メイカ》は優雅に手を差し伸べて微笑んだ。とぼけても意味がなさそうだったので、テラは改めて名乗った。

「テラ・インターコンチネンタル・エンデヴァです。初めまして、瞑華《メイカ》さん」

「ようこそ、テラさん。『フヨー』へは何をしにいらしたの？　商用？　観光？」

「見ての通りですけど」

「そう言われてもちょっとわからないわ。迷子になっていた、私の親友の寛和《カンナ》さんを、私のところへ連れ戻してくださってるのかしら」

「そうでもないです。――あとダイさんは、寛和《カンナ》さんのことですけど、今は私のパートナーです」

「珍しく女同士で舵取り《ツイスタ》と網打ち《デコンパ》をしてらっしゃるんですってね？　それは、お仕事上の同僚だということですよね」

「もちろんそうですけど」

「うらやましいわ。私は一年以上寛和《カンナ》さんと暮らしたし、一緒に女学校でデコンプも習ったのに、一度も同じ船で漁なんかしたことはないんですもの」

聞くうちにテラはだんだんいたたまれなくなってきた。瞑華《メイカ》はしきりにダイオードとの仲良しアピールをしてくる。それが気に障って、つい言い返してしまった。

「いい網が作れなかったんですか？」

テラとしては、せいぜい一矢を報いたつもりだった。学校できちんとデコンプを習った娘のほうが、網へタ出戻り女の自分よりずっとうまくて筋がいいに決まってる。

ところがそれで瞑華《メイカ》の顔がこわばった。

「網は——作れてましたわよ。当然。得意科目ですし試験でも学年三位でしたわ。寛和《カンナ》さんだってそのことはご存じなはず——」

やや早口にそう言いながら、ダイオードと目が合うとさりげなく顔を背けた。

「とにかくそんなのは邪推ですわ、テラさん」

そんな瞑華《メイカ》を、テラはぽかんと見ていた。

軽く咳払いして瞑華《メイカ》が続ける。

「私のことはどうでもいいですわ。それよりテラさん、ご自分がこの先どうなるか興味はありません？」

瞑華《メイカ》の態度の変化が気になって、テラはすぐに返事が出なかった。すると代わりにダイオードが答えた。

「どうもこうも、あなたが捕まえるんだから、あなたの胸先三寸なんでしょう、瞑華《メイカ》。もったいぶった言い回しはやめたら？」

「別にもったいぶってなんかいませんわ。テラさんは微妙な立場だってお伝えしたいだけです」

なぜか嬉しそうに答えると、「ねえテラさん？」と瞑華《メイカ》がまた目を向ける。

「あなたには無断脱船と船籍偽造と不法侵入と子女誘拐の容疑がかかっています。どれもほぼ確定ですわね。また、私の父の白膠木《ヌルデ》があなたを見込んで、デコンパとしてお招きしたがってます。だからもう好き勝手に動いたりできませんよ」

犯罪の容疑者を族長が勝手に招いたりできるんですか、と聞きたい気がしたが、テラは黙ってこらえた。この場を切り抜けられそうな、ある考えが浮かび始めていた。

瞑華《メイカ》が続ける。

「それにあなたの船……インソムニア号というあの船も、もう港湾警備部が差し押さえましたから、勝手な出港はできませんよ。あの船、面白いですね。ただの竜骨吊下げ型貨物船《フィッシュボーン》かと思ったら、妙にガードが固くて、警備部の司法鍵でもエアロックが開きませんし。礎柱船《ピラーボート》用の操縦ピットなんかぶら下げてきてますし。いったいどういうおつもりでしたの？」

「それは……その」

追い詰められたかのように言葉を濁しながら、テラは幸運に感謝した。持ってきた操縦ピットまで見つけてくれていたなんて。ガードが堅いのは、きっと乗っ取られないようにエダが守ってくれたのだ。

これならいけるかもしれない——素知らぬ顔で、瞑華《メイカ》をだませるかもしれない。

悪意がないかのように微笑んでみせながら、テラは言った。

「あれはデコンプ……なんですけど、わかりにくかったですか」

「え？」

「開かないのは、デコンプでそうやって施錠したからです。それも一般人向けの用心で、デコンパが相手なら開けられちゃうかもと思ってたんですけど」

「……そんな話は聞いたこともありません」

「あ、ゲンドー氏の学校では教えてないんですね。でも、あのフィッシュボーン部分がデコンプで作ったハリボテだっていうのは、ひと目でわかったでしょう？」

その部分は本当で、施錠は嘘だ。見分けがついていないことを期待した。

すると瞑華《メイカ》の目つきがキッと鋭くなった。

「デコンプのハリボテ船で他氏族に忍びこむなんて悪事は、普通は学校で教えないんです。エンデヴァ氏って本当に素敵なことを思いつくんですね」

ちょっと驚くほどよく効いた。

絶妙に悪くなってきた空気を捉えて、テラはさらに言った。

「エンデヴァ氏の教えってわけじゃないんです、私の個人的な工夫です。まあたいしたことのない変なやり口ばっかりなんですけど、ダイさんはそれがいいって言ってくれるもんですから。よかったら船をご覧になりますか。学年三位の瞑華《メイカ》さんなら、すぐやり方を覚えられると思います」

テラの計算では、これですっかり瞑華《メイカ》を怒らせられるはずだった。

「船を――」

何か言おうとした瞑華《メイカ》が、ふと口を閉ざした。テラたちと、周りでおとなしく事態を見守っている従者たちを見比べて、大きくうなずく。

「ああ、そう」

「はい？」

「今ひょっとして、私たちをインソムニア号に乗せる流れを作っていました？」

「――いえ」

「デコンプを鼻にかけた小娘をちょっと煽っておびき寄せて、自分の船まで連れていったところで閉じこめるかどうにかして、代わりに自分たちは操縦ピットで逃げ出すっていう作戦じゃありません？」

「いえそんな！　決して！」

「テラさんはとてもデコンプがお上手なんですよね？　存じ上げてます、五八Kの話。その腕前があれば、ゲンドーの備蓄粘土で礎柱船《ピラーボート》を再生して、一隻丸ごと乗り逃げするなんてことも可能ですよね？　やれると思ったんじゃないかしら！」

「いえほんと――そんな考えは、全然――」

うろたえまくってテラが手を振り回すと、よりにもよってここでダイオードが言った。

「そんな作戦を考えてたんですか？　それはさすがに瞑華《メイカ》を馬鹿にし過ぎだと思いますけど」

これを聞くと瞑華《メイカ》は嬉しそうに微笑んで言った。

「テラさん。私、ちょっぴり頭に来ましたわ」

「はい……」

「あなたはもう、ぜひにも父のところへ行ってもらいますけど、その前にひと働きしてもらうことにしましょう。漁、お好きですよね？」

「は、え？」

うなずきかけて聞き返したテラに、瞑華《メイカ》は両手の指を使って、空中に昏魚《ベッシュ》らしき輪郭を描いてみせた。

「ニシキゴイ、獲りましょう」

「なんでですか⁉」

「学年三位の私にいい網が作れないかどうか、見ていただきたいなと思って」

「私、ニシキゴイ獲ったことありませんけど！」

「寛和《カンナ》さんにいいって言われた、たいしたことのない変なやり口を少し見せてくれるだけでいいですよ」

「そもそもあなた結婚してませんよね?」

「その辺はこちらのことなので心配ご無用ですわ」

「でも――」

まだ何か言い返せることがないかテラが探していると、瞑華《メイカ》がふと真顔に戻って言った。

「やる気が出ないのならひとつお教えしますわ。父の白膠木《ヌルデ》はもちろんデコンパたる女に、族外の男をあてがって子を産ませようとしているのですけど、ここに三人の女がいて、二人が父に求められているとしたら、誰を差し出すのが適当だと思います?」

それを聞くか聞かないかのうちに、ダイオードが「テラさんそれは考えなくていいです!」と言った。

テラは瞑華《メイカ》を見て、ダイオードを見て、また瞑華《メイカ》を見て言った。

「わかりました。あなたの漁にお付き合いします」

「それは嬉しいですわ。――本当にね」

にっこりと笑った瞑華《メイカ》のことを、テラはほんの少し理解できたような気がした。

第三章　ニシキゴイ漁

1

『『フョー』港湾砲、通過しました。周回者航法衛星《CNS》に接続、降下軌道要素と参考カウントダウン来てます。Tマイナス四五〇、自己診断実行中、礎柱船《ピラーボート》現在質量は一七万五五〇〇トン、形態は繋留用長円柱型、生存資源残量は四七時間、全周電波・光学視界クリア……行けますよ、ダイさん！』

「逃げましょう」

テラがOKを出したとたん、ダイオードがとんでもないことを言って扇型仮想スロットル群を押しこんだ。推力全開の指示が出るが、礎柱船《ピラーボート》はまだメインエンジンを形成していないため、各部の姿勢制御用小ノズルのうちベクトル有効成分を持つものを全点火。「フヨー」から急速に離れようとする。

すかさず作業港の港湾砲が短パルスの速射を始め、火を噴くノズルを片端から潰し始めた。

「ふひゃあああ⁉」

爆音とともにびりびりと揺れる船内でテラは悲鳴を上げ、ダイオードはチッと舌打ちしてスロットルの微調整を行う。ヨー旋回、船軸を砲に向けて投影面積を削減、そのまま船体上面のノズルに噴射を移し、砲を見たまま真下へ沈んで逃げようとする。

するど、右と左からうすらでかいピンクの杭が突っこんできて、船を下から押し戻した。ゲンドー氏に属する別の二隻の礎柱船《ピラーボート》だった。

『船を貸したとたんに逃げ出そうとするなんて、予想通りすぎですね。どうせならもうちょっと意外な行動を取ってほしいですわ』

VUI上で五花弁の黒い花がくるくる回って、瞑華《メイカ》の顔が現れる。同時にツイスタ席の忠哉《チューヤ》も映った。プライを追って行ったはずの彼が、今回は瞑華《メイカ》の前席を務めるようだった。

ダイオードはふうーと不機嫌そうに両手を上げる。テラは斜め後ろから、決まりの悪い思いで声をかけた。

「ダイさん、行きましょうって言ったのは、漁に行きましょうってことですよ」

「馬鹿正直にですか」

そんざいな言い方にカチンと来た。

「馬鹿ってなんですか」

「文字通りです。一度降下を始めてしまったら粘土が何割も燃えてしまうけれど、今なら一〇〇パーセント推進剤がある。あればば『アイダホ』までぶっちぎれるし、ぶっちぎればゲンドーの追手をかわせるじゃないですか」

振り向いたダイオードがあきれたように言う。

「今逃げなかったらそれは馬鹿です」

背景は夜のFBBだ。巨大なガス惑星の暗雲のあちこちで紫の雷がちらちらちらと瞬いている。それを背にして、留め具のない見慣れないキモノ服をまとった少女が見下ろしている。印刷した船用盛装《デッキドレス》ではないゲンドー風の衣装は、清楚でいながらエキゾチックで、こんな場合でなければずっと見ていたいほど魅力的だ。

そんなダイオードに、テラはすぐそばにそびえる「フョー」を手で指し示す。

「船！　ここに私たちの船があるんですって！　あれは絶対に失えません」

「さっき、それを瞑華《メイカ》用の囮にして逃げようとしてませんでした？」

いぶかしげに言うダイオードに、テラは噛んで含めるように言う。

「あれは瞑華《メイカ》さんの誤解です。私はむしろ、操縦ピットを囮にしてインソムニア号で逃げようと思ってました。だってそれは、前に話した星系外脱出船なんですよ！」

ぱちくりとまばたきして、ダイオードは聞き返した。

「それって、あれですか？　怪しい人から教えられた、怪しい船」

「それです」うなずきつつ、テラは疲れてしまう。「私はそれでここまで来たんですよ」

「それは──」

「GIまで逃げられるやつですって！　ほんとです！」

これ以上疑いを重ねられる前にテラは力説した。なんと言っても、エダの主張するその部分はテラしか直接話を聞いておらず、突っこまれても証明しようがないからだ。

「だから今は従うしかないんですよ、インソムニア号で撃たれずに逃げられる隙を見つけるまでは」

「……まあ、テラさんがそう言うなら」

ふいと視線を外して、ダイオードは前に向き直った。キモノのゆったりとした袖と銀の髪の流れが、体液性ジェルの中に小さな泡を残した。

その髪をつまみたい、とテラは思う。

つまむ以外にもあらゆることをしたかった。撫でたいし抱き締めたい、こちらのことを話したいしあちらのことを聞きたい。何より今、再会してどんなに嬉しいかを話したかった。

が、また通信が割りこんできた。

『聞いてますか？　寛和《カンナ》さん。わかってます？　もうすぐ降下時間ですよ』

「聞いてるしわかってますよ。今のはちょっと手が滑っただけです」

『いい返事です。でも次にあんなおいたをしたら許しませんからね？』

「はいはいはいはい。もう逃げませんって」

ダイオードが言い返して通信を切る。うんざり顔だが、いかにも旧知の間柄という感じの気安さだ。

自分と比べる意味はないとわかっていたが、港で対峙した時の瞑華《メイカ》の執拗なアピールが気になった。

「テラさん、その格好……なんですか？」

「え？」

気づくと、ダイオードがまた横目でこちらを見ていた。テラは武骨で不格好な風管正装《ダクトドレス》だ。二人で晴れ着を着て礁柱船《ピラーボート》を飛ばす昏魚《ベッシュ》漁には、およそ不似合いな作業服。

「こっこれはその、いろいろあって」

「ふーん……ご苦労さまです」

「はい……」

普段なら互いの装いを褒め合うはずのところで、このそっけなさだ。泣きたい気持ちでテラはうなだれた。

ぐらりぐらりと船が揺れる。今の今まで船を押さえこんでいた二隻の礁柱船《ピラーボート》がようやく離れていった。仮想入出力《VUI》パネルに、漁師ロクジョー、漁師モクレンの名前が出る。

こちらのやり取りに忙しくて気づかなかったが、船で船を押さえつけるなんて、普通はやらない実力行使だ。二隻はくるりと尻を向けて、噴射を引っかけるようにして離れていく。偶然かもしれないが——いや、そんなわけがない。あしらわれている。

舐められている。どうして？

こちらのツイスタが女だからだ。どこでもよくある子供扱い。いつものように、テラはそれが成されてしまってから気づいて、言葉にしがたい思いを胸に溜める。

——馬鹿にしないでくださいよ、うちのダイさんは！

「突入形態お願いします」

前に出た操縦ピットから事務的な声が聞こえた。はっと我に返って、テラは自分の頬を叩いた。

「はっ、はい」

「やれますか？　極域仕様で」

「やります！　任せてください！」

深呼吸して、目を閉じる。精神脱圧《デコンプレッション》——ふねのすべてを、このひとのてに。

デコンプは十分リラックスしていないとできない。教科書に書いてあるしテラ自身もよく知っている。だから今の精神状態でうまくいくかどうか不安だったが、なんとかデコンプを始めることができた。

大きな粘土のすみずみまで、意識の指を伸ばしていく——耳で聞かず、目で見ず、「自分がこの塊である」と認識して内側を感じていく。どこか舌先で口の中を探るのに似たやり方で、自分の輪郭をつかみ、あるところは押し広げ、あるところは引き絞り、形と中身を描き作る。鋭い先、丈夫な袋、熱い嚢をくっきりと確かに現しめ、いつしか没頭しきって内も外もなくなり、真空に触れる二万平方メートル以上の表面を自分の肌だと感じて、強い翼、強靭なノズル、はるか雲平線まで見通す電磁の目を伸ばし開く。

それは、いつやっても、それだけで生きる意味が足りてしまうぐらい、解放的で充実した営為だった。テラはデコンプによって初めて誕生した生命みたいに、潑剌とした礎柱船《ピラーボート》を作り上げた。

「できました、リエントリどうぞ！」

「……ありがとう。カウント合わせて降ります」

少しの間をおいて、ダイオードがそう礼を言った。

幅二二万キロの広大な夜の片隅を、いくつかの光の点が切り裂いていく。光点はテラたちと瞑華《メイカ》たちの二隻の礎柱船《ピラーボート》、及びそれに随伴するゲンドー氏の他の礎柱船《ピラーボート》や監視船などの五隻だ。七隻を柔らかなオレンジ色の光が包んでいる。

テラは瞑華《メイカ》に提供された借りものの礎柱船《ピラーボート》の微調整を続けていたが、降下開始から間もなく、船を包む光に気づいてぎょっとした。普段の漁では見かけない光だ。

「ダイさん、ちょっと……スピード出すぎてません？」

「スピード？」

「突入光がもう出てます。早すぎますよね。まだ高度一〇〇〇キロ切ってないのに」

「ほんとですね」ぐるりと全周を見回したダイオードが答える。「いま毎秒一二・八キロメートルです。標準的な降下速度だと思いますけど」

「てことは……この辺りだけ大気が濃い？」

「もしくは、何か仕掛けられているか」

前方をいくらか先行している瞑華《メイカ》機を見つめて、ダイオードは指先でくるくると仮想コンタクトダイアルを回した。

「瞑華《メイカ》あなた、おならしてません？」

『はあ？　なんて言いがかりをつけるんですか！』

「ガス撒いてないかって言ってるんです。普通、こんな高度に断熱圧縮が起こるほどの大気はありません」

『ガスなんか――』

言いかけて急に瞑華《メイカ》は沈黙した。いや、忠哉《チユーヤ》と相談するひそひそ声がかすかに聞こえる。

やがて、気取った咳払いがした。

『……こほん。改めてお尋ねしますけど、お二人はニシキゴイ漁の知識はおありですか？』

「多少は」「図鑑を見たぐらいです」

『あら、そうなんですか。でも中・低緯度帯では自由自在なんですよね？』

「ゲンドーの人間が普通知ってる程度のことは知ってますよ」馬鹿にするなとばかりにダイオードが答える。「ニシキゴイなら漁獲のたびにニュースで流れてたじゃないですか。深層から上昇して一気に電離層まで飛び上がるやつでしょう。大きさは五〇〇〇トンから二〇〇〇〇トン」

『二〇〇〇〇トンの大物がどうやって高度一〇〇〇キロの電離層まで昇るんですか？』

「だからそれは勢いをつけて――」

　今度はダイオードが言葉半ばで沈黙した。テラにはわかった。勢いだけで一〇〇〇キロは昇れない。いや、昇れることは昇れるが――軽く暗算したところでは――FBBの二Gの表面重力下では、秒速六・三キロの初速が必要だ。対して通常の昏魚《ベッシュ》の速度は音速程度、いいとこ秒速〇・四キロである（それだって生き物にしてはたいした速度だが）。

　ダイオードが振り返って小声でささやいた。

「測候船《ツナミ・サーチ》のあたりにはニシキゴイ、いませんでした」

「中緯度帯ですもんね」ダイオードは実地に強いが理論に弱い。助け舟を求められて、テラは張り切る。「代わります」

交信を引き取って、テラは話す。

「冥華《メイカ》さん、ニシキゴイはオーロラを利用して昇るんですよね。人間の宇宙船みたいに反動噴射をする代わりに。オーロラっていうのは宇宙から降ってくる荷電粒子が高層大気と衝突してできるプラズマのことですから、つまりニシキゴイは、プ、ラ、ズ、マの滝を遡って上昇していい、いるんですよね」

『ええ、そうですわ。その滝のエネルギーは？』

テラは沈黙した。ミニセルで検索すればすぐ出てくるだろうが、もしこれが超音速で漁をしている最中だったら、検索するひまはない。

『……あの、まさかそれで終わりですか？』笑われるかもしれないと思ったが、違った。

『ということは先ほどのおなら疑惑、いえ失礼、極域高層大気についての無知も、演技ではなく本当でいらしたと？　オーロラへの熱対策とか、防眩魚探とか、燃焼室防護壁の形成などのイメージも、本当に持ってらっしゃらないんですか？　まさかそんなことはありませんよね？　四半期三位の成績を挙げたのに』

冥華《メイカ》は心配と嘲笑の中間あたりにいるようだ。にしても大げさに思えて、テラは言い返した。

「こっちだって、礎柱船《ピラーボート》として十分な性能は出ています。あの、ところでオーロラのエネルギーって？」

『ざらに一兆五〇〇〇億ワットを超えますわ』

「一兆」

『五〇〇〇億。ちょうどよく昨夜からカテゴリー五のフレア警報が出てますし、影内ハンマリングも観測されてますから、今回は七、八〇〇〇億まで行くんじゃないかしら』

「……はい」

『テラさん？　大丈夫ですか？　元気ないようですけど漁はできますか？　万が一あなたや寛和《カンナ》さんがけがでもされたら気の毒ですし、戻りますか？』

「戻ったらこの勝負は」

『当然、不戦勝とさせていただきますわ』

「全然がんばれます私たち」

テラは力を入れて手刀を振り下ろすジェスチャーをし、通信を打ち切った。

「ふう！」

眉間を押さえて息を吐く。体液性ジェルの中にゴボリと浮き上がる泡の向こうに、ダイオードの心配顔が見えた。

「結局、この周りの光ってなんだと思います」

少し考えたテラは、今の瞑華《メイカ》との会話からあることを思いついた。

「これはですね……ダイさん、いま外の素の温度わかりますか」

「高度一〇〇キロ以上の空間に温度なんかないですよ」

「ツイスタ感覚では真空なんでしょうけど、とにかく計って」

「はあ、それなら……」赤外線温度計か何かを操作したらしく、しばらくして、「素で摂氏七〇〇度ありますね。気圧は一〇〇万分の一以下なのに。なんですか、これ」と嫌そうな返事があった。

テラは答える。

「つまり、極域ではこの辺からもう高温大気が始まってるってことですね」

「極なんですから、太陽光すっごい斜めですよね？」

「太陽光じゃないです、さっき瞑華《メイカ》さんが言っていたオーロラの余波だと思います。FBB、南北極のほうが熱いんですよ」

「じゃあなんですか、ここから先は普段の飛行熱プラス七〇〇度で考えなきゃいけない？」

「一概にそうなのかどうかわかりませんけど、普段とは違って来るでしょうね」

二人は沈黙した。

やがてダイオードがぼそりと言う。

「正味のところ、このまま突っこんでいって死なずに済みますか」

彼女らしからぬこもった声音に、かえってテラは刺激された。前面の空間をぱんぱん叩いていって六枚のＶＵＩディスプレイを映し出し、弱気をぐっと抑えつけて答える。

「瞑華《メイカ》さんにやれるんですから、生きて戻れる船舶仕様と漁法があるんです。今からがんばって洗い出します。資料検索は得意です」

「映像配信士ですもんね」

「はい」

「瞑華《メイカ》はこの間まで学生でしたし」

「ええ」

――でも生きて戻るんじゃなくて、漁で勝たないといけないんですけどね。

そんな泣き言をいちいちダイオードは言わなかったし、テラも口にしなかった。代わりにダイオードのほうも余分のＶＵＩを開いた。

「今のは私も馬鹿でした。そもそも、昏魚《ベッシュ》がオーロラを駆け昇るってなんなんですかね。基本だけでも押さえておきませんか、着くまであと一〇分ほどありますから」

「ですね」

天に星野、眼下に暗雲。広大な夜を進む七機の前方で、雲平線がラベンダー色にはためき始める。夜明けはまだ遠い。夜明けよりも手前に陣取る光だ。

それは惑星を飾る王冠。砂粒より小さな人間たちから見れば、見渡す限りの左右はるかに躍る、微光の大カーテン。

翌朝に試験を控えた学生よろしく泥縄の勉強をする二人は、まだその光に気づかない。

2

投げたものは落ちる。加速すれば落ちない。風に吹かれても落ちない。そして磁石で押されても落ちない。

惑星は巨大な磁石である、という説明がかつての地球に当てはまったように、ファット・ビーチ・ボールにも当てはまる。南極と北極とを強力な磁力線が結んでいる。FBBは自身よりもはるかに大きな磁力圏をまとっている。そしてそのまま一周一〇時間の高速で回転している。誰でも見たこと感じたことがあるように、磁場は磁性体を動かそうとする。自転するFBBはホウキで埃を掃くように周辺空間を磁場で薙ぎ払っているので、もし一帯一〇〇万キロ四方に鉄粉を撒くことができたら、それら黒い粉が南北極に向かって整列しながら、自転に引きずられてねじれていくさまを、はっきりと見ることができるだろう。

ところで、電線のそばで磁石を動かすと電気が起きる。地球に住んでいたフレミングさんに見つけられて以来、銀河中の電線と磁石が従っている原理だが、これが天文学的スケールでも通用する。磁力のある惑星が回転していれば、周りの電線に電気が起きる。しかし惑星を一周するほどの電線が配線されている場所は少ないので、代わりに惑星の周りのプラズマに電気が起きていることが多い。

プラズマは電離した気体である、とよく簡単に説明される。別の言い方をするなら気体になった電線である。ガスなのに電気が通る。その理由はプラズマの内部ではプラスとマイナスの電荷がバラバラに浮遊しているからである。バラバラに浮遊している理由は場面場面で違うので、それぞれのプラズマに聞いてみるしかないが、惑星の近隣では次の二つであることが多い——一、太陽風にぶん殴られた。二、銀河宇宙線にぶん殴られた。

FBBは氷衛星をいくつも持っている。これらの表面が母恒星マザー・ビーチ・ボールの放つ太陽風にぶん殴られると、水素その他のプラズマガスを放立する。肉眼でわかるほどの濃度ではないが、そこはかとなく匂い立つように出している。ガスは重力の小さな衛星表面を離れて宇宙空間へ流れ出し、晴れて自由の身になってどこへでも旅立とうとする——その途端に、四方からさまざまな力で押し引きされる。

故郷の衛星から受け継いだ慣性力、FBBの持つ強い重力、太陽風による押し出し力と、磁力線による掃引力だ。

いくつもの衛星から流れ出したガスが、最初は衛星の近所に溜まる。FBBの周りにドーナツ型の雲を作る。まだ世慣れなくてどこへ行ったらいいかわからないせいかもしれなない。

いが、慣性力のせいだと考えるほうがガスに対して失礼がない。「投げたものは落ちる。加速すれば落ちない」。衛星から出たものは衛星と回る。ＦＢＢに落ちたくても落ちられない。

だが磁力線そんなの関係ない。

行儀よくゆっくり軌道を回っているガスを、ＦＢＢの磁力線が無遠慮に横薙ぎする。その周期は一〇時間という速すぎる数字であり、ガスそれぞれの軌道周期などちっとも気にかけていない。プラズマガスは気体になった電線だから、磁力線に横っつらを張られるとその内部に電流が走って、フレミングさんの言いつけを思い出す。力を出して動かなければならない。この磁力線をやり過ごす方向へ。

こうしてガスは余分の軌道速度を得て上昇していく。

上昇したガスは太陽風に押されて遠ざかるが、そのまま深宇宙へ旅立つことは難しい。まだまだＦＢＢの重力を受けている。一連の流れにおいてもっとも強い影響力を持ち続けているのはＦＢＢの重力なので、目立っていなくても忘れてはならない。恒星ＭＢＢから遠ざかろうとしつつも、ＦＢＢの重力から離れられないガスが、どこへ行くかと考えてみれば、それはもうさまざまな力が釣り合う場所、影の中しかない。

ＦＢＢは大きな惑星だがＭＢＢのほうがもっと大きいので、ＦＢＢの影は先細りになって消えている。その影のとがった先端あたりにガスが集まる。惑星直径の一〇〇倍ほど離れたところに、なんとなくうっすらと雲のようなものができている。それらは不安に身を寄せ合っている。

というか依然として磁力線が届いている。それだけ離れてもFBBの磁力は届く。人間によればこの場所は「さまざまな力の釣り合う場所」と呼ばれがちだが、ガスにしてみれば追いこまれたどん詰まりである。身動きできないまま磁力線に横っつらを張られ続ける。逃げ場のない彼らに不満が鬱積していく。プラズマガスなので心理的な感情はないが、物理的な熱は溜めこむことができる。

ガス惑星の影には、プラズマ渦電流による膨大な熱が蓄積していくのだ。

熱というものは無限に溜めることはできない。これもまた銀河中の人とヤカンが知るところである。ヤカンのないところでは圧力鍋とかロケットエンジンだとか原子炉だとか恒星だとかに知られているが、とにかく熱は散らさない限りいつかあふれる。惑星の影でも同じことが起きる。もともとガスは真空に囲まれているので熱をうまく発散できない。できることはできるが、放射という方法しか取れない。体積が膨れ上がるほど効率が落ちていく。

さて、ここまでの流れは、恒星が激しい熱を持ちつつも穏やかな顔をしているときの様相である。

だが突然、恒星がドンとパワーを上げて金色に輝いたらどうなるだろうか。

　そんなことは決して起こらないと信じたくても、実際それはよく起こる。太陽フレアである。これ自体が恒星内部の磁力線のねじれによる過剰熱の放出だが、それによって発生した通常の何百倍もの太陽風がFBB圏に届くと、そこでも大きな事件を引き起こす。太陽風太陽風と呼んでいるが、実のところこれもプラズマである。FBBの影に溜まっていた限界プラズマに、さらに勢いよくプラズマが殺到したらどうなるか。

　衝撃波が発生する。そりゃあもうそうなるだろうとしか言いようのないことになる。パンパンに膨れ上がった熱い袋をひっ叩いたようなもので、袋の底が破裂して中身が飛び出す。煮えたぎった高エネルギープラズマが、真下のFBBに向かって滝のようにこぼれ落ちていく。

　これが、周回者《サークス》の極域漁師が影内ハンマリングと呼ぶ現象である。この際に惑星へ向かうガスの速度は礎柱船《ピラーボート》の二〇倍以上、毎秒四〇〇キロメートルから八〇〇キロメートルに達することが観測されており、まさに噴出と呼ぶのがふさわしい。

　噴出したガスはしかし、まっすぐFBBに落ちることはできない。惑星磁場は本体からの距離の二乗で弱まっていくので、逆に近づいていくと極端に強くなる。磁力線が自転方向へのビンタを浴びせる。ガスはまたぞろ例の軌道速度を得てしまい、降りたいのに押し上げられることになる。無為に赤道上に積もっていく（ちなみに周回者《サークス》の氏族船はこの押し上げラインの内側をうまく回っているので、プラズマを浴びない）。――ただしまだやり方は残っている。あふれて極へ走ることだ。以前はできなかったそんなことも、盛り上がった仲間が大勢いる今ならできてしまう。

極の自転速度はゼロである。自転軸と地表が交わるところを極と呼ぶのだから当たり前である。だから、磁力線に沿って南北極へ向かえば、横っつらを張る力は消え失せる。実際には極に到達するより早く、緯度八〇度ほどの極圏に入ったところで、磁力線が地表に回収される。

そこに至って、とうとうガスはなだれ落ちる。天空の大袋からぶちまけられた高エネルギー粒子が、惑星大気にしぶきをあげ、世にも鮮やかな光の乱舞を引き起こすのである。

そのエネルギー、ここまでの長たらしいプロセスで発生するオーロラの放射エネルギーが、一兆五〇〇〇億ワットである。力の出所はファット・ビーチ・ボールの自転力である。

奇妙なことだが、周回者《サークス》は大気圏突入のことを「エントリー」とは呼ばない。いまだに再突入《リエントリ》と呼んでいる。これは人類圏《アンノ・ドミニ》のほとんどがそうであるらしい。人間がまだ地上から出て地上へ帰っていた、古き西暦時代の名残のひとつだ。

周回者暦《サーク・カレンダー》三〇四年一一三日午前五時、緯度七七度、気圧高度一〇〇キロメートル。朝まだき薄明の雲海の上空で、高熱の炎に包まれるリエントリを終えて、弾道飛行から空力学的飛行に移った礎柱船《ピラーボート》の操縦ピットに、ほろりん、と不自然に優しいチャイムの音が響いた。

「え？」

あえて人を驚かさないようにしているような穏やかな音色だが、VUI上での表示アイコンは限りなく赤に近いオレンジだ。テラたちが電荷上昇警報《チャージアラート》の文字を読み取る間もなく、いきなり体液性ジェルがどっと白く濁り、眼前に女医のアバターが出現した。

「耐G液に硫酸バリウム防御液を添加しました。あなたたちは荷電粒子砲の攻撃を受けているか、または高エネルギーの天体学的プラズマ束を被曝しています。ただちに抜本的対策を取るか、回避してください――」

本船は、でなくあなたたちはであるところが恐ろしい。でなくてもアバターはよほどの危機にさらされないと出て来ない。テラがあわてて対処を始めようとしたとたんに、今度は配慮もくそもない甲高い警報音が体液性ジェルを貫いた。テラより先に前席のダイオードが叫ぶ。

「外殻焼損警報！　テラさん、船の皮が焼けてます！」

「え、再突入はきっちり乗り切ったつもりですけど」

「そっちじゃなくて上！　船のおなかじゃなくて背中！」

礎柱船《ピラーボート》は突入用のアポロ形態から、すでに高速巡航用の平たい紡錘形になっている。七枚目のVUI画面をパンと出して三面図を表示させると、確かに上面にコーションマークが並んでいた。テラは声を上げる。

「見事に焼けてますね。甲羅干しというか天火焼きというか」

「コーラボシってなんですか？」

「甲羅はカメっていう生き物についてる背面装甲で、カメは戦う前にそれを加熱して防御力をあげたっていう話がありまして――」

「いえ生き物話はもういいです。それよりこのやけどがなんなのかを見ないと」

「そうですね」

焼けている部分を拡大してダメージの深度分布を確かめ、二人はうなずき合う。

「粒子焼けだ」「ですね。真上から来てる」

天空から降りそそぐプラズマを今まさに食らっている。リエントリまでの短い時間で理解したことが、さっそく実地に起こっていた。

テラはさらにあることに気づく。

「焼けてるけど、突入焼けとは違いますね。表面だけが焦げてる感じ。エネルギー高いけど熱量そのものが少ないからかな」

「表面だけ？　つまりあぶり焼きですか？」

「はい、こんがりパリッとおいしそうに」

「あの――あのですね、呑気すぎません？」

ダイオードが振り返った。すみません、とテラは手のひらを向ける。

「あわてちゃいけないと思って。すごく」

「ああ……」

「考えてます。対策。対策はですね。えーと」ぎゅっと目を閉じて集中する。「練り物です！」

「は？」

「練って巻きます！」

「は？」

「すみませんとにかくやります！　説明あとで！」

精神脱圧《デコンプレッション》。今回は飛びぬけて難しい。船の形を変えるのではない。形を変えずに機能だけを変更する。

飛行する船の右脇腹に裂け目を作る。船首尾線に沿って、しゅっと一本線。そこに向けて背面全体を巻きこんでいく。焼損部分の回収プロセス。表面を船の肉の中に食い取って分解。反対側の左脇腹にも裂け目を作る。こちらは皮を吐き出していく。ただの粘土を外皮として硬化させて。新しい背中を作り続ける。

船の内部では、右舷で食った分を左舷に押し流してバランスを取る。しかもこれを、航行機能と漁獲機能を阻害しないようにやらねばならない。

イメージとしては練り物だ。うすらでっかい粘土の筒を、形を保ったまま外の皮だけねりねりと転がし続ける――。

「できましたって！」

「できましたって」

いつものようにひと通り振り回し、舵効と推力を確かめたダイオードが、特に問題は――と言いかけて気づく。

「いやこれできてませんよね、まだデコンプしてますよね？」

「はい！」

「外皮が滑り続けてる。一回作って終わりじゃなくて、ずっと動かしっぱなしのデザインなんですか？　今回？」

「そうです！」

「そんなこと可能なんですか!?」

泡を食ってこちらを見るダイオードの顔が、透明に晴れ晴れと見えてくる。ジェル内のバリウムが回収されているのだ。つまり天から降りそそぐ荷電粒子が、テラが新たに張り続けている外皮によって、狙い通り遮られている。

その事実を支えに、テラは笑顔を浮かべてみせる。

「可能ですって。現にできてるし、効果が出てます」

「でもこんなの聞いたこともないです！　第一テラさんの負担が！」

「いいから船のことは任せて、ダイさんは漁をしてください！」

叱りつけて目を閉じた。立体の表面を滑らせ続けるのは、恐ろしく集中力が必要だった。

「任せて……いいんですね」

　ダイオードが前を向き、獲物を探すS字カーブを切り始める。右へ左へと船は傾く。

そこでまたテラはさらなる困難に気づく。礎柱船《ピラーボート》というものは一秒たりとも水平に飛ばない。獲物を探して旋回し、獲物に向かって上昇し下降し、網を広げて切り返す。

つまり、天面が移動し続ける。船の背中から舳《へ》先《さき》へ、艫《とも》へ、そして船底へと。

「あっ、あれ！」

　遠目の利くダイオードが、数百キロ彼方を見据えたかと思うと、お得意のエルロンロールを決める。一七万トンの横転降下。テラの目に見える雲平線が転がり、テラの脳内では船が転がり、その両方に対して外皮の巻きこみ軸を整合させせようとした三半規管が、元気旺盛に反乱を起こす。

「んっく」

「テラさんあれ、マーカーつけます！　――テラさん？」

「は、はい！　マーカーですね？　今」

「いえ私がつけますから！」

青と紫の闇に沈んだ、薄暗い広大な雲海の一画に、ダイオードがくっきりとした白いマーカーピンを立てるが、そこに目をやるテラの顔も同じぐらい蒼白だ。——今まで一度もそれを体験したことのなかったテラは、初めて知った。

——こんなにきついんだ、デコンプ酔い。

「あれニシキゴイじゃないですか？」

我慢して目を凝らす。何かがいる。マーカーによれば左前方八五キロメートル、雲と雲の谷間、縦方向の距離感覚がおかしくなるほどの深淵から、ちらちらと小さく輝きながら一散に昇ってくるものがいる。ひとつ、ふたつ、みっつ——群れてはいないが、何体かいるようだ。

「はい——たぶん」

「寄せます、テラさんは網の用意を！　トロールで下から刺し上げる形式で！」

ダイオードの気張った声が、遠くからの音のように反響して聞こえる。どこかで聞いたことのある言葉だ。あれは確か——初めての漁のときの相談だった。彼女がそう言って、自分が巻き網を提案した。

そして言われた。バカじゃないですか？　と。

突然どういうわけか涙が出てきた。あのとき海のものとも山のものともわからなかったお互いが、今はこんなに気心の知れたパートナーとして難しい昏魚《ベッシュ》にアタックしている。

想像もしなかった幸運だ。

なのに自分はあのときの半分も力を出せていない。

「トロール網──了解です」

礎柱船《ピラーボート》は矢のように飛ぶ。背後に長く赤金色の噴射炎が伸びている。そこにトロール網を垂らさねばならない。

──えっ？　どうやって？

後方四五度の円錐内にあるすべてのものを、焼き尽くして吹っ飛ばしてしまうパワーを持つ核燃焼炎を吐きながら、その中に引き網をぶら下げるなんて、一体どんな魔法を使えばいいんだろう？

わからない。

前のめりで突進し続けるダイオードが右に左に揺らす船に、天面防御のデコンプを施し続けるだけで、テラの脳は焼き切れかけていた。

グイと舳先が天を向き、テラたちは下へ押し付けられる。

「ベクトル接近……よし交差。テラさん見えてます？　八五秒に進路交差します。獲物がどう動くかわかんないんでとりあえずそのまま直進しますけど、網のほういいですか？」

礎柱船《ピラーボート》は急上昇に移り、ニシキゴイが昇ってくる予定地点を目指している。そこで引っかけるつもりらしい。そういうことは本来、漁を始める前に、戦術ですの掛け声とともにテラのほうから提案するものだが、今回はダイオードがいやにがんばっている。

そしてテラもがんばっているが、今は機首方向から突き刺さってくるプラズマ粒子を処理するだけで精いっぱいだ。何が難しいといって、紡錘形の先端部分から外皮を生成して、船の全体へと引き伸ばしていく過程が、いやになるほど難しい。単に表面の皮を滑らせればいいという話ではない。船の骨格となっている形状もまったく同じ材質だ。その部分を変えてはいけないのだ。そこを変えたら空力学的特性が変化して、この高速飛行下ではあっというまに錐もみに入ってしまう――。

「テラさん！　網は⁉」

網？

「あっ⁉　はっはい網！」

後部の、エンジンと干渉しない場所にある突起部を、急いでほどいて袋にした。

つまり、四枚の水平垂直安定板すべてを、ぐっしゃぐしゃの毛玉にしてしまった。

結果、礎柱船《ピラーボート》は急減速――。

「テラさ」

んっ！　とものすごく痛そうなうめきが聞こえたので、舌！　とテラは心配した。きっと舌を噛んだに違いないと。

だが実際起こったのは六〇メートル・一二〇〇〇トン級の大口あけた巨大な生き物に、

通りすがりに横っ腹をぶっ叩かれたことで、それによって礎柱船《ピラーボート》は仰向けにふっ飛ばされ、逆さまになってだらしなく落下していき、トロール漁も何もなくなってしまった。

ほどけた網がパラシュートとなって広がり、それが粒子線を遮ったので、しばらく気絶していた二人も、運よく被曝せずに済んだ。

『ちょっと、テラさん？　寛和《カンナ》さん？　何をなさってるの？』

はるかな高みで、迷いのないまっすぐな上昇トロールで見事に一尾を捕まえた暝華《メイカ》が、不思議そうな通信を寄越す。

『何かすごく複雑なデコンプをやってらしたみたいだけど、舷外電路は張らなかったんですの？　普通、プラズマシャワーは磁気防御で凌ぐものですよね――？』

声は反響してよく聞こえない。

テラの目には、極夜を彩る見事なオーロラと、そこを突っ切って昏魚《ベッシュ》から昏魚《ベッシュ》へと翔け続ける礎柱船《ピラーボート》が、この夜初めて映っていた。

プラズマシャワーは、そもそも磁気でここに来ている。磁気がなければ赤道帯に落ちている。

そういうものだから、船を磁場で取り巻けば弾くことができる。

こんな基礎中の基礎を思いつかなかったのだから、デコンプ酔いがどうこう以前に、やはりテラの調子は最悪だったのだ。

舷外電路という言葉には、はるか昔に別の意味があったようだが、星十二指腸暦《A.D.》八八三〇年のガス惑星では、こういう意味だった。礎柱船《ピラーボート》やそのほかの宇宙船の周りにコイル状の電線を張り巡らせて、高エネルギープラズマを防ぐ装置だ。電路をデコンプで形成すると、作業は一度きりで済み、船の向きを考える必要もなくなった。目に見えない力場が粒子を逸らしてくれて、心配顔の医療アバターは引っこんだ。

それに続いたのは、忸怩《じくじ》たる気まずさに満ちた散発的改良だった。たとえば、夜明けから間もないこんな一幕での。

「あのダイさん、すごく言いにくいんですけど、今のとその前の突撃って」

「どうぞ言ってください。私の舵取りがヘッタクソで進路ミスって捕獲スカったことだと思いますけど」

「いえ違います、違わないけど違います！　眩しかったからですよね？　もろ進行方向正面にMBB来てましたもんね？」

「それはその通りですけど、ツイスタが『太陽が目に入ったから的を外しました』なんて、七〇〇〇年前でも許されない化石級の言いわけですよ。だったらそのド間抜けヤク漬け野郎の自己責任においてちゃんと眩しさ対策をしておけって話ですよ」

「ほとんど真横に恒星が釘付けになる空域なんて初めて来たんですから、仕方ないじゃないですか！　ダイさんが悪いんじゃなくて緯度が悪いんですよ！　でなければ――」

「でなければ？」

「デコンパの、私が悪いんですよ。そうだ……防眩魚探だ。防眩魚探ってそういう意味なんだ。この白夜状態でまともに周りが見える環境、私の責任で作っとかなきゃいけなかったんですよ」

「まったそうやって自分責めるのやめてもらっていいです？　その瞑華《メイカ》の台詞は私も聞いてましたよ、気づかなかったのは私も一緒ですよ！」

「すみません今から作ります！　シェードと偏光フィルターばっきばきに張り回します！」

またあるいは、視界の確保がようやく安定してから、しばらく経った一幕での。

「あのダイさん、また突っこんで悪いんですけど、今のとその前の突撃って」

「どうぞ言ってください。パワー出てないのに気づかずに甘い加速でズーム上昇して、昇りのニシキゴイに追いつけずにへロっちまった私のミスに間違いないですけど」

「そのパワー出てないやつ、意味不明ですよね？　ダイさんのスロットリングのミスじゃないですよね？」

「出てなければ出てないで、昇る前に長く下って加速するとか熱上昇気流《サーマル》を探すとか、やり方はいくらでもあるんですよ。それをサボったから、昨日初めてピットにケツを入れたツイスタの幼虫みたいなこんなド下手をやらかすんですよ」

「ダイさんの言う通りかもしれませんけど、こっちの見てる数字だと、そもそも炉心が八つともボサボサなんですよ！　核融合エンジンがさっぱり燃えてないんです！　なんでこんなに燃えづらい調整になってるのか……」

「核炉の燃焼条件なんて三つしかないじゃないですか。温度・圧力・粒子数ですよね？」

「そうです。温度も圧力も正常なのに、粒子数だけいやに欠けがちで……あっ、これもプラズマシャワー？」

「舷外電路張りましたけど」

「張りましたけどノズルは別です。核融合炎を噴いてるノズルにまでは電路張れてないです！　だからノズルには荷電粒子が降りまくってます。降りまくると……ああ、これだ。燃焼前の段階で燃料がプラズマシャワー食らってスカスカになっちゃうんですよ。シロアリに穴だらけにされた薪でお風呂沸かすみたいになるんですよ」

「シロアリって――いえ生き物話ですよね？　それは後にするとして！」

「はい、シロアリは後にしましょう。とにかく必要なのは燃焼室防護壁です。これも急いで作ります。――瞑華《メイカ》さんの言うとおりでしたね」

「だっっっからそうやって――極域で漁をするゲンドーの伝統芸能を、ゲンドーのツイスタが真面目に勉強してなかったのが悪いんですよ！　ダイオードとかいう女が！」

極域での飛行は想像以上にこれまでと条件が異なっており、飛べば飛ぶほど瞑華《メイカ》が憎らしいほど率直にアドバイスしていたことがわかり、それを嫌でも取り入れて後追いするしかない現実が二人を苦しめた。

いっぽう、その瞑華《メイカ》たちはと言えば――。

深淵から体をくねらせて浮かび上がり、滝のように降りそそいではためく雄大なオーロラの輝きを、飲み干すようにして駆け登っていく昏魚《ベッシュ》、ニシキゴイ。その推進メカニズムはすっかり解明されているとは言いがたいが、プラズマシャワーの高エネルギーを逆に利用しているのは間違いない。

それを追いかけようとしては進路を間違え、追いかけようとしては加速し損ねている一隻とは対照的に、もう一隻の動きは確かなものだった。

「追い揚げ方の八の起！　回りざかなの跡を踏む！」

「ようそうろう、回りざかなの跡を踏み申す」

網打ち《デコンパ》の瞑華《メイカ》が高らかに朗唱し、舵取り《ツイスタ》の忠哉《チューヤ》が返唱する。それぞれが髪を揚巻に結って振袖をまとい、総髪を馬の尾にし紋付き袴をまとった、弦道式船用盛装《デッキドレス》である。その船は眼下の深みにぐるぐると旋回する一体の昏魚《ベッシュ》をじっと監視し、やおら直進を始めたと見るや、正確に同じ水平方向へ加速を始める。

ニシキゴイが上昇。急角度の豪勢な遡りだが、厳密にいうなら完全な垂直上昇ではない。

角度にして八〇度ほどであり、そこに気づきさえすれば、完璧な背面から追いすがることができる。二人はそのようにし、だがすぐには網をかけない。

「追い揚げ方の八の承！　昇りざかなの尾をくぐる！」

「ようそうろう、昇りざかなの尾をくぐり申す」

二度目の朗唱と返唱。礎柱船《ピラーボート》は昏魚《ベッシュ》のわずかに下方を通り過ぎる。ベクトルが交差し、このままでは行き過ぎてしまう、という瞬間。

「追い揚げ方の八の転！　昇りざかなに腹を摺る！」

「ようそうろう、昇りざかなの腹を摺り申す」

三度目の朗唱と返唱とともに、礎柱船《ピラーボート》は半横転。垂直上昇の真っ最中であり、古技でいうインメルマンターンに近いが、そこで水平に戻さない。垂直のまま腹側へ寄せる。

そこに昏魚《ベッシュ》の腹がある。追跡側だったボートは横転によって絶妙に減速しており、見事昏魚《ベッシュ》と並走する。そして昏魚《ベッシュ》はまるで逃げない。

ニシキゴイは腹を見ていない。多くの昏魚《ベッシュ》に当てはまることだが、この種も自分より上方に視界を持つタイプの昏魚《ベッシュ》だった。腹から寄るのがいともたやすい。

「追い揚げ方の八の結！　昇りざかなを一網打尽！」

「ようそうろう、昇りざかなを打尽にいたせ」

四度目の朗唱。前三唱は終止形で終わるが、「結」の朗唱だけは命令形で終わる。なぜなら、そこまでは舵取りの仕事だったからだ。そして「結」は網打ちの仕事だからだ。

これにより、船長である男の命令により、乗員である女が従うという形式が完成し、もってゲンドーの古式に則る。

「打尽にいたす！」

ここでついに開網。しかし引き網で下から呑みこむのではない。

舳先の背面側に沿わせていた網を、回転腕木《スイングアーム》で昏魚《ベッシュ》の真上に振り出して、前方から押しかぶせるのである。

ニシキゴイは前進する。とにもかくにも推進力に特化した昏魚《ベッシュ》であり、接近して刺激を与えると、さらに前に出る。ただでさえ超音速で昇っているものが、爆発的なパワーで飛び出すのだ。

だから後ろから網を打つのは愚だ。打つなら前から、なのである。

それをするために古くから営々と定められた手順が、二人の朗唱には込められているのだった。

にしても、あまりにも突飛な漁ではあった。気圧高度はこの時点ですでに一〇万メートルを超えているが、それでもまだオーロラの裾の半ばほどであり、それは空間に分子が満ちていることを示す。降りそそぐシャワーの中で網を振る。三カ月前まで学生だった小娘が。

瞑華《メイカ》の掛け声とともに、彼女がデコンプした腕木が回り、彼女がデコンプした網が開く。

半円形の白いもやがパッと広がって、大口を開けた怪魚の顎に触れ——。

その瞬間、昏魚《ベッシュ》が思い切りのけぞった。尾びれが途方もない力で叩きつけられた。

瞑華《メイカ》機はあっという間に転倒、空気抵抗で網はちぎれ腕木はへし折れ、船そのものも勢いよく斜めに吹っ飛ぶ。獲物はくるくると回転しながら遠ざかる。

星と光幕の輝く空で、逃走と失敗の二つの白点が別れていく。

「瞑華《メイカ》さま！」

「どってことない！」

七万メートルを一気に落下した礎柱船《ピラーボート》の中で、主人を気遣う随身《ズイジン》の叫びに、すかさず娘が返す。

「ちょっとさかなの癖が悪かっただけですわ、次はまた捕まえますわ！」

操縦ピットの内壁にぶつけた額をさすって、瞑華《メイカ》はただちにVUIを開く。歪んだ船体をデコンプで整えて、上空の一画に目をやる。

そこに、観戦役の数隻と、随伴する二隻の礎柱船《ピラーボート》が遊弋《ゆうよく》している。

「モクレンとロクジョーに習いましたもの、私はきちんとやっていますもの。けれど寛和《カンナ》さんとテラさんは、出鱈目もいいところですもの。だから、もちろん、勝つのです！　追い揚げ方の九の起！」

「御意に。追い揚げ方の九の起」

忠哉《チューヤ》は答えて、次の獲物へ舳先を巡らす。

瞑華《メイカ》たちの動きに新味はないし、目を奪う華麗さも舌を巻く絶技もない。氏族に伝わる古いやり方を、馬鹿のひとつ覚えのように繰り返すだけだ。

しかしそれは地に根を張る草木のように、確かなものだった。

3

「あっ、また……」

上空にちらちらと目を向けていたテラは、思わずそうつぶやいてしまってから、あわてて口を押さえる。

ダイオードに聞かれまいとしてのことだったが、当の本人も同じものを目にしており、「三頭目でしたね」と苦い口調でつぶやいた。

「瞑華《メイカ》は九回挑んで、もう三頭も獲っている。対して私たちは――」テラが口をむぐむぐさせるばかりだったので、ダイオードが言った。「まだ零頭。ゼロ、なし、坊主」

「丸坊主ですね。――そういえば坊主ってなんですかね？」

「昔の漁師は、魚が取れないと罰としてつるっぱげにさせられたそうですよ。この分だと私たちもそうなるかも」

「え、ダイさん丸刈りにされちゃうんですか？」彼女のつややかな銀髪が消滅したところを想像して、テラはふむうと唸った。「大丈夫――いけます！　撫でます！」

「私イヤです。まだ全然テラさんの髪さわってない。つるっぱげ二人で瞑華《メイカ》の軍門に降るなんて願い下げですよ」

このときばかりはダイオードの毒舌にもいくぶんかの情けなさがにじんでいた。

「でもほんと、どうしましょうね……」

二人の礎柱船《ピラーボート》は対流圏をゆるやかに旋回している。すでに漁を始めてから三時間が経過しており、FBBの昼夜でいえば、もう昼過ぎといったところだが、太陽は地平線からわずかに顔を出しただけだ。そちらを向いて漁にかかるとひどく景色が見づらいし、逆に太陽を背負って近づこうとすると、昏魚《ベッシュ》が恐ろしく見づらい色合いになり、なかなか発見できないのだった。

「ダイさん、ニシキゴイってあれ、保護色なんでしょうか」

「その通りです。ニシキゴイのニシキは角度によって光沢を変える特殊な布のことで、現代のプリンタでも再現できないロストテクノロジーなんですが、ニシキゴイはそれを思わせる謎の光沢ってことらしいです。漁獲すると消えてしまうんです、あの色」

「へぇえ、面白い。ってことは、彼らは上昇中に攻撃されることを織り込んで進化してきたってことですね。……いえ、どうなのかしら」

テラは少し考えこんでしまった。FBBの昏魚《ベッシュ》は、爆才エダ博士が与えた地球の魚の情報をもとにして、さまざまな形態を作り上げている。それを進化と呼んでいいものかどうか。

首をひねっているとダイオードがちくりと言った。

「そういうの、今考えることですか？」

「わかりません。とにかく何か攻略の糸口を見つけたくて。でも進化の話までは今考えることじゃないですね」

テラは苦笑して髪をかき上げたりなんかしてから、話を戻した。

「さしあたり気になるのは、そもそも彼らがなぜあんなに高く昇るのか、かな」

「……そう言えば、前にも似たようなことがありましたね」ふう、とダイオードがひと息ついて話を合わせてくれる。「バチゴンドウのときも、なんで跳ぶんだろうってあなたが言い出して」

「そうですそうです。あのときは、見えてる個体よりもさらにでっかい個体が、雲の中で追いかけていたんでした。もしかして今回も？」

「リプレイして見てみましょうか」

テラがＶＵＩを操作して、ここまでのアタックの記録を表示したが、期待は外れた。

「レーダーにも光学にも、後追いしているやつは映ってませんね」

「ということは、捕食者から逃げてるわけではないと」

「純粋に高く上がりたいのかも？」

言ってからテラは、ははは、と乾いた笑いを漏らす。ただの遊びで数百キロメートルも上昇すると考えるのは無理があった。

ダイオードが首を横に振る。

「私もよくわかりません。というか別のことが気になります」

「別のこと？」

「あいつら、なんでこの強烈なプラズマシャワーを浴びて平気なんですか？」

ダイオードが指さしたシールドメーターに、テラも目をやる。降りそそぐ荷電粒子は舷外電路で防御できているのだが、それに費やしている電力が馬鹿にならない。総出力の一〇パーセント以上を食われていた。

「そうですね。私たちが最初バチバチに被曝して、苦労してやっと中和しているぐらいなのに、彼らがケロッとしているのも謎です」

「昏魚《ベッシュ》はもともと、とんでもない嵐と雷の中で生きているから、ここでも平気？」

「それにしたって稲妻とプラズマじゃ違います。こんな荷電粒子砲みたいなのをじゃんじゃん浴びたら、低・中緯度帯の昏魚《ベッシュ》なんかノックアウトされちゃうと思いますよ。それなのに彼らはへたばるどころか、ますます元気になってるんですから……」

「もう一度ニシキゴイの生態データ、見てみますか」

二人はライブラリを見直したが、その部分については曖昧なままだった。——ニシキゴイの器官は捕獲後短い時間で溶解してしまい、細部の調査が不可能だということだった。奇妙な現象だが、そういう昏魚《ベッシュ》は珍しくないという。

「んーむむ、目的不明、生態不明か……」

テラは懸命に頭をひねったが、うまい解釈も応用も浮かばなかった。

そうしていると、グィと船がひねられて降下に入る。

「テラさんは考えててください。私は私にできることをやります」

「何か手が⁉」

「真似ます」苦い宣言。「ひとまずあれと同じ動きをします」

「そ、そうですね！　瞑華《メイカ》さんも別に真似るなとは言ってないですし、やればそこから工夫の余地が見えてくるかもしれませんし！」

「パワー頼みます。できますか？　無理でなければ」

絶好調のダイオードはむしろ無理を強いてくる。だが今は優しさに甘えることにして、「定格出せます」と、精いっぱいテラは答えた。

すでに目をつけてあった下方のニシキゴイの一体に向けて、急降下。そいつの上昇を観察して方位を確認し、後を追って上昇に移る。空に揺れる光幕の中に二重螺旋の軌跡を描く。

今度の昏魚《ベッシュ》は飛びきりイキがいいようだった。全開で上昇しているのになかなか距離が詰まらない。スロットルを緊急出力の手前まで押し込みながら、ダイオードが歯ぎしりする。

「くっそ……機速が伸びない」

「がんばります、あと三パー出せます！」

「無理ダメって言いましたよね、どこ削る気ですか？　電路？」

「えっ、と」

「電路ですねダメです！　魚獲るたびに粒子線の顔面受けなんかしてたらDNAが何本あっても足りません！　大事なテラさんの遺伝子がズッタズタです！　それ以外は？」

「——すみません、今はなんにもないです……！」

「わかりましたこっちでなんとかします！」

そして言ったとおりに舵面操作だけで一パーセントと少しの増速をしてのけたのだから、ダイオードの操縦テクニックは驚異的と呼ぶべきものだった。

力強く身をくねらせて昇っていくニシキゴイの尾の下を、鋏のような軌跡を描いてくぐり抜け、礎柱船《ピラーボート》は追いすがる。やがてほとんど並んで真上へ突っ走りながら、まるでつがいのように整然と反転して腹を見せ合う――。

「ぐっ」「ひゃう!」

ぶおん、と大きな鈍い衝撃を受けたかと思うと、突然、船の腹側からびりびりと強烈な振動が伝わって来た。「フラッター!」とダイオードが叫んで、スロットルパネルを引き上げる。

礎柱船《ピラーボート》は勢いよく獲物から離れて、弾道軌道でどこへともなく飛び出した。

「テラさん大丈夫ですか?」

「ええ、何も。被害ありません、ただの緊急回避でしたよね?」

「はい。叩かれたとかじゃなくて、おそらく気流のバタつき……ああそうだ」たった今の記録を遡ったダイオードが、うなずいた。「昏魚《ベッシュ》まで三メートルに近づいたところで、干渉して渦ができてました。寄りすぎたんだ」

「え、でも網を突き出すスイングアームは二〇メートルもありません。魚の大きさを差し引くと、やっぱり三メートルぐらいには寄ってほしいですけど」

「コンマ以下まで正確に言うと?」

テラは立体図にスケールを入れて数字を読んだ。

「できれば三・九メートル以下に」

「三・九メートル以下、三メートル以上……」

　つぶやいたダイオードが、きっと険しい顔になった。

「そうか……しまった」

「どうしました？」

「瞑華《メイカ》のことばっかり考えすぎでした。本当にやばいのは次号《ジゴー》さんでした」

「忠哉次号《チユーヤジゴー》さん、向こうのツイスタさんですよね」そのことは重要な情報なので、リエントリの最中にひと通り聞かされていた。「ズイジンっていうのは召使いなんですよね。召使いなのに礎柱船《ピラーボート》の操縦ができるっていうのもたいしたことだと思いますけど」

「テラさん誤解してます。彼はただの召使いじゃなくて、ゲンドーのツートップである二人の漁師から直伝を受けた腕利きのツイスタです」

「え、じゃあプロ？」

「プロではないですがそうなるはずの……いえ、こう言ったほうがわかりやすいか。クロスジイカの巣で追いかけっこした、あの武装シャトルのパイロットですよ」

　放物線のてっぺんに達して無重力になった礎柱船《ピラーボート》の中で、テラの表情が一瞬空白になった。頭の中で敬意と敵意、正反対の二つの要素が衝突している。

「あっ、じゃあ無事に帰れたんですね……っていうか正真正銘の敵じゃないですか！」

「ええ、あのまま墜落してくれていたら、こんな面倒はなかったですね」

「や、そこまでは言いませんけど……」

「煮え切らないんだから」

フッと口を尖らせて、ダイオードは逆さになりつつある操縦ピットの中にぶら下がる。

「とにかく、彼は腕利きですし、今はあの時と違って命より大事なお嬢様を乗せているので、ますます本気なはずです。だからとんでもなく冴え渡っているんですよ。誤差一メートル以下」

「ダイさんには無理なんですか？」

「ふざけんじゃないですよ無理なわけないですよ」

ダイオードは即答したが、その表情は晴れなかった。

「誤差〇・一メートルでも寄せてみせますよ……その」

「わかりました。船さえ完全なら、ですね」

「……」

少女は目を逸らしている。無理もない。さすがにこれは思いやり合戦でごまかすことのできない話だった。錬度の高いコンビが完全なパフォーマンスを発揮しなければ、結果が出ない領域だ。

「船さえ完全なら……」言いかけて、テラは言い直す。「完全以上、じゃないとだめですよね、これ」

「……そこまでては」

「いえ。完全な船をダイさんの天才テクニックで飛ばして、やっと忠哉《チユーヤ》さん並み。ゲンドーの伝統レベル。でも私たちは、そんなことがしたいわけじゃない」

その言葉を反芻するようにダイオードが小さくうなずいて、「ええ」と言った。

「伝統を笑ってやらないと話になりませんよね——」

今や高空から雲間へと真っ逆さまに落ちている礎柱船《ピラーボート》の中で、ダイオードがふと言葉を切って、足元の空をにらむ。

「——あれは？」

テラも足元へ視線を落とす。青紫色の炎がそこらじゅうから噴き出す深淵から、ぽつり、ぽつりと、いくつかの鋭い光を放つ小さなボールが浮かんでくる。

「……ええと」

感覚が逆さまなので、操縦ピットを回転させた。深淵は再び空となり、浮かんでくるボールは落ちて来る気球になった。今しも、それらの近くで礎柱船《ピラーボート》らしい噴射炎が瞬いて、離れていくところだった。

「なんでしょう？」

「瞑華《メイカ》がやっているみたいですね」

望遠で拡大すると、確かにそれは気球だった。直径三〇〇メートル近い大きなもので、強く輝く、おそらく燃焼している部分があり、しかも下部に縦長の太いゴンドラがついている。いる。そちらも五〇メートル以上ある。

「監視装置……って感じの大きさじゃないですね。ひょっとして攻撃とか妨害用の兵器？」

ダイオードがつぶやいて、こちらを見る。テラは首を横に振った。

「違います。わかりませんか？」

「引っぱらないでくださいよ……」

「引っぱってません。簡単なんですよ。操業中の礎柱船《ピラーボート》からでかくて重いものを切り離した。その正体と、理由は？」

「……獲物ですか、あれ！」

「ええ、きっと」テラは硬い顔でうなずく。「何度も登っては降りるのに、獲った昏魚《ベッシュ》を抱えたままじゃ、大変です。だからああやって獲物だけ気球で吊って浮かべておくんでしょうね。少し噴射しているのは、熱気球なんじゃないかな」

「なんだ、そんなの私たちもやってたことじゃないですか」

ダイオードの言う通りで、二人は中緯度帯で似たような漁法を編み出している。

テラは舌を巻いて言った。

「私たちのは、礎柱船《ピラーボート》を母船と降下機に分離して、母船を滞空させるやり方。あちらは獲物だけ極薄の繊維で包んで放置する方法です。そのあともずっと、船をツイスタとデコンパの二人が操縦し続ける。どっちが性能出せると思います？」

「……チッ」

　ダイオードが舌打ちした。

　あくまでも伝統に則っている瞑華《メイカ》が、あのような気球をデコンプしてのけるということは、あれも伝統に含まれているのだろう。それをただの古臭い儀式だと馬鹿にしてきたダイオードの胸中が、テラには手に取るようにわかった。

「ダイさん、次行きましょう」

　声をかけて促したとき。

　ふと、ダイオードが天空の一角に目を据えた。手早くＶＵＩを操作して望遠映像を拡大し、テラにも見せる。

　瞑華《メイカ》が上げた気球のひとつがくしゃくしゃになり、落下を始めていた。どうやら割れたらしい。

「……これ、こっちへ流れて来ません？」

　テラの声に、打てば響くように反応するのがいつものダイオードだが――このときばかりはためらったのも、無理もなかっただろう。

　それでもダイオードは舳先を回して落下物に向けた。特におかしな動きはせず、終端速度で落ちてくるだけのようで、軌道は簡単に予測できた。数分で合流し、同一ベクトルで降下に入る。

それはAMC粘土で包んだ円筒形の物体で、確かに獲物のようだった。ただ、小さい。せいぜい一五メートルほどだろうか。

「拾うんですか？」

テラの質問に、またダイオードの背中がこわばったような気がした――言葉を選べばよかったかと思ったが、どう言っても同じだ。

「ダイさん、拾って、渡せばいいと思います。横取りせず」

「……そうですね」

高くそびえる雲の陰へと落ちていきながら、ダイオードが船を寄せる。礎柱船《ピラーボート》の背をデコンプして落とし物を包み込むのは、木の枝になった実をもぐように簡単なことだった。

4

終始監視されながら「フョー」に帰り着くと、日陰側の作業港ではなく、日向側の商用港への入港を指示された。

終わった、とテラは思った。作業港へ入るのだったら、いちかばちか、そこにあるインソムニア号に乗り移って逃げる手があった。だがそれも不可能になった。

商用港は花の形をした「フョー」の花柱の先端にある、彩り豊かなイルミネーションで飾られた表玄関だ。見どころはその中央の直径四〇〇メートルもある大型アイリスゲートで、大型宇宙船や船隊すべてを構内に呑みこむことができる。真空に向かってただ栈橋が伸びているだけの他の港とはわけが違うのだと、これもゲンドー氏族のよく自慢するところである。

とはいえ、直径四〇〇メートルを毎回開け閉めしていては、あっという間に酸素が尽きてしまう。ゆえに大ゲートの開放は要人の来訪や式典のときだけに限られているという話だったが――。

『寛和《カンナ》さん、テラさん、お疲れさまです。よく頑張って来られましたね』

港に近づくテラたちの礎柱船《ピラーボート》に、先を行くもう一隻から通信が届く。瞑華《メイカ》が、深宙色《スカイブラック》の髪を結い上げた電桜色《プラズマピンク》のリボンを揺らして、わざとらしくカメラ越しにこちらを覗きこむ素振りをした。

『あら、お顔は見せて下さいませんか？　まあ女同士、そんな時もあるでしょうね。降りてお会いする時を楽しみにしますけど――いちいちエアロックをくぐっていただくのも気苦労ですわね』

冥華《メイカ》の映像が親切に申し出る向こうで、超大型の虹彩型シャッターがゆっくりと開き始めた。

『せっかくですから船ごと入っていただきますわ。港の皆さんに、あなた方のお顔を見てもらいたいですからね』

ころころと楽しそうに笑って、冥華《メイカ》は消えた。

「あの心底暗黒女《しんそこあんこくおんな》……完全に見世物にするつもりですね」

ひとことも言い返さずに睨んでいたダイオードが、無念そうに目を閉じた。

言うまでもなく、勝負は完敗だった。冥華《メイカ》たちの漁獲は六頭、四八〇〇〇トン。テラたちのほうは、例の冥華《メイカ》が落とした小物一頭だけだった。質量は一八〇〇トンで、検分の必要はまったくない。

これから行われるのは、単純かつ明確に、二人をあきらめさせるための儀式でしかなかった。

テラは後席から周囲の状況とともども観察していた。二人の礎柱船《ピラーボート》は自動入港モードに入って、ひとりでに降りていく。慣れない漁で激しい機動をしまくったので、船体の残質量は一万トン以下だ。その後ろでは、ずっと多くの燃料を残している二隻の礎柱船《ピラーボート》が、大気圏脱出前から貼りついている。また、商用港側の港湾砲もずっとロックオンし続けている。

水も漏らさぬ警戒態勢だ。

「見世物でもあるでしょうけど、ゲートの中に閉じこめて完全に逃げ道を塞ぐつもりなんでしょうね」

「そういう女です、あれは」

「じゃあ……ちょっと早いですけど、改めて謝っておきますね」

テラは操縦ピットを動かして、ダイオードの隣に並んだ。

「大見得切っといて、ダイさんを勝たせてあげることができませんでした。この後も多分、苦労させてしまうんでしょう。ごめんなさい――助けられなくて」

「はあ」

少女が面食らった顔になり、急速に眉を吊り上げた。

「はあ？　え、何様ですか？」

「お姉さまぐらいになりますか、歳の差的には」

「歳の差、歳の差どっから出てきました？　そういうのこの三カ月半ひとつも気にしなかったし、飛行時間的には断然私のほうがベテランですよ？　あとほかのいろいろな点でもそうですけど、なんでいきなり責任持つ側の顔してそう来るんですか？」

「やらなきゃいけなかったことと、やってしまったことと、やれなかったことは、断然私のほうが多いんですよ。一人ぼっちで捕まって自由を奪われて、脱出船もエダさんの助けもお金も何もなかったあなたと比べて、私にはそれらがあって有効な作戦を立てる時間もあって、さらにデコンプ能力まであったんです。粘土の塊で港をぶっ壊してさらって逃げるとか、粘土の塊に隠れて敵をやり過ごすとか、今考えれば取れる手はいくらでもありました。なのに、ぐすっ、決心もアイディアも足りなくて」

「ちょ、そこで泣く!? ずるすぎでは? 泣いていいなら私も泣きますよ、それだけの選択肢も能力もある人を氏族の不毛な争いと腐れた因縁に巻きこんで、ここから監禁幽閉繁殖コース、いえ、なんか族長があなたを欲しがってるそうですけど、それだってどうせ得体のしれない欲望だか計画だかのために利用するに決まってます。そんな暗黒神殿にこれから好きな人を送りこまなきゃならない、私の身にもなってくださいよ！」

「ううう、ダイざぁぁん」

二つの操縦ピットをひとつにくっつけてなだれこもうとしたが、「うわうっざ」のひとことともにぴしゃりと跳ねのけられた。テラは喚く。

「なんでですかぁ、今生の別れかもしれないのに！」

「かもしれませんけど、その最後がこんな愁嘆場なのはイヤですよ！　テラさんはそんな人じゃない！　もっとシャキッとできるでしょう、顔拭け二四歳！」

「ふぎぎぎ」

見せたばかりの一番の弱点を背中まで貫通されてテラは悶えた。のけぞってから腕で顔を拭いて――今だに武骨な風管正装《ダクトドレス》を着たままなのでゴリゴリと鼻にこすり痕をつけてしまって、何もかもどうしようもない顔で向き直る。

「拭きました」

「はい」

「あと、少し落ち着きました。――すみません」

軽く発散したので正気が戻り、テラは赤面してうなだれた。体液性ジェルが湯になっていく。

「はい、なんというか……」こちらも、絣のキモノ姿がさすがに着やつれした感じのダイオードが、うんざりを三歩ほど通り越した顔でため息を吐く。「取り乱しの引き出しが多いですね、テラさん」

「すみません」

「ものすごい落ち着いた」

「ええ。ちょっと決壊しすぎました。でもそれぐらいつらくて」

「まあ……裏表がないのはいいことですけど」

「ダイさんは？」訊いてみる。「このままずっと、冷静でいられますか」

「は？」

ぎろりと睨んだダイオードが、斜め上を見て、反対の下を見て、んーっと強く目を閉じてから、ぼそっと言った。

「いられます。あなたが死にでもしない限り」

「――ここを開けて？」

コンコンと境界を叩くとダイオードがピットを開け、ん、と顔を背けた。

テラはもぞもぞと入りこんで、抱きつこうとした。

「ダイさん――！」

そのときピーッと登録済みの知人からの着信音がして、『すみませんテラさんこれ聞こえますか、緊急の提案があるんですけど』と、聞き覚えのある声がした。はじかれたようにテラは自分のピットに戻った。

「えっ――と、その声はプライさん!?　あなたこっち覗いてるんですか？」

『はい？　覗いてなんかいませんよ。船は見てますけど。あ、どこからとかの説明は省きますね、時間ないんで』特に他意のなさそうな口調で、トレイズ氏の女はとんでもないことを切り出した。『あなた方、漁獲勝負で負けたんですよね。で、これからさらし者になる予定ですよね』

「好きでなるわけじゃないんですけど」

『そのルートと、何もかもぶっ壊して完全なお尋ね者になって逃げるルートがあったら、どっち選びます？』

　テラはぽかんとして、こちらに顔を向けていたダイオードと見つめ合った。少女が言う。

「罠でしょう。何かやらかして、こっちに罪を着せるつもりかも」

「あの人、そんな悪い人でした？　いえ」テラは首を横に振る。「たとえ罠だとしても、まだマシです。プライさん！」

『はい、どっち？　秒で決めてください』

「ぶっ壊します！」

『了解、まあそれしかないですよねー』

　お気楽そうな返事の最中に、ずんと穏やかな振動があった。自動操縦の礎柱船《ピラーボート》が構内の床に触れたのだ。頭上のゲートが閉じ始める。

「それで、あなたは何をしてくれるんですか？」

『あなたが主役でやるんです。いまその船で、デコンプできますか？』

「え、はあ」ジェル越しに軽く感覚を広げて、テラは船との一体感が保たれていることを確かめる。「できます」

『礎柱船《ピラーボート》を一〇〇個に割ってください』

「はあ⁉」

『デコイにするんです。そしたら九九個を隠れ蓑にして、うちがあなたたち一個だけを拾いにいきます。できますか？　できてくださいね？　今すぐ！』

テラは息を呑み、目を閉じた。隣と相談するよりも先に、自分の中に可否を尋ねる。

結論は意外にも、イケる、だった。少なくともいきなり死者は出そうもない。周辺の大規模な破壊もない。その代わりに収拾をつけられない大混乱になりそうだが、それこそがインパクトとなるだろう。

「ダイさん、ピットだけ離さないで」

「OK」

「三、二、一、キュー！」

混じり気のない即答を心地よく感じながら、テラは決行した。――精神脱圧《デコンプレッション》、船を一〇個に――つまり一〇こにわけて、さらにそれらを一〇こに。

自分の体そのものをいきなり一〇〇等分するイメージは作りづらかったが、数百トンずつを一〇個、であれば簡単だった。細い繊維で接続を保ちつつ、船首からざっと九カ所で輪切りにし、それぞれをだいたい同じ大きさと形で、放射状に一〇分割する。趣味の料理で、食材を手で切るイメージをいくらか持っていたのが役に立った。

自分たちが入っているパーツと、そのほか三つほどを目印として星形に成型して、あとはすべてピザを切るときのような扇型に。なるべく誤差がないように気を付けつつスピード最優先で、つまり全工程を五秒に収めて、テラはやり切った。

「フョー」――商用港にいた人々は仰天する。――瞑華《メイカ》の礎柱船《ピラーボート》に続いてしずしずと入って来たもう一隻の礎柱船《ピラーボート》が、トトトトッ、と突然包丁で切られたように舳先から輪切りになっていく。

と思った次の瞬間には、バラバラに分解して飛び散っている。

『大型爆発《メガバースト》発生！　耐熱・対汚染態勢！』

ただちに有圧エリア全域に警報が発令され、近隣すべての人がシェルターに飛びこむ。非常対応チ閉まりかけていた大ハッチは、汚染大気を真空へ逃がすために緊急停止する。非常対応チームが氏族船のあちこちから駆けつける。

彼らの最初の一班だけが、目撃する。無重力の構内じゅうに散らばって、てんで勝手に回転したり衝突したりしているコンテナ並みの破片の隙間から、一隻の作業艇がしっかりと破片をひとつつかんで、宇宙空間へ飛び出していったのを。

第四章　テーブル・オブ・ジョホール

1

族外船爆発テロか

周回者暦《C.C.》三〇四年一〇八日の午後五時ごろ、我らが氏族船「芙蓉《フヨー》」北極商用港の大ゲート内で宇宙船の爆発事故が発生した。この事故で乗組員の寛和石灯籠弦道《カンナイシドーローゲンドー》さん一八歳と、テラ・インターコンチネンタル・エンデヴァさん二四歳、二人の行方がわからなくなっている。また、低圧環境作業員二名が腕を打つなどの軽いけがを負った。事故は入港中の礎《ピラ》柱船《ーボート》の一隻がなんらかの原因により突然分解したもので、港内が非与圧状態だったために、爆風が発生せず物的被害は軽微に留まった。なお事故直後に、ジャコボール・トレイズ氏族籍の船が出港許可を得ないままゲートから飛び去っており、儀典部では事故原因との関連があるとみて行方を追っている。

弦道氏族新聞「登竜門《トウリュウモン》」一一四日朝刊記事

私たちは不当な非難に抗議します

一〇八日の夕方、ゲンドー氏の氏族船で爆発事故が起こりました。この事故で行方がわからなくなった方や、負傷された方、心痛や物損を被った方々に、哀悼の意を表します。

事故直後に出港したという船は、当ジャック・オブ・オール・トレイズ氏族に籍を置くインソルベント号のシャトルであり、正当な手続きのもとで運行された無害な船です。くだんの爆発事故の原因は詳しい調査によって明らかにされるべきですが、私たちのインソルベント号が直接・間接のいかなる理由においても、決して爆発を引き起こしたものでないことは、私たちトレイズ長老会の信用にかけて保証します。こういった重要な問題について、あたかも当ジャック・オブ・オール・トレイズ氏族の一員と船舶が犯人であるかのような報道が、確かな根拠もなしに行われることは許されません。私たちトレイズ長老会では、そのような一部報道が、より重要な問題から世界の人々の目を逸らされるために行われているという、信頼できる情報を得ています。

私たちは不当な非難に抗議します。また、こういった非難を誰がどのような目的で行っているのかを、引き続き詳しく調べていきます。

族間ネット《ICN》におけるトレイズ氏長老会公式アカウントの宣明

「プライさんが監査官？」

「フョー」から逃れて楕円軌道を上昇していくインソルベント号の船内。またしても操縦ピットごと回収された二人は、うさんくさげな声を上げた。

「ってなんですか」「って大会議《バウ・アウア》の？」

テラのほうがやや知識が多いようだった。む、とダイオードが振り向いて尋ねる。

「テラさん知ってるんですか？」

「だってみんな初等巡航生のときに――いえ、つまり監査官は大会議《バウ・アウア》が任命する臨時の調査員ですよ。『周回者《サークス》全員の安全のために、すべての氏族の政情を探知できる』とされるやつです」

誰でも習いますよという言葉を呑みこんで、テラは言った。それからＶＵＩに目を戻した。

「それが正体ってことですか？　ヘリウム吸引士《インヘイラー》ってのが嘘で？」

　プライは本船側から映像として顔を出している。ツーサイドテールの褐色女が、陽気な笑顔で曖昧にうなずいた。

『あーそうですね、あなた方の操縦ピットを拾ったのも、まあ任務っちゃ任務のようなものですね』

「そういうものですか……」「じゃないでしょう、丸めこまれちゃだめです。こいつが、監査官ですか、そんな役職のわけがありません！」

　テラがおっとりと納得しかけたところで、ダイオードに遮られた。

「え、どういうことですか？」

「どうもこうも私たちがこの人のヘリウム採集船に助けられたのは、偶然の出来事だったじゃないですか。たまたま近くの雲海で操業していた船に、都合よく監査官が乗ってたっていうんですか？　そんなわけないでしょう」

「あ、それもそうですね」

「さもなければ、私たちを助けた後で監査官に任命されたことになりますけど、吸引士《インヘイラー》がそんなに簡単に監査官になれるんですか？　そこんとこどうなんですかプライさん！」

　論破したつもりでダイオードが映像を指差すと、プライはあははーとお気楽そうに笑った。

『そうですねーその通りです。あたしらが監査官のわけがない、そう信じられるなら全然その方がいいんで、忘れちゃいましょうかー。じゃっ』

「え、ちょっと待っ……」

『はい？　なんですか？』

片手を挙げていったん通信を切ろうとしたプライが、動きを止めてこっちを見た。楽しむような目をしている。

自分が何か馬鹿なことを言っているような気がしてきて、ダイオードは懸命に考えた。

「あそこにいたのは偶然なんだから吸引士《インヘイラー》に決まってる……けど、もしかして、偶然じゃなかったら？」

『あら』

「最初から監視してた？　私たちを？　じゃないですね。『アイダホ』から出てきた私たちは監視しようがない。武装シャトルのほうだ。私たちを攻撃した次号《ジゴー》さんの機体を監視していた？　あれが『フヨー』から出てきたところから？　だから、墜落してまた昇って来た私たちを救助できる位置にいた？」

『……寛和《カンナ》さん、いえダイオードさん、頭の回転速いですねえ』

プライはそれだけ言って、黙ってしまった。依然として口元はにっこりだが、目は笑っていない。

いや待ってくださいよ、とダイオードは額を押さえる。

「それがほんとだとしても、監査官ってのがテラさんの言った通りの役職だとしたら、重大な事件じゃないと出てこないやつですよね？　それが、私がさらわれてテラさんが助けに来たていどのことで、なんで出て来るんです？」

「重大じゃないですかダイさん！」

「重大じゃないですよ、大会議《バウ・アウア》にとっては！　ですよね、プライさん？」

詰め寄るテラを押し返して、ダイオードはプライを見る。プライは微笑んだまま右と左に一度ずつ首をかしげてから、えーっと、と言い出した。

『……今回お二人のおかげでいろいろと助かったので、こうして連れ出してあげたんですね。それで最低限の説明もしているんですけど』

陽気にニコニコしたまま、プライは映像に出ていない誰かのほうへちらりと目をやって、あっは、と口を開けた。

『――でも、ちょっとまだ全部は話せないみたいです』

「……ほんとに監査官？」

『まあそこらへんは信じられるときに信じてもらえばいいんですが、とりま寛和石灯籠弦《カンナイシドーローゲン》道《ドー》さんとテラさんのお二人は、これからしばらくトレイズのほうで身柄を預かることになりました。なりましたっていうか、しました。でないとまた連れ戻されちゃうかもしれませんからね。そのあいだにこっちで事態を収拾しますんで、それが済んだらまた解放して差し上げることになります』

「それって閉じこめるってことですか？　いつまで？」

テラが身を乗り出して訊くと、プライは肩をすくめた。

『さあ、それはあちらさん次第というか、こっちこそそれがいつになるか知りたいんで。あとでダイオードさんにはいろいろお聞きすることになると思います』

二人は黙りこんだ。

すると、あーいやいやとプライが苦笑気味に手を振って言った。

『怖がらないでください、お二人が基本的には被害者だってわかってるので――二人とも無断脱船とか賄賂容疑とかいろいろやってますけど、それこそうちの管掌分野でもないんで――しいて事件化したりはしません。お客っていう扱いですよ。極力見つからないようにしてもらいますけど』

「ならいいですけど……」

『あっそれとですね、滞在費は心配ないですからね！』

「そっち持ちですか？」

『いえこういう場合は無利子で貸すことになってるので！』

「……」

『焦らずゆっくりと！　自分のペースで返していただけますよ』

トレイズ氏流のジョークなのかもしれないが、二人は笑う気になれなかった。

するとプライがまた画面外と話して、うんうんとうなずきながら言った。

『前にも言いましたけど、お二人、なんでしたらうちに住みませんか？』

「それはお答えしましたよね。私たちは、女二人で礎柱船《ピラーボート》に乗るんです。それができるところに住みます」

ダイオードがきっぱりとそう答えたが、プライの返事は意外なものだった。

『ええ、そう聞いてますねー。あれから上と話したんですけど、風向きがちょっと変わってきまして。女二人で乗ってもいい――って言ったらどうします？』

二人はしばらく黙りこんでしまった。顔を見合わせて、なんとなくよそを向く。

「考えさせてください」

テラはそう言った。

トレイズ氏の氏族船「テーブル・オブ・ジョホール」は、その名の通り円形の食卓が足を恒星に向けたまま回転しているような構造で、ジョホールという名称の意味は――忘れた。

到着までの船内で説明を受けたような気もするが、テラはそろそろ疲労の限界で、よく覚えていなかった。この五日間、特に最後の二四時間は、あまりにもいろいろなことが起こりすぎた（最後にまともな場所で寝たのは？　――ゲンドー氏に乗りこむ前夜の、インソムニア号の船内だ！　あそこにいろんなものを置いてきてしまった）

それで――

「まあ言った通りこんな部屋ですけど、ゆっくりしてくださいね」

プライの案内で、いくらかの重力と二つのベッドだけがあるシンプルなツインルームに通されたとたん、ぷつんと気持ちの糸が切れてしまった。

「寝ます。すみません」

「え？　まだいろいろ話すことが」

「ええそうですけど、さすがにもう」

よろよろとシャワー室のドアに手をかけ、最後の瞬間にふと振り向いて訊く。

「同じ部屋でいいですか？」

「……当たり前じゃないですか」

それだけ聞くと、テラは心底ほっとして先にシャワー室にこもってしまった。

考えたり相談しなければいけないことは山積みだったが、頭の中に燃えかすの灰が詰まっているみたいだった。いまだに着たままだった装甲服めいた風管正装《ダクトドレス》をのろのろと脱ぎ捨てて、頭から湯を浴びる。

その直後に突然背後でドアが開けられて、止装をガチャガチャと外へ放り出す音がした。

「ええ!?　ちょっと――」

湯と前髪がかかったままの顔で振り向こうとすると、ドアを閉ざす風圧とともに、細い体が腰のあたりにぺたりと抱きついた。反射的に身をこわばらせてから、悲鳴をぐっとこらえて名を呼ぶ。

「ダ、ダイさん？　なんですか!?」

「何も」肩の骨の下端に息がかかる。腰にきつく腕を回した相手の体は、少しべたついているがなめらかであたたかだ。はだかだ。「なんにもです。んうん……」

「あの、ちょっとまだいろいろ、待って――」

「本当にいやなら出ます」

あわてふためいてもがいていたテラは、それを聞いて動きを止めた。

出てくれると思ったからではない。行為の大胆さに比べて、ひどく緊張した感じのこわばりが、腕から伝わってきたからだ。

一度深呼吸して、今日が来るべき日かと受け止めながら、テラは尋ねた。

「出てからじゃ、ないんですね」

「出たらいろいろ話すでしょう」

「……ええ」

「話したら、いろいろ考えなきゃいけません」

いろいろ、が指す内容は両手の指よりもたくさん思い当たった。テラにも彼女の気持ちがわかった。

「そうですね。今のほうがよさそう」

「いい？」

「はい。――本当にいやじゃ、ないです」

決心が伝わったようだった。顔を上げたダイオードが、テラさん、と手を握った。

「あっ、不意打ちしてすみません――」

「はい。次はなしですよ」

テラは体の力を抜いた。ダイオードも同じようにして、柔らかく肌を寄り添わせた。

「ダイさん……」「はい、テラさん」

頭から熱い湯が降り続けている。

テラは体の前を軽く流してから、ダイオードの折れそうに細い腋の下に手を入れて、すとんと自分の前へ移した。髪に湯をかけ、肩を流した。こういうときどうすればいいかわからなかったが、それが自分のしたいことだった。きっとダイオードも文句はないだろうと思って、繰り返し少女の体をさすっていった。

梳き上げた手のくぼみから、水そのものであるかのように銀髪が流れ落ちる。湯気にすらほのかに薬草めいた匂いが混じる。どうしてそんなに美しい髪なのかは、ダイオードについてテラがまだ知らないことのひとつだ。見惚れて何度も繰り返していると、あの……とダイオードが心配そうな声を漏らした。

「ひょっとして、ただの洗いっこのつもりですか。そういうわけじゃ……」

「『ただの』洗いっこなんて、エンデヴァにはないんですけど？」テラは微苦笑をこぼす。「正直、どうしたらいいのかわからないところもあります。あの指のやつもつけてないですし……」

「あれは、ないならないで加減すればいいんですよ……ここなら洗えますし」

「ダイさんてほんとよく知ってる。洗いっこの経験が？」

「……」

「あったんですよね。異氏族ですもん――」感じたことのない甘い痛みを胸に覚えて、テラはそこに相手の華奢な手を引き寄せた。「私は、ないですよ。なんにも知らないエンデヴァの女です。だから……ダイさんのやり方で覚えますね」

手のひらが吸い付く。胸骨の奥が強く脈打ち始めている。全身の肌がぴりぴりしてきた。

「う……」

ダイオードがごくりと唾を呑みこむ。その顔はもともと汗ばんでいたが、目に見えて血の気が増した。

「……せ、責任重いですね」

「重いですよ。それにこんなに大きいけれど、だいじょうぶ?」

「がんばります!」

ダイオードの小作りな手がテラの大きな手のひらを引き寄せ、それに合わせてテラも床に膝を突き、目の高さを合わせて唇を重ねた。

今まで、小さなダイオードのいろいろな姿を見てきた。立ち姿、歩く姿、寝姿に、逆さの姿。街路の軒の上を走って行くのも見た。それにもちろん、可憐な船用盛装《デッキドレス》姿で、果敢に礁柱船《ピラーボート》を操る姿も見た。

そのたびに感じたのは、この人は本当に、頭のてっぺんから爪先まで自分の体なんだ、ということだった。おかしな表現だが、テラ自身と比べるとそうなる。テラも肉体を持っているが、それは常に自分の意識よりも大きなものだった。もっと低く、狭く、軽いほうがいいと感じ続けてきた、自分の余分な部分、そういう意識が付きまとっていた。

それに引き換えダイオードの体は、全部脱いだところを見るとやっぱり少しの無駄もない美しい造形で、少なくともテラがそれに触れるにあたっては、讃嘆と憧憬、それに愛しさしか覚えようがないものだった。だが同時にその感覚はそのまま裏返って心配と化していたし、さらにまた裏返って、不安にもなっていた。

つまり、自分は今まで、他人に見られたり触られたりするのがいやだった。だからダイオードだって、自分のような大きな他人に見られたり触れられたりするのはいやかもしれない。そして自分も、たとえダイオードのような好ましい相手であっても、触れられるのはいやかもしれない。

「あのテラさん」

そんな心配と不安が、最初のうちには、確かにあった。

「はい？」

「あったかいです」

高みからさらさらと絶え間なく湯の降りそそぐ、シャワー室の底。ベタ座りしたテラの膝の上で、横掛けしたダイオードが舌を伸ばしてくる。

「テラさんこんなに大きくて高くて、ものすごく広くてものすごく深いのに」

首筋を何度も抱き締め、テラの腕を取って肩から肘へ、肘から手首へ、何度も両手でさすり上げては、手のひらと甲に繰り返し口づけして、頬ずりする。

「どこも硬くない。ふわふわしてさらさらして、やさしい匂いがして、温かい……」

そう言ってダイオードは敏感な指を、先も谷もくまなく触れ尽くして舐め抜き、テラの二の腕とうなじに鳥肌を立てさせる。その仕草の合間合間に、ともすればテラの豊かな胸に肩口をすり寄せ、熨《の》し上げるように細身の胴を押し付けて、強く弱く寄り添い続けてくる。

テラからすれば、好意ではちきれそうになっている密度の高い発熱体に、ひたすら自分の体の新しい感覚を擦りこまれているような状態だった。あったはずの心配と不安は汗と吐息とともに流れ去ってしまうし、予想もしなかった境地に置かれて、まるきり逆の不安が湧き出していた。

「あの、ダイ、さん」

「はい？」

「何か、何かこう――」すりっ、と体のどこかにダイオードの何かがこすれただけで、ぞくんと肩を縮めて、ぎゅっと目をつぶる。「まずいです」

「え」

「まずいです、とてもまずいです……ダイさんが足りない。なんですかこれ……」

「ああ……」

少しほっとした感じの吐息のあとに、キスと頬ずりがたっぷり贈られて、耳にささやかれた。

「すみません、焦らすつもりなかったんですけど、つい様子を見てて」

「あまり、あまり足りないと、私――」

「わ」

何をするつもりか自分でもわからないまま、テラはダイオードを抱きしめ返し、唇を当て返し、衝動のままに股とくぼみと裏側へ指を這わせ返す。――可能な限りは、力を加減しつつ。

勢いのまま床に押し倒す寸前で、頭を手のひらで支えて赤ん坊を寝かせるように横たえ、大きな影を落として、テラはのしかかる。

「じ、自分でダイさん獲りに行っちゃいますけど……いいですか？」

仰向けになったダイオードが目を見張り、それでも満面の笑みを浮かべて、無防備に腕を開く。

「獲り放題です。んっ――」

多く与えただけ奪い取れる、そういうやり取りなんだとテラは理解していく。

「はー……」

二時間後、テラが頭と体にタオルだけ巻いた姿で、ぐったりと呆けてベッドに腰かけていると、細かなレーシングを施した美麗なビスチェと多重フリルのショーツとガーターベルトとタイツをまとって肘までのロンググローブをはめたうえ、ナン・ヴェール風のゴシックなヘッドドレスまで戴帽してめかしこんだダイオードが、「お待たせしましたー」とプリンタ付きシャワー室から登場した。

「は？　ダ、なん」

「奮発して印刷しました。漁師風に言うと艙用盛装《デッキドレス》ならぬ寝台盛装《ベッドドレス》ってとこですか」

右に腰をひねり、左に腰をひねり、くるりと回って腕を伸ばして体のラインを強調したダイオードが、どうですかと訊いた。テラは赤面して手を振る。

「それはちょっと、刺激的っていうか」

「お気に召しません？」

「死ぬほど素敵ですけどいろいろ見えすぎて！」

「全部見たじゃないですか」

「あれシャワールームだったから――」

バチンと照明を切って薄暗いフットライトだけにして、ダイオードが寄ってきた。

「これで見えないからいいですね」

「あう……」

されるがままに剝かれてひとつ床に入りこまれた。テラは困惑の声を漏らした。

「ダイさんは……平気なんですか」

「平気？　平気って？」毛布の下でテラに寄り添って、ダイオードが問い返す。「私もめちゃくちゃどきどきしてますし、死ぬほど心配ですけど、平気に見えます？」

「私よりは落ち着いてるなと……」

「テラさんはあわててるんですか」

「あわててはいないです。なんというか、困ってはいますけど」

「何に？」

「ダイさんと……その、こういうことするのが、嬉しいし、気持ちいいことに」

「嬉しくて気持ちいいのに、なんで困るんです？」

「なんでって……それは、ほら……私たち」

「私が何を心配なのかわかります？」

「……私にいやだって言われること、ですよね」

「違います、いやだって言われることぐらい、なんでもないです。言われたらそのことをやめるだけです」首を振ったダイオードが、いったん息を詰めて、言う。「私が心配なのは、テラさんが『常識的に考えたら、やっぱりこうですよね』とか言い出すことです」

「……」

「わかってもらえました？」

「はい」

テラは急に泣きたいような気持ちになって、ダイオードの細い胴を抱きしめた。

「ごめんなさい。それ絶対言いません」

ふー、ふーと気が立ったような呼吸をしていたダイオードが、ふううう……と膨らんだ胸を縮めた。

「よかった……嬉しいです」

「はい」

すり寄って来たダイオードの髪に顔を埋めて、テラは何度も深呼吸する。——それはあのアイダホの自邸の屋根裏に残されていた、一五個のクッションと同じ匂いがする。

「ああダイさん、やっと……」

「ん、ええと」

「ダイさん」

横に寝る彼女を引き寄せているだけでは物足りず、思い切って自分の体の上に抱き上げる。「あの」と戸惑って身動きするダイオードの重みすべてを胸に受けて、ようやくテラは安堵の吐息を漏らした。

「やっと捕まえた」

「……わりと今日いっぱい捕まってましたけど」

「気持ちの問題です」頬を手で挟んで微笑む。「ゆっくりできてなかったでしょ」

「まあさっきも、ゆっくりというよりはがっつりでしたしね」

「ええ、はい」目を逸らす。「さっきはね……」

「今は違うんですか?」

かすかな笑いで挑発する彼女に応えるか、はぐらかすか、それとも話さなければならな

い山ほどのいろいろを持ちだそうか、迷って──

「明日にしていいですか。今日はもう、バッテリーが」

降参のひとことを口にして首を傾けたところで、ようやくテラは眠りの淵へと滑りこむ。

2

「おはようございまーすテラさんダイオードさん！　もう一〇時ですよ遅いですね踏みこみませんけど起きてくださいね！　用事が！　たくさん！　あるので！」

「はーいわかりました、一五分ください！」「わふっ？」

ドアをどんどんと叩くプライの声と、それに対抗するもうひとつの叫びに挟まれて、枕を抱いていたテラは目を覚ました。見慣れない天井に昼間灯が灯っている。

「おはようございます、テラさん」

そこに横から彼女が顔を出した。

しばし呆然とした。逆ならともかく、自室で寝起きを見られたのは初めてだった。しかもダイオードはすでに完璧に装いを整えている。半気密のぴったりしたワークスーツとタイツとタイトスカートの上にグリーンの襟付きのジャケットをまとって、銀髪のてっぺんに船内兵風のミニベレー帽。派手な船用盛装《デッキドレス》でこそないが、どこの作業港でも正職員で通用しそうな端正で機能的な姿だ。

いっぽうテラは毛布を着ている。

「お、おはようございます……早いですね」

「おはようございます。ぐっすりでしたね」ダイオードが満足そうに微笑んで、シャワー室のほうへ手を伸べた。「さ、支度してください。プリンタに服のパターンを残しておいたので、同じのでよければ」

「そっち向いててもらえます？」

「はい、もう充分見せてもらいましたから」

澄まし顔で背中を向けたダイオードに丸めた毛布を投げつけて、テラはシャワー室へ飛びこんだ。

一五分では全然足りなかったが、お急ぎモードのシャワーと、ダイオードがセッティングしておいてくれたプリンタで、なんとか見た目を整えた。出ると彼女が待っていて、スタイリストよろしくテラのふもとから頂上までチェックした。

「そこ立ってください。横向いて。向こう向いて。はいオッケーです、襟と裾と袖、可愛くしときました」

「楽しんでますね？」

「ますよ。朝のテラさん、ようやくいじれるなって」

今まで見ることのなかった時間帯にくるくるとそばを動き回るダイオードに、ふうん、とテラは少しくすぐったくなった。

四〇分はゆっくりしたいところを、四〇秒で整えて廊下に出た。プライがしびれを切らして待っていた。

「はい八〇分オーバーです、ちゃんと通達は見ておいてくださいね」

「来てませんけど」「私も」

「え？　あ、ゲンドー仕様ですか」

ゲンドー氏の女性用ミニセルは機能制限が激しいのだが――気づいたプライが自分のミニセルで何か設定して、二人と手の甲を打ち合わせると、制限解除の涼しいチャイム音が鳴った。

「これでいいですね」

「制限って外せたんですね」「あら、私も……？」

ダイオードが嬉しそうにしている横で、テラはちょっと首をひねったが、行きますよ！とプライに呼ばれてあわてて歩き出した。

「今日はダイオードさんは安全保障部に来てもらいますねー、ゲンドー氏の中枢で誰が何をしているのか、いろいろ聞かせてほしいので。テラさんのほうは漁業センターへ行ってもらえますか」

「え、二人別々なんですか？」

「そうですよ。夕方また合流です。お二人がもっと早起きだったら、おやつの時間までに終わったかもしれませんけど！」

指摘はいちいちもっともだが、二人はなんとなく顔を見合わせてしまった。ついてくる二人を振り返ったプライが、ああ、と微笑んだ。

「心配ですか。じゃあお二人のミニセルをつなぎっぱなしにできるようにしておきますから」

「はあ……」

「まだ信用できない？　うーん、どうすればいいですかねー」

事態は流動的でわからないことが多い。テラは考えこんだが、じきに言った。

「トレイズ氏は商売にこだわるそうですけど、ここで私たちが協力したり働いたりしたら、賃金って発生します？」

「え？　えーと、やることによってはそうですね。でもきっと、料金が発生することのほうが多いですよ」

プライが戸惑いながら答えたが、テラはうなずいた。

「はい、私たちが暮らしたり何か利用すると借金ができるんですよね。それはわかってます。大事なのは、そういう取引が記録に残るってことで」

「記録ですか」

「ええ。貸したり借りたりは記録に残しますよね。それはこの先があるからやることじゃないですか。記録を逐一つけてくれるなら、思い切って信用することにします」

「ははー、なるほど。つまりこれですね」

面白そうにうなずいたプライが片手をひと振りすると、テラとダイオードのミニセルにひと組の数字が浮かび上がった。

「この数字があるうちは、私たちがあなた方を大事にする理由があるだろうと。いい考え方ですねー、賛成です」

「え、ええ、まあ」

わかってはいたが、マイナス符号のついた桁の大きい金額が表示されたので、テラの顔は引きつってしまった。

「テラさん……」

自分だけ納得したテラの隣で、ダイオードがいぶかしげに言う。

「そんな前のめりに行くんですか。こんな数字、向こうがその気ならいくらでも改竄できると思いますけど」

「そこから疑うんですか？　私たち昨夜一晩、水揚げされたゴンドウみたいに無防備に転がってたじゃないですか。もし何かされるなら、とっくにされてると思いますけど。されてませんよね」

「それは、まあ」

「どの道、どこかで誰かに頼らないと何もできません。ひとまずここは味方だと思ってやっていくしかないでしょう」

「それもそうですけど」

「ダイさん――」テラは顔を寄せてうなずく。「わかってます。その話は、あとで」

軽く目を見張って、はい、とダイオードはうなずいた。

数歩先を歩いていたプライが通路の分かれ道で立ち止まって、振り返る。

「話はまとまりました？　じゃあダイオードさんは私とこっちへ、テラさんはそっちへミニセルの指示通り向かってください」

「はい」「じゃあ」

二人は手を挙げて別れ、角まで行って振り向く。向こうもこっちを見ているのに気づいて、笑ってしまう。

抜け目のない男が目を光らせる座敷牢や、金属壁に囲まれた冷たい取調室には連行されなかった。ダイオードの聴取は、驚いたことに町中のカフェテラスで行われた。トレイズの一般人が行き交う開拓地風の屋台街の道端で、安全保障部の部長だという男と、調査員の女と握手して、男のほうがスタンリー、女のほうがソーサーだと名乗ってから、テーブルを挟んでプライとともに腰を下ろした。

「ダイオードさん――とお呼びしますが――あなたは礎柱船爆発《ピラーボート》の事故で救助されただけの一般人ですから、私たちに無理やりあなたを留めおける権限はありません。またあなたは今でもゲンドー氏の一員ですから、自分の氏族に不利になるようなことは、私たちトレイズ氏に対して黙っている権利があります。よろしいですか」

「私が本当にそこの道を走って逃げたり、今から六時間無言で通したりしてもいいってことですか？」

「本当にそうされるとどうしようもないので、できればしてほしくないですね。我々が調査していることを知った上で、話してもいいと思ったことは話してほしい」

　スタンリーがそう言って苦笑した。

　ダイオードは迷った。前に来たときはもっとあからさまに雑に扱われたのに、今度はまたずいぶんゆるくてフランクだ。懐柔策だろうか。油断できない。

「……先に私のほうがいろいろ聞きたいです。いいですか？　プライさん」

　隣を振り向くと、監査官は向かいに目をやって、「私は話せないけどこの人は話せるんですよ」と言った。

「じゃあ話してください。その上で私も話します」

「いいでしょうどんなことが聞きたいですか？」

「何もかもですけど、じゃあひとつ――」ダイオードは無理めに行ってみることにした。

「白膠木《ヌルデ》族長のデコンパ利用計画って、やばいんですか？」

ガタッと女調査員が椅子を鳴らした。その音にダイオードのほうがびくりとするぐらいだった。

男のほうは表情を押し殺して「そうです。――どの程度ご存じなんですか？」と言った。ずいぶん素直な反応だった。ひょっとしたらこの人たちは本当に正直で朴訥なのかもしれない。

「たいしたことは知りません。まず、あなた方が調べているのがそのことだっていうのも、今知りました。すみません、フロックでした」

「ああ……」

「昨日プライさんが、テラさんが連れ去られるのを防ぎたいって言ってたじゃないですか。それで、族長がテラさんにご執心だったことを思い出したんです。といってもあそこは娘が相当な変態なので、族長のほうも同じだろうと思ってましたけど……」

「変態？　どのような？」

「いえ余計なことを言いました、そこは流してください」

いぶかしげな二人に向かって軽く手を振り、ダイオードは尋ねた。

「変態だからじゃないんですね。デコンパに何か漁以外の実際的な使い道があるから、利用しようとしている？」

「そうです」男のほうが身を乗り出す。「極めて重大な件です。ことはゲンドー氏の内部だけにとどまらず、周回者《サークス》全体にかかわることですから。すでに被害が出ているかもしれません」

「……被害？」

「ええ、被害です。まだはっきりしないのでこういう言い方になるのですが――ソーサー」

「はい」目を向けられた調査員が、軽く咳払いをして話し始めた。「これまでに三件、疑わしい事象が見つかっています。一度目は一七カ月前のC.C.三〇二年一二月で、キールン氏の氏族船において六分間の全船通信途絶事故がありました。二度目はC.C.三〇三年八月のアイタル氏族船で、ブロックパージ用爆薬の不正規発火事故が、小規模ですが三回起こっています。三度目が同年一二月のドローン&ドングル氏です。氏族船メインスラスターの起動エミュレーターが無人のまま四回完走していました。いずれの事故も当座は原因不明でしたが、この三度目でD&D氏が各氏族船の再点検請負に乗り出したことで、それ以前の二つのトラブルと、その原因が見つかったんです。ドングル氏は氏族船システムのエキスパートですからね」

「彼らは、その月のうちに開かれた大会議《バウ・アウア》で事件を報告してくれました。いずれもシステムのクラッキングによって引き起こされた事故で、ゲンドー氏のものかもしれないアクセスの痕跡があったそうです」

スタンリーが話を引き取ってそう語った。聞くほどにダイオードは目を見張っていった。

「待って下さい、それ、白膠木《ヌルデ》が他氏族に片っぱしからテロを仕掛けたって意味に聞こえるんですけど」

「そう聞こえましたか」

「聞こえまくりました。それ以外のどんな話なんです？」

「白膠木《ヌルデ》族長が他の氏族船の操船権を握って、いろいろ試しているのかもしれない、という話です」

「操船権――」

いくつもの疑問がどっと湧き出して、ダイオードは口ごもってしまった。頭の中で整理して、並べ立てる。

「そんな権利があるんですか？　あってもやっていいんですか？　白膠木《ヌルデ》を捕まえないんですか？」

「その辺りが難しいところなんですね」スタンリーが卓上で指を組み合わせる。「たとえシステム的にそういうことが可能だとしても、大会議《バウ・アウア》はそんな行為を認めません。だから確かに彼らがやったのなら、処罰の対象になります。しかし、そもそも通常運用されている船団システムでは、そんなことは不可能なはずなんです。全船が結合する大会議《バウ・アウア》の時を除いて、現在の周回者《サークス》では船団指揮権《コモドアヘルム》は存在しません。ゆえに、表立って彼らを責められません」

「つまり――」ダイオードは噛み砕く。「あり得ないはずのものがあるらしい。だから反乱だか犯罪だかを立証するために、まずそのありえないものを探さなきゃいけない？」

「あなたはとても頭のいい女の子ですね」

スタンリーはにっこりと笑った。

ダイオードはテーブルに突っ伏しそうになった。

「な……なんだかすっごい面倒になってきました。聞かなきゃよかった……」

「ええ、面倒です。でも逃げて済む話ではありません。あなたたちはなおさらそうでしょう」

「わかってます、ちょっと愚痴っただけです」

わかってはいなかったが、一応そう答えた。背筋を伸ばす。

「我慢して協力しますけど……じゃああなたたちが聞きたいのは、そのあり得ないものがあるのかってことですか？」

「私たちは仮に、舵輪《ヘルム》と呼んでいます」

ソーサーが言った。スタンリーがうなずく。

「舵輪《ヘルム》といっても、あの水の海に浮いていた木の船の部品とは無関係です。要は白膠木《ヌルデ》氏が大切にしている道具がなかったかという話です。物理的な装置かもしれませんし、無形のソフトウェアかもしれません。あるいは専用端末だとかロボットだとか、あるいはパスワード、コードネーム……なんでもいいんです。何か滞在中に見聞きしませんでしたか？」

「端末に……パスワード？」脳の片隅に引っかかるものがあった。颱風閣《タイフーカク》で過ごした半月のあいだに、瞑華《メイカ》と（しぶしぶ）交わした会話の数々——たわごとのように思って右から左へと聞き流していた、彼女の意味深な言葉。

「う……それは、何かあるかも」

「本当ですか！　というと？」

「すみません、すっごい適当に相手してたので、はっきり覚えてないんです。今パッとは出て来ませんけど……少し時間をください。思い出したらメモっておくので」

「そうですか……」

スタンリーが残念そうに引っこんだ。

ダイオードの頭に、さらにひとつ疑問が浮かんだ。

「そういえば、この話にデコンプってどうかかわってるんですか？　ええと――ソーサーさん」

二人のうちのメカニズム担当が彼女だろうと踏んで尋ねると、ソーサーが小さくうなずいて言った。

「その舵輪《ヘルム》が、デコンプで作動するのだろうと我々は見込んでいます」

「それでテラさんを……！」

すべてが腑に落ちて、ダイオードは長いため息をついた。それなら、これまで白膠木《ヌルデ》が小規模な事故ばかり起こしていたことも、いま彼女を狙っていることも説明がつく。きっとでかいことをするために、でかいデコンパが必要なのだ。

最大の疑問が思い浮かぶ。

「そこまでして、白膠木《ヌルデ》は一体何がしたいんですかね？」

スタンリーがゆっくりと首を振った。

「それこそ、私たちが一番あなたに聞きたかったことです。――彼らは何を望んでいるんでしょう？」

いっぽう、テラの相手はマイナス二七〇℃の液体ヘリウムの中で眠っていた。

「ニシキゴイの幼体？　これ持ってきてたんですか？」

「プライはあんたたちを助けたついでだって言ってたな」

貴重なガラスと鋼鉄を惜しげもなく投入して作られた、五〇メートル近い円筒形の大型チャンバーは、極低温に保たれていて肉眼では中を見られない。だが付属の制御室では、さまざまな非破壊検査機器による透視結果が表示されている。

テーブル・オブ・ジョホール、第四レッグの先端にある精神脱圧研究室《デコンプ・ラボ》である。プライに言われた通り漁業センターに向かったテラは、そこに隣接する研究施設に通された。

そこで見せられたのが、「フョー」から逃げ出すときに拾ってきた小型のニシキゴイだった。

「で、これをなぜ私に?」

「あんたたちの獲物だからだよ。決まってるだろ?」男性研究員はテラを見上げてなぜかうなずく。「うちのトレイズに、ニシキゴイを獲ったことのある漁師はいない。とにかく難しいからな、この種は。それを獲ったってんだから、どんなたいした野郎かと思ったら――まあ、大した人には違いないな!」

「あー、えーと、はあ、まあ……」

例によって微妙に引っかかる言い方をされたので、テラは曖昧にほほ笑むだけに留めた。

正確には、獲ったのではなく拾っただけなのだが。

「正式な漁の獲物じゃないが、これを資源として買い取ってもいい。しかし、それだとたいした金にはならない、何しろ二〇〇〇トンないぐらいだからな。だから提案なんだが……これを資料として解剖させてくれないか？」

研究員は意外なことを言い出した。解剖？　とテラは首を傾げる。

「なぜですか？」

「この昏魚《ベッシュ》のずば抜けた耐電能力、対放射線能力がどこから来ているのかを知りたいんだ。あんたも見ただろう？　満天のオーロラを引き起こすほど激しいプラズマシャワーの中を、平然と遡るこいつの姿を」

「見ました見ました、すごかったですよ。こっちの外板がカリッとサクッと焼けるぐらいのシャワーの中を、一気にこう、ぐうーっと加速して引き起こして、ごーっと昇って、ばちーんとこちらを吹っ飛ばして」

「吹っ飛ばされたのか？」

「はい！　あっいえ、吹っ飛ばされたり、吹っ飛ばされなかったり、ですね」よし、嘘じゃない。「とにかくすごい昏魚《ベッシュ》でした。でもその秘密を調べるって――」

話しているうちに漁の最中の会話を思い出して、肩をすくめる。

「無理なんじゃないですか？　この魚、死ぬとすぐ内臓が溶けちゃって、それで今まで調べられなかったって聞いてますけど」

「そこだよ君。あー、インターコンチネンタルさん？」研究員はにやりと笑って、透視画像を調整し始めた。「うちはニシキゴイを獲ったことはないが、その足の早さは聞いていた。足って、移動速度じゃなくて腐りやすさのほうな。それでプライから『フョー』脱出の連絡があったとき、すぐに指示したんだ。昏魚《ベッシュ》をできるだけ冷やして持ち帰るようにって。幸いインソルベント号はヘリウム採取船だから、冷媒には不自由しなかった」

「あ、つまりこの子はずっと冷凍保存されてたってことですね？」

「その通り。その結果が、これだ！」

研究員はテラの前に断面図をでかでかと映し出す。X線と超音波だ、見てくれここのところを！と先端のほうを指し示すが、テラには何が何だかわからない。

「なんかぐにょぐにょした影がありますけど……内臓ですか？　脳みそ？」

「わからない！」向こうもわかっていなかった。「だがわからないということも収穫のひとつだ。アマサバやサカマスなどのありふれた昏魚《ベッシュ》なら、凍っていようが腐っていようが断層画像でどこもかしこも同定できる。しかしニシキゴイのこのぐねぐねはそういった既知の器官ではないようなんだ。これこそ、こいつのタフさの秘密かもしれない！」

「へええ……それを解剖してはっきりさせたい？」

「そうだ！　周回者《サークス》が初めて捕らえた、貴重な冷凍サンプルだ。ぜひともやらせてほしい！」

「面白いですね」

テラは目を輝かせて身を乗り出したが、いや待ってくださいと手のひらを立てた。

「私一人の獲物じゃないですから。もう一人と相談して決めないと」

「ああ、ツイスタにね。相談するのは構わないけど、できるだけ急いで決めてくれよ。できれば今日中、何なら今すぐにでも！」

「今ちょっと、彼女も別の用事ですから」

「彼女？」研究員は改めてテラを見直すと、おうと声を上げた。「そういえばあんたは女の子と組んで漁をしてるんだったな。それって儲かるのか？」

「は？」

「いや、四半期で三位を出したんだってな。訊くまでもなかったか」研究員は思い出したように言って額を叩いた。「それだけ稼げりゃ、組む気にもなるよな」

「そういうわけじゃないんですけど……」

「ん？　ああ、あんたのほうが稼ぐ側か？　だったら好きな相手と組めただろうに」

「好きな相手と……組んでますけど？」

「そうかい？　つまり趣味でやっててたまたまいい成績が出ちゃったと。ハハハ、そりゃ将来きつそうだね――」

最初はなかなか意味がわからなかったが、どうもやはり、自分とダイオードがきちんとしたペアだとは思われていないらしかった。それは多分、突っこむとこじれるやつで、テラは今、別にこじれたくなかったから、「そうですね」とまた曖昧にうなずいて流した。

微妙に気まずい沈黙を、そうそう！　と研究員が大声を出して吹き払った。

「解剖のことだけど、もちろんただとは言わないよ。取れたデータは全部提供する」

「データですかぁ？」

「そんな顔をしてくれるなよ、データだってタダじゃない。まとめて発表すれば業績にも金にもなるやつだ。あんたにもきっと役に立つ」

「役に立つって、何に？」

「もちろん漁だよ！　ニシキゴイの生命力の秘密がわかったら、次の漁で漁獲が増えるかもしれないだろう？」

「どんなふうに？」

「まあ、それを考えるのはあんたの仕事だけど」

「あ、そうですか……」

テラは気抜けしたが、考えてみれば彼の言うとおりだった。漁獲計画を立てて礎柱船《ピラーボート》を変形させるのは、デコンパの自分の仕事だ。――問題は、次の機会などありそうもないし、あっても自分たちは願い下げだ、ということだ。

……いや？　本当にそうか？

テラは考えこみ、やがてミニセルでパートナーにメッセージを送った。

「それでインターコンチネンタルさん、まだ聞きたいことがあるんだけど、いい？」

「あ、はい。なんでしょう」

「漁のことだよ、ニシキゴイ漁のノウハウ！　詳しく聞かせてよ、新しい情報があったら換金するから！」

「なんでもお金なんですねえ……」

苦笑しつつも悪い気はせず、テラは自分の体験を話した。

3

人工日照がオレンジ色に弱まり、さまざまな男女のひしめく雑踏に売り込みと呼び込みの声が飛び交う。

「テーブル・オブ・ジョホール」の夕方はテラが経験したことがないほどにぎやかで、そのくせよその家の団欒のように、どこか縁遠く思えた。「アイダホ」とも「フヨー」とも違い、この都市には一人を除いて自分の友人も敵もいない。勝手にさ迷い歩いても誰にも咎められないし、逆に誰も心配して探しに来たりしないのだ。

それは澄んだ軽い空気を吸うように心地よく、また同時に、命綱なしの宇宙遊泳のように心細いことでもあった。物珍しい気持ちで、テラは見知らぬ人々の中を歩いていた。

「テッ」「テラさ」「こっ」

背後から切れ切れの叫びを聞いて振り向いた。左右へ流れる人波の向こうで、手を上げた緑のミニベレー姿がぴょんぴょんジャンプしていた。

ただ一人の例外を目にした途端に、ほっと地に足がついた気がした。駆け寄ろうとして二、三人突き飛ばしかけ、ごめんなさいごめんなさいと頭を下げて進んだ。

ダイオードは混雑したビアガーデンの隅っこの丸テーブルに、必死でしがみついていた。周りへ向ける威嚇的な視線に、テラは餌場を守る小型獣を連想する。そこを指定したのは氏族船に属する観光AIであり、どこか開放的な場所で落ち合って食事をとりたいとリクエストしたテラに落ち度はないのだが、用事が長引いたうえ、道に迷って遅れてしまったのは確かだった。思った通り、近づくと切れ長の青い目でにらまれた。

「やっと来た。目の前二度も通り過ぎないでくださいよ、ミニセル連打で呼んでたのに」

「あは、ごめんなさい。人が多すぎて」

「こういうときのためのでっかいテラさんじゃないですか。こっちは豆粒同然なんだからしっかり見つけてくれないと」

そう言って、ふん、と鼻を鳴らして横を向いた。

んん？　とテラは見つめ直す。普段から人間がまるいとは言えないダイオードだが、今のひとことは妙に尖っていた。よく見るといつも透けるように白い頬が、ほんのりと赤らんでいる。

丸テーブルの向かいにあった椅子をわざわざダイオードの隣に移して、テラはのしっと腰を下ろした。

「もしかして、一人ぼっちになった気がしてました？」

眉間に二重のしわを寄せてダイオードはさらにむこうを向いた。テラは勢いづいて隣に肩をすり寄せた。

「私もですー」

「やめ、狭っ、いいから食べましょう、ほら！」

「はい！」

テラは大きくうなずいた。

こういう場所の苦手なダイオードが何も頼んでいなかったので、例によってテラが彼女の分まで頼んだ。刷って配って乾杯して、ビールライクをあおったところで、どっと気が緩んだ。

「んっぐっごっ……ふはぁ」

「お疲れですか」

「いえ、良くて」肘を当てる。「普通に再会できたなーって」

「……そうですね」軽く当て返された。「よかった」

ぐっと嬉しくなって、ジャーキーライクだのシュリンプライクフライだのをつまみながら、テラは軽やかに話し始めた。

「ダイさん、今日はどうでした？　問題なかったって聞きましたけど、詰められたりいやなことされたりしませんでした？」

「特には。周回者《サークス》の全員が当たり前に出してくる無意識的無礼さを除けば、普通の対応でした」

「無意識的無礼さ……」

「いいほうでしたよ。むしろ扱いが良すぎて信じるのに苦労しました」

「あ、よかったんですね」

「ええ。それよりテラさんのほうは？　遅刻したのはお説教とか？」

「そんなのじゃないです、むしろこっちから話したり聞いたりしてました。ニシキゴイ漁の話をしてたんですよ、ずーっと！　トレイズ氏はニシキゴイ獲ったことないってんで、私たちがやったって言ったらえらく感心されましたし、小さいのが、あっあれです拾った一八〇〇トン、あれが私らの漁獲ってことで持ち帰られてて、それで実物は初めてだって言って、すごく喜ばれたんですよねー」

「あなた、それ拾って瞑華《メイカ》に返すって言ってましたよね」

「うっ、言いましたけど、今さらもう返せんし……あっそれで、解剖の話はどうです？　許可してもいいですか？」

「解剖の話？　ああ、メッセ来てましたね。別にいいですよ」

「はい、じゃあＯＫで送信っと。これで何か新発見があったら、教えてくれるんですって。あるといいですねー、次やるときに備えて」

「次。次のニシキゴイ漁ですか？　うーん……」ダイオードは首をひねり、自分のジンジャーエールのコップを置いて、「ちょっと」とテラの手首に触れた。

「はい？」

「それください」

「え？」

テラがまだ少し入っているジョッキを置くと、ダイオードがそれを取って、やにわにぐいっと一気飲みした。

「んげほっ！　けほっ」「だダイさん!?　急になんで？」

当然むせた背中をテラはあわててさするが、「大丈夫です……ちょっと飲みたい気持ちだったので」とダイオードは手を挙げて押し戻した。

「私らが『フョー』で、なんで突然ニシキゴイ漁にひっぱり出されたのか、わかりました」

「え？　なんでって、勝負だったんじゃ？」

「それもありますけど、あれは測定だったんです」

「測定？」

「デコンプ能力の。テラさんが全力で精神脱圧《デコンプレッション》をやったらどうなるか、ですね」

「……」

それまでの浮かれた気分が、するりと抜け落ちた。テラは真顔で尋ねた。

「どういうことですか」

そしてテラは、ダイオードの氏族で進みつつある不穏な陰謀を初めて耳にしたのだった。

「船団指揮権《コモドアヘルム》……デコンプで作動する機能？」

「白膠木《ヌルデ》の一存で周回者《サークス》すべての船を動かせるってことです。わあそれは楽しみです何をするつもりなんでしょうって気持ちになりますね？」

「なりますか？」今度はテラが眉間にしわを寄せることになった。「それ……いい話じゃないですよね」

「まあいい話じゃないですし、私なんかはゲロ吐きたい気分が天井まで高まりましたね」

言ってからテーブルを見回して、すみませんと謝った。

いいえ、とテラは手で返して、「何かいいことをするつもりならそんな機能はほしがりませんよね」と言ってから、宙に目をやって、言い直した。

「というかそれって、本人だけがみんなのためだと頑なに思い込んで、めちゃくちゃをやるパターンですよね」

「そんなパターンがあるんですか？」

「B級アクションに系コンテンツの悪玉がすごくやりがちです」

「へえ……」ダイオードは、ちょっとだけ残っているビールをにらんで、「きっとそれです」ともう一度強引に飲み干した。

「私がさらわれた経緯とか向こうの空気とかも、聞いた話と大体一致しました。ゲンドー対大会議《バウ・アウア》の対立構造が、しっかりがっかり出来ちゃってます。彼らはみんなを敵に回して、何かひどくやばいことをやるつもりです。なぜ……」

「ダイさん……」

　故郷がそんなことになってしまって悲しいですね、とテラは言うところだったが、その前にダイオードが叫んでくれた。

「私たちがもう少しで楽になれるっていうこのクソ大事な時に、なんであのクソ重クソ粘着クソ変態クソ湿度女のご家族が、よりによって私とテラさん巻きこむ形で極超ブラックホール級のクソ面倒事を爆誕させてくれるんですかね！」

　和やかに談笑したり罵倒し合ったりしていた周辺半径一〇メートルが、ぴたりと静まり返る声量だった。

「ダイさん落ち着いて……すみません皆さんすみません、なんでもないです」

四方に謝ってから、そっとダイオードの手のジョッキをジンジャーエールに差し替えて、「さ、もう一杯飲みましょう、飲んで忘れましょう」とテラはだました。

ごくりと一口飲んで、長い睫毛をはさはさ瞬きしたダイオードが、テラに顔を向けて「いま私なにかしました？」と尋ねた。

「何も。何か心当たりが？」

ちょっと考えてから、「ええと……そう、それでプライさんたちはそれを止めようとしているそうです」とダイオードは普通のしゃべり方に戻った。

「ということは……」テラはふと気づく。「プライさんと一緒にいたダイさんのお父さまって、そっちなんですか？　陰謀を止めようとしている人」

「でしょうね。その辺から先は話してもらえませんでしたけど。まあ現在進行形のスパイ中ですからね」

「でも少しほっとする話ですよね。お父さまが陰謀に加担していないっていうのは」

「ですか？　それってあの決めつけ視野狭父《しやざまちち》が、裏切り者扱いで捕まるかもしれないって話ですけど」

「……ごめんなさいぃ」

「まあ捕まったって別にいいですし、あの父ならすぐ逃げ出しそうですけど」ちょっとだけ言葉を切って、「瞑華《メイカ》たちに好き勝手されるのは気分悪いですね」という言い方で、ダイオードは心情を述べた。

「何よりも、あそこがそんな風だと、テラさんが困りますよね……」

「え？」

「置きっぱなしでしょう、脱出船」

「ええ……まあ」

テラの尻すぼみな返事に、沈黙が続いた。

テラは心なしか目を逸らす。ダイオードがつまみをかじって、横顔を見つめる。

出し抜けに言った。

「別れます？」

「どっ――どこから出てきたんです⁉　それ」

「テラさん、ここに住みたいみたいですから」

「それでなんで別れるなんて」

周囲を気にして声量を落とすと、方針が違うのかなと思って、とダイオードはそっけなく言った。

「まあそれが、プライさんに助けられてからの最大の懸念でしたよね。ここに住んでいいって言われちゃったので、ずっと心配してました。テラさん、エンデヴァ氏もゲンドー氏も馴染めなかったけど、ここならいいかもって思ったんじゃないかって」

「それは……」

「思ってないですか？」

テラはうつむき、小さくうなずいた。

「ちょっとだけ……思いました」

「どうして？」

「どうしてって、あなたと漁ができるからです。ダイさん、プライさんにそう言いましたよね？　女二人で漁をするって」

「ええ。それが最低限の条件ですから。でもテラさん」ダイオードは空の皿をテーブルの隅に重ねて、メニューからでたらめに次の料理を押す。「GIへ行きたいって言いましたよね？　ここにいない生き物と風景と知らないお仕事と、知らないごちそうが楽しみだって言いましたよね？」テーブルプリンタがガーガー音を立てて、よくわからない具の詰まった肉団子のようなものを刷っていく。「それの代わりがこれってことですか？」半分ぐらいしか刷り上がっていない肉団子を皿ごとプリンタから引っこ抜いて、グイとテラの前に押し出した。

「夢と希望がなくてクソ長老会が居座ってるこのファット・ビーチ・ボールになんとなく住み着いちゃっていい理由が、このミートライク・ボールライクなんですか？　ねえテラさん！」

「待ってダイさん、ちょっと待って、ここでいい『かも』って言っただけです、絶対いいとは言ってないです！」

あわててテラはなだめようとするが、ダイオードは肉の次にドリンクもでたらめに注文してから、テラに向かって目を据える。

「だからなんでちょっとでもいいと思ったんですか？　私たちが提案されたのは一緒に漁をすることだけですよ。それ以上何ひとつ保証されてないんですが？　船は一緒にしたので明日から婚活パーティ出てくださいなんて言われたらどうします？」

「婚――それは、がんばって断れば」

「そういうことじゃないです」がっしりと手首をつかまれた。「そういうことじゃない。わかります？　どうやりすごすか、やりすごそうってことじゃないんですよ。そんな話テラさんとしたくない、こんな話、ああもう！」

テラが触れるよりも早く手は離れ、プリンタが刷り終えた透明な琥珀色の、見るからに一気に飲むべきではなさそうな飲み物のグラスをつかんで、苦しげな口元へ運んだ。

「ダイさん！」

テラは間に合った。液体がダイオードの口に流れ込む前にグラスをもぎ取ったのだ。

だがやはり間に合わなかった。ダイオードの洒落たジャケットの胸元は浴びなくていい液体に濡れ、アルコールの匂いが立ち昇った。

「あっごめんなさい、すぐ」

あわててスポンジで彼女の前を拭き、プリンタに追加のスポンジを印刷させていると、

「いいです――もう」とダイオードが片手を挙げた。

「部屋戻ります」

「そんな！　待って下さい、訂正させて。間違ってたなら考えますから、一体なににそんなに怒ってるのか――」

「でも、もうスカートまで濡れちゃって」

ダイオードは立ち上がった。沈んだ目でテラを見つめる。

テラは、はっと気づいて相手の手首をしっかり握りしめた。

「行かないで」

「ちょっと」

「だめ。離したら消えるでしょ」

「……」

「またどこかの裏町だか倉庫だかへ逃げようって思ってるでしょう。だめですよ。『アイダホ』じゃないんだから！　一度――いえ、動かないで！」

一度離れたら二度と会えないかもしれない、そんなことは怖くて口に出せなかった。と

にかく強く言って、テラはプリンタのサービスボタンを連打して、周りじゅうのテーブルをぴかぴかにできそうなぐらいのスポンジを噴き出させた。その白いふわふわの山を、捕まえたままのダイオードにしゃにむにこすり付けた。

「服なんか拭けばいいんですよ、こんなの気にしなければ、どうせ脱いで廃棄なんですし、多少べたついたって死にやしませんし」

「無茶苦茶なんですが」

「お願いですから……！」

とうとう両手でしがみついてうなだれてしまった。

べたべたの綿まみれにされたダイオードは、迷惑極まりないといった顔で突っ立っていたが、ふと、たいして周囲の目が集まっていないことに気づくと、大きなため息をついてもがき始めた。

「テラさん、あの、放して」

「待って！」

「いや座るんで」

テラは顔を上げた。ダイオードが邪険に腕を振り払って、すとんと腰を下ろした。横を向いたまま言う。

「すみませんでした、パニクってしまって」

「え？　あ、はい……」

「落ちついて考えたら、この件はまだ全然話してませんでした。話す前にキレてしまってすみません。――でもひとついいですか？」

「え、ええ」

むしろ自分こそパニクりかけていたテラは、相手の急な落ち着きように戸惑いながらうなずく。

ダイオードは言葉を選ぶように、上を見たり横を見たりしてから言った。

「そもそも私、よその星で飛びたいんですけど、忘れたんですか？」

「えっ？　あっ！　それ？」

テラが意外そうに驚いたのでダイオードのほうも驚いた。

「それって」

「いえ覚えてます！　覚えてますけど、ほらニシキゴイ漁で、私たちもまだまだ未熟だなって思ったじゃないですか。ＦＢＢの空にもまだまだ知らないことがあるんだなって。それで、よその星どころじゃないって気持ちになって……」

「テラさんはそう思ったのかもしれませんけど、私は別に」

「そ、そうなんですか？」

言われてみればダイオードは誤差一メートルで飛べると断言していた。テラが勝手に自責して勝手に萎縮していただけだった。

「そうでした……ダイさんはずっと前向きで、先を見よう、次へ行こうとしてたのに。私だけ壁にぶち当たって、腰が引けて」頰がかっと熱くなってきた。「ダイさんもそうだろうって思いこんで、妥協したくなってたんだ……うわあ、なんてこと」

「まあ仕方ないですよね、年寄りですし」

「とっ⁉　誰が？」

「あなたが自分で言ったんです」

「〜〜〜！　年上とは言いましたけど！」

「じゃ年上らしくさっさと落ち着いてくださいよ、そしてとっとと結論を出して話を続けましょうよ。ここに住むべきなのかどうか、脱出船をどうするのか」

「こっの、にっく……！」

「肉ならここにありますよ」

刷りかけのミートボールライクの皿を差し出して、ダイオードはうっすらと笑みを浮かべた。

「そして別れるかどうかですけど――」

そう言ったとき、たまたますぐ隣のテーブルに男性客のグループが着席した。物珍しそうな目でこちらを見る。

声をかけられる予感を覚えた直後、ダイオードが目顔で合図して席を立った。あわててテラも後に続く。

「に、逃げなきゃいけませんか？」

「そのほうが無難だと思いました、経験的に」

「まあ、女二人だとね、どういう場合でもですね」

「今の流れだとそれ以上ですね。で——うん、どうです？」

「何が？」

「この町でもこういうことがあるって判明しましたけど」

店の出口のチェックゲート前で立ち止まってダイオードが振り向く。テラは腑に落ちる。こういうのも、彼女が体験してきて、鋭く感知するようになった、負荷の一端なのだろう。

「そうですね……次の街を探す、ですね」

「了解」

「あっでも、今はとりあえずどっかで買い物して帰りません？　食べ損ねちゃった」

ダイオードが「了解」と微笑んで、ゲートにミニセルをかざした。

4

ここには住まない。住処は自分たちで求める。

そう決めはしたが現実は無情なもので、翌日には、二人が動き回れるのは宿舎と市街地と漁業センターほか二、三の公共施設だけだと判明した。初日に少し感じた自由な気配は、まったく一般市民にだけ与えられていたもので、決められたエリアから二人が出ようとすると容赦なくゲートが閉じた。宇宙港、通信センター、発電所や工場などの重要地区からは完全にシャットアウトされていた。

「じゃ、ちょっと見てきますか」

「あ、ダイさん!?」

それと分かった途端にダイオードがまた速やかに単独行動に移り、アーケードの飾り屋根にひょいひょいと飛び乗ってどこかへ行ってしまったが、数時間後に戻ってくるとつまらなそうに報告した。

「壁抜きもダクト潜りもダメでした。やれそうなことは大体読まれちゃってますね」

「そんなことしたんですか……」

その方面ではプライたちの仕事を待つしかなさそうだった。

幸い他にやれることはあった。宿舎に戻って着替えると、テラはあの武骨な風管正装《ダクトドレス》のポーチに入れてあった金色の立方体を取り出した。

「そういえばこっちを先に調べるべきでした!」

「それは?——ああ、あの偏見つむじ曲がり父の」

「ダイさんのお父さまが下さった、汎銀河往来圏《ギャラクティブ・インタラクティブ》の資料です! 思えば、これを見てからケンカするべきでした」

「まあ私たちいつでも勇み足ですし……」

大きく見られるように部屋の真ん中にテーブルを引き出して、素子石をセットした。隅へスライドさせたベッドに陣取ると、横いいですかとダイオードがそばに寝そべった。

「あの父です。ゴミかもしれません」

「そんなこと言わなくても。宝の地図かもしれませんよ?」

「景色のいい惑星やおいしい名物のあるステーションなんかを教えてくれる人じゃありませんよ。一緒に食事をすると元素量の解説を始める男ですよあれ」

「……まあ、惑星の元素量なら元素量で、漁の参考になるかもしれませんし……」

でも本当にそういうのが来たらちょっときつい。

あの人は、小角《オヅノ》さんは、なんと言っていたっけ、とテラは思い返す。ごった煮だと言っていたが——周回者《サークス》の来歴とGIとの関係、だったたっけ? 星間地図や貿易の記録などが出てくるのだろうか。

プロジェクターが起動して、インデックスが投影された。若干の不安を抱きつつも期待していたテラは、え？　と口を開ける。

「……A．D．八五二六、往来圏防軍《ワンライウエイバオジユン》、作戦指示書？」

星間地図でも貿易記録でも、名所旧跡VR動画でもご当地うまいもん紹介でもなかった。表れたのは汎銀河往来圏防衛軍《ギャラクティブ・インタラクティブ・インタラプト》の、星雲と穀物と盾を組み合わせた古めかしい紋章が掲げられた書類で、ひと目で公文書だとわかる格式ばった文言が並んでいた。

何かの間違いか、と思ったのはわずかな間だった。最初のページに目を走らせただけで、この文書がありえないものであることが見て取れた。

「ダイさん、これ……」

「ええ」寝ていたダイオードが身を起こして注視する。「星十二指腸暦《アストロ・ジュデナム》八五二六年、周回者《サークス》がここへやって来た、その年の記録です」

「いえ、でも、なんなんですか？　私たちと関係ないですよね？」うっすらとした寒気を覚えながらテラは言い募る。「私たちは三〇〇年前、この惑星へ移民してきたんです。二四氏族、五〇万人が新しい土地で豊かに暮らすつもりで、一族ご近所お誘いあわせの上で、夢と希望を抱いてやってきた――そうですよね？　そこは私たち全員の常識ですよね？」

「ええ常識です」ダイオードは小さくうなずいて、首を横に振る。「常識でした、ってことになるのかな」

「――そうなります？」

「なるんじゃないですか。これがほんとなら」ダイオードはテラの手を取り、長い指に、文書のタイトルをなぞらせる。「はい、読んで」

「精神脱圧者追放計画《デコンプレッサー・デポーテーション・プログラム》」

「私たち、銀河系を追い出された人間みたいですよ？」

ダイオードは大げさに目を見張り、いっそ小気味よさそうにふふっと笑みを漏らした。

書類の中身は確かにタイトル通りのものだった。汎銀河往来圏《ギャラクティブ・インタラクティブ》で発見された奇妙な能力、デコンプレッション。その素質を持つ人々、デコンパを集めて追い払う。宇宙船と最低限の生産設備を用意して、監視部隊とともに遠方の惑星へ送り出す。現地での生活がそこそこ軌道に乗ったら、部隊は撤収する……。概略の説明に続いて、船舶と人員の長大なリストが続いていた。

テラは呆然としてつぶやく。

「どうしてこんな書類をお父さまが……？」

「それは情報の入手手段への疑問ですか。それとも提供動機への？」

「うわ親子」

「いや似てませんよ、ただの冗談ですよ。――似てませんよね？」

「ええまあ」声は。「似てませんね。入手手段は……いくらでもあるか。何しろ『ゲンドー』の名前の方ですもんね。古い記録にアクセスしたのか、ひょっとしたら船団長向けの極秘書類かもしれない。では動機のほうは……」

　それも考えるまでもなかった。

「『フョー』の外へ出せということなんでしょうねえ」

「プライさんに渡さなかった理由は――」ダイオードも、ちょっと天井に目を上げただけで、見当をつける。「トレイズ氏に利用されたくない、か」

「いや、トレイズ氏にとってもショックだからですよ、これ。ちょっと想像してみてください。私たちの先祖は自発的に誇り高く堂々とGIを出てきたはずなんです。それが実は追放だったとしたら、大変な不名誉になるじゃないですか」

「でも追放されたと考えると、こんな困った星へ送られたことの説明がつきますよね」

「う……」

「それも、このタイトルからして、『デコンプができたから』追っ払われたってことですよね？　これも辻褄が合いません？　どうして私たちだけがAMC粘土を輸出できるのか。どうして私たちにFBBの昏魚《ベッシュ》を漁獲できるのか、の」

「ううー」

「そして追放されているのであれば、大巡鳥《ターシンニャオ》が二年に一度しか来ないのも、出てった人たちがいやに不自然なよそよそしい態度になるのもわかるじゃないですか。ふるさと全員囚人だったと知ったら、帰りづらいし話しづらくもなりますよ。辻褄と辻褄が大合体ですよ!」

「ううう、た、確かに……」

周回者《サークス》の謎と過去が、悲しくも目覚ましく解き明かされていく。驚きと落胆に揺さぶられてテラは唸ったが、途中ではたと気づいた。

「でもダイさん。おかしいです」

「何が?」

「デコンプは私たち人間の能力ではない。昏魚《ベッシュ》の根源である、深層惑星アイアンボールそのものが星から出ようとするがために、人間のイマジネーションを借りて形を変えている現象、それがデコンプレッションである――はずなんですよ」

「……ええと、エダさんの話、でしたっけ。とりあえず聞きます」

「はい! つまりですね、昏魚《ベッシュ》って移民後にエダさんが生み出したはずなんですよ。それより前は昏魚《ベッシュ》はいなかったんです。なのにこの書類では移民前に防軍《バオジュン》がデコンパを集めたことになってる。矛盾してますよね」

「ええ」

「なんでそんな嘘をついてるんでしょう? この書類」

「どっちも本当だとは考えられませんか? つまり、エダさんが防軍《バオジュン》の人間で、デコンプ技術は彼女が持ってきた」

虚を突かれてテラは口を開けた。

「そ……れはちょっと」

「違うんですか？　前に話しましたよね。ええと、初期にこの船団を支配していた人間がダメダメだったので、エダとマギリが反乱を起こして船団長になった。そこから二人が社会を立て直した――って」ダイオードは軽く肩をすくめる。「これ、二人のうち片方がこの文書にある監視部隊の人間だったと考えると、すごくしっくり来ませんか。反乱がうまくいったことまで説明がつく」

「ははー……」

さまざまな言語で呼ばれる往来圏防軍《ワンライウエイバオジュン》は、銀河共和国とも言える汎銀河往来圏《ギャラクティブ・インタラクティブ》全域の安全を守るとされる、宇宙軍である。テラとダイオードの暮らしに関わってきたことはほとんどないが、軍の名前ぐらいは知っている。

そこにルーシッド博士が所属していたのだろうか。計画書の追放対象者のリストを検索すると、エダはヒットせず、マギリはヒットした。

テラは想像の中でエダに色の濃い軍服を着せてみる。けっこう似合っているような気がした。

感心して隣を見下ろす。

「きっとそうです。ダイさんすごい！」

「まあ間接的な証拠しかないですけどね」そっけなく言ってから、ダイオードは腕組みする。「にしても確かに、屈辱的な真実ですね。周回者《サークス》は、そしてデコンプは、往来圏から追放されるような厄介者だった。この文書が私たちに預けられたのは、私たちが別にそんなのどうでもいいと思うような人間だからでしょう――どうでもいいですよね？」

「どうでも――いいですね。祖先が良かろうが悪かろうが、私たちは私たちです」

「でも祖先が善良で高徳で気高く勇敢で美しかったと信じる人たちにとっては、この情報は衝撃をもたらすものとなる。もし公開したら、祖先崇拝でガチガチのゲンドーからは大顰蹙を買うでしょう」

「時期的に、例の舵輪《ヘルム》計画をこれで牽制しろということなのかもしれませんね。使い方によっては材料になるかな……」テラは考えてみたが、苦笑せざるを得なかった。「にしても、ほんとに、私たちが欲しかった種類の情報じゃないですね、これは」

「そうですね、そこはさすがにあのピンぼけ変人父です。近くの惑星の港湾情報とか、せめて情勢や通貨について知りたかったんですけどね……」

「あっ、でも！　こんな重要書類を隠し持っていたお父さまなら、ちゃんと調べてもらえば私たちのほしい情報も見つけてもらえるかもしれません！」

「可能性はまあ、あるかもしれませんね。それはそれとして――」

やや気のない感じで肯定したダイオードは、文書を消してテラを見上げた。

「ちょっとここらではっきりさせておきましょうか。かなりずるずる引きずってるんで」

「何をですか」

「エダです」じっと見つめる。「そのエダさんとかいう人――実は何度も連絡取ってるんじゃないですか？」

「は？」テラはぎょっとして身を引く。「な、なんでそう思うんですか？」

「あなたが信じすぎてるからです。雲海の底で話しかけられたって言ってましたよね。それだけならまあ、テラさんの心の支えとして口を挟まずにおくつもりだったんですけど、そのアドバイスで『アイダホ』の人たちを出し抜いて、本当に脱出船を手に入れて『フョー』まで来たそうじゃないですか。それ、一度の対面で打ち合わせできることじゃないですよね？」

暗い青の瞳をしっかりと据えて、ずいとダイオードが迫る。

「何度も話したんでしょう。ちょっと私も繋いでください。話します」

「……ひょっとして妬いてます？」

「そういうこと言います？」急に目つきが冷ややかになった。「私たちこれからその人のアドバイスで旅に出ようとしてるんですよ。命がかかるかもしれません。しかもそいつ人間じゃないんですよね？　どういうやつか確かめたいのは当たり前じゃないですか」

「まあ……はい」

「だから話させてください」

ずむ、と指でミニセルをつつかれた。

テラは苦笑して答えた。

「ええと、当たりと言えば当たりです。エダさんは脱出船のAIになってるので、『アイダホ』から『フヨー』へ行くまでのあいだは普通に話してました。——でも、あの船は置いてきちゃったので、今は話せませんよ」

「脱出船のAIになってる？」ダイオードは眉をひそめる。「雲海の底にいたやつが、なんでそんなことに？」

「ちょっと経緯があるんです。ええと」

書庫にいた古いロボットの馬と、その導きでたどり着いた脱出船でのやり取りまでを、テラはようやく話すことができた。

「雲海の底から『アイダホ』まで来た方法は知りませんけど、インソムニア号の機械の中には確かにいたと思いますよ。会話に通信のタイムラグがなかったので」

「ふーん……それなら、生身の誰かがあなたの後をつけていたり、どこかの船から言葉巧みに通信でだましていたりってことはなさそうですね」

「そんなこと考えてたんですか？」

「そりゃそうですよ。どんなことだって、雲海の底で惑星と話したなんていう臨死体験よりは現実味がありますよ」

「現実ですって！　一度話してもらえばわかります」

「結局それなんですよね……なんとか話せればいいんですけど」

一応、テラはエダを呼んでみたが、当然返事はなかった。小さなミニセルで遠くの別の氏族船と直接通信することはできないから、つながるとしたら中継衛星経由ということになるが、その種のルートは氏族船の通信センターに頼らねばならない。今の二人には利用できない方法だった。

「するとやはり、現地でインソムニア号ってのを調べる時間をいくらか取らないといけないわけですね。大急ぎで『フョー』に突っこんでかっぱらって逃げ出す、泥棒プランは無理か」

「ずいぶん念を入れますね」

「脱出船だと信じて、コンテナに毛が生えたようなガラクタで外宇宙に飛び出したりはしたくないので」

ダイオードは澄ましてそう言うと、ころころとベッドに転がってちらりと振り向いた。

「これは妬いてるとかじゃないですよ？」

この夜は、どうもしつこく絡まれているような気がしていたが、その一瞥で何もかも許せる気になった。

テラはテーブルを宙に滑らせて壁に収納すると、ダイオードを追いかけて上にかぶさった。

「これが西暦時代《アンノ・ドミニ》のカメです」

「ふぁめ」

「ええ。クサガメ、ウミガメ、ゾウガメ、ガメラ。これが戦っている姿で、ひゃ」

「今は私が甲羅です」

「ふふ、そうですね。それからこっちが例のシロアリ――ですけど」

「どれ？　うぐ」

「ちょ、はたかないで、はいはい、今見たい生き物じゃないですね」

「図鑑あとにしません？」

「ひと休みしたいって言ったのダイさんじゃないですか」

「そうですけど、こういうときの一休みはそういうのじゃないんですよ」

「……ふーん、『こういうとき』について、よく知ってるんですね。えい」

「ふわ⁉」

ベッドにうつ伏せでミニセルをいじっていたテラは、思い切り右肩を上げる。背中に貼りついていたダイオードが横へ転がり落ちて、不満の声を上げる。

「変にすねないで下さいよ、ただの一般常識じゃないですか。――それとも昔のこと気にしてます？」

「さあ？」

「さあって。それなら言わせてもらいますけど、こっちだって心配ですよ」

「何がですか？」

「何がも何も。テラさんお見合いしてましたし。私以外にそういう興味なさそうですし」

背を向けていたテラは向きを変え、顔を見合わせる。

「ダイさん以外に興味ないのが、だめなんですか？」

「あなたこそ無理言ってません？　私、二度もあの女を罵倒して逃げ出して来たんですけど、これ以上何をしろと？」

そうしてにらみ合って――互いに失笑する。

「そうですよね。すみません、細かいことこだわって」

「そうですよ。私以外に興味ないの最高です」

「そこ、言い方を謝るところじゃ……？」

しつこく細かいところを言い立ててしまった唇を、同じ唇で塞がれる。ダイオードはさっき背中でやっていたように、今度は前からテラの首に抱きつく。薄くて熱くて肩幅の狭いその体を、テラは包むように受け止める。

ダイオードの心配は、理屈ではわかった。異性と結婚なんてしたくないと言いはしたが、それでもテラが心変わりを起こして、出来のいい男についていってしまうのが怖いのだろう。

けれどもテラはもうそんな心配を、すっかり他人事だと感じるようになってしまった。こうして重ねる唇と嗅ぐ香りと片手に収まる小さな丸みが、他に比べるもののないほど愛しい。少し前まで単にそばにいたいとか、撫で回したいとかだった欲求が、溶けあいたいというところまで、自分でも驚くほどスムーズに深まった。

だから逆に、ダイオードの心配の別の側面に対しては、だいじょうぶ、と答えられるかどうか、ちょっと自信がなくなった。今のところ他の同性に惹かれることはないけれど、それはただ相手から求められたことがないせいかもしれない。もしそういうことが起こったら、どう答えたらいいんだろう、とも思った。つまり、もう相手がいると答えるべきか、それとも、興味ない、知らないと答えるべきか。

「あの、ダイさん。変なこと聞くんですけど」

「なんですか」

「こう……別の人に誘われたら、どう断ればいいんですかね」

「ごめんなさいでいいんじゃないですか？」

「いやそうなんですけど、この場合はつまり……ある意味、同志ってことになりません？」

　二人でいるときにはすっかり忘れがちになるテラも、これが周回者《サークス》社会の表通りを歩ける間柄ではないぐらいの意識はあった。

「ええ？　それは……そうですけど、だからって別に遠慮しなくていいでしょう。もう相手がいる、とかで」

「ちなみにダイさんだったらどう断ります？」

「すみませんタイプじゃないです、かな。これなら意味どっちも伝わるので」

「うわ強い」

　テラがしばしば胸に抱きつつも、口に出せたことのない言葉だった。

　そのダイオードのさわり方は嬉しげで丁寧で力強く、まさにテラがその身で感じてきた礎柱船《ピラーボート》の振り回し方にそっくりだった。船と同じ扱いをされるというのはちっともいやなことではなく、むしろダイオードが一番好きな行為をこの身で受けているという実感があって、嬉しかった。

「テラさん、あの。……いえ、言わなくていいかな」

「はい？」

「今のところ何やってもNGないみたいなんですけど、ほんとに何も我慢してません？」

「いえ全然？」確かに上下左右前後と好きにされているけれど、それが彼女の姿勢制御のやり方だ。「楽しいですよ。すごく新しくて」

「……順応性高いですね」

「もちろん、すごく恥ずかしいですけど……こんなにあちこち見せていいなんて、私、知らなくって」

「──あ、じゃあ、違うのやっていいですか」

目をきらきら光らせながら触れる手が、もう少しも怖くないのが、不思議といえば不思議だった。

ダイオードについばまれたり調べられたり締め付けられたり持ち上げられたりすると、胸の落ち着くような、沸き立つような、しびれるような、うずくような、さまざまなシグナルが体内を駆け巡った。多くは二四年間、一度も感じたことのないシグナルで、自分の体にそんな機能があったのか、まるで自分の体じゃないみたいだと、何度も驚かされ、喜ばされた。

それは自分が初めてであるせいだとテラは思っていたが、聞いたら意外にそうでもなかった。

「ダイさん、ちゃんと気持ちいいです？」

「はい……はい。テラさんに触ってると気持ちいいし、テラさんに触られてても乗られても、自分じゃないみたいに、すごく……んんっ！」

「よかった」

図鑑を見ながら文句を言い合ったりしたけれど、とテラは思う。

私たち、なんだかだいぶ、相性がいいみたいだ。

滞在五日目でいいことが起こり、六日目にまたいいことが起こり、七日目に最悪のことが起こった。

五日目に起こったのは、ニシキゴイの謎の器官の正体が判明したこと。それは地球種の似た器官に例えるなら奇網《ワンダーネット》というもので、その機能は名前よりもさらに奇妙なものだった。

六日目に起こったのは、「フョー」にまだいる潜入工作員が、インソムニア号の無事を知らせてくれたことだった。

七日目に起こったのは、全船団停電。周回者《サークス》の氏族船、一六隻のうち一五隻が突然・同時に六分間停電し、その後に残りの一隻である「フョー」から、族長白膠木《ヌルデ》が三〇四年ぶりの周回者《サークス》の汎銀河往来圏《ギャラクティブ・インタラクティブ》への帰還を呼びかけた。

第五章　精神増圧

1

その瞬間、二人は運悪く繁華街の大通りを横切っている真っ最中だった。

「あっテラさん、向こうにシンセ系のアロマショップが」「ちょっと、ダイさん？」

通りの向かいに合成香料の店を見つけたダイオードが直角に曲がる。人混みの中を遠ざかるブルーブラックのビスチェとショートパンツ姿を、白とオレンジのワンピースを着たテラがあわてて追う。

突然、闇が落ちた。目の前を覆われたかと錯覚するほど何も見えなくなった。テラはあわてて足を止めたが、横から誰かにぶつかられたり、ふらついて誰かに手をぶつけたりした。「あ、すみません――」と反射的に声を出したころには、そこらじゅうで不安と戸惑いの声が上がり始め、遅れてテラも恐怖に身を包まれた。

――何、これは？　目がおかしくなったの？　それとも照明の故障？

脱気警報は鳴っていないが、鳴ったものとして行動するべきだろうか。にしても近くのマスクストックやシェルターがどっちだったかうろ覚えだし、その前にまずはダイオードを拾いたい——ざわめきの中で、誰かが手のひらから小さな白い光を放った。それを見てみんながミニセルの余技的な使い方を思い出し、辺りを照らし始めたので、テラもそうした。

人々の頭越しに、彼女がいたはずのほうへ手を振る。

「ダイさーん」

低いところを走って来た影が、どんとスカートの横に抱きついた。テラは安堵する。

「ダイさん。無事でしたか。私びっくりして——」

「無事です、ひとまずこっちへ」

少女が急いだ様子で手を引く。戸惑いつつも従って路肩へ動き、建物の壁を背にしたところで、ようやくダイオードはひとつ息を吐いた。テラは訊く。

「どうしたんですか？　あわてて」

「シェルターの非常ランプまで消えてます」

言われてテラも通りの前後を眺め、気づいた。見慣れた緑の四角いランプがない。周回《サーク》者《ス》が非常事態下で真っ先に頼るつもりでいる、与圧シェルターの標識まで消えているのは、おかしなことだった。

通りのあちこちで険悪な声が上がっている。どこかへ逃げようとする人が、その場で様子を見ている人にぶつかったらしい。人々のあいだで増幅された不安が、雲となって立ちこめている。少し遠くで悲鳴も聞こえた。

二人はうなずきあってそちらへ走り、花壇に倒れこんでいる女性を見つけた。助け起してみるとケガはないようだったが、ミニセルにライトがなくて周りが見えず、ひどく怯えていた。

「大丈夫ですよ、一緒にいましょう」

並びの店舗は商品を守ろうとして、入店を断っているようだ。路地などに入るとかえって危険な気もする。仕方なく二人は女性を連れて再び壁際に戻った。

「なんだと思います？」

テラは尋ねる。ダイオードは答えずに半歩前で周囲をにらんでいる。その半歩の、勇敢な意味にテラは気づいたが、交替しようとは言わずに高所からの監視に徹することにした。

商売人の熱気が立ちこめる、古い惑星上の小島の名を冠した氏族船、テーブル・オブ・ジョホール。後でわかったことだが、実にこのとき船内の居住空間の七〇パーセント以上が、ブラックアウトを起こしていたのだった。

しばらくすると、また突然景色が戻って来た。天井照明が光を振りまき、店舗と屋台が入り混じる雑然とした街並みが、何事もなかったかのように浮かび上がる。人々が安堵の顔を見合わせ、また歩き始めた。二人の足元で縮こまっていた女性も落ち着きを取り戻し、礼を言って去っていった。

「大丈夫みたいですね」

テラが胸を撫で下ろしていると、ミニセルの呼び出し音が上がった。ひとまず出る。

「はい、インターコンチネンタルです。ええ、いま一緒にいます。二人とも無事です。――え、政庁に？」

話は短かった。通話を切ってダイオードに教える。

「プライさんが、大事な話があるんですって」

「ろくでもない用事ですね？」

「それはまだわかりませんけど――」

「大丈夫です、きっとろくでもないですよ」

その通りだった。

☆　　☆

『険しくも太く美しい雲球を巡る兄弟たちに、喜ぶべき解放の時が来たことを「フョー」の弦道《ゲンドー》からお知らせする。

過ぐる星十二指腸暦《アストロ・ジュデナム》八五二六年、汎銀河往来圏《ギャラクティブ・インタラクティブ》において迫害されていた五〇万の人々がひとところに集められ、往来圏を囲む銀河周縁圏《ギャラクティヴ・キーゴイン》へ片道切符で追いやられた。彼らが与えられたのは資源に乏しいガス惑星で、そこで飼い殺しにされるはずだった。三年後に囚人たちが反乱を起こして監視者を打倒するまでは、惨めな耐乏の日々が続いた。それがわれわれの先祖である。周回者《サークス》を名乗る以前の、われわれの姿である。

今、あなた方は衝撃を受けているだろう。そんな馬鹿な、先祖が囚人だったなどと、何の妄言かと思ったことだろう。その心境は弦道《ゲンドー》も知っている。われらも同じ衝撃を受けた。不名誉な真相を拒否しようとした。

だが考えてほしい。圧政者に押し付けられた理不尽な境遇が、本当に不名誉なものだろうか。本当に不名誉なのは、無力・無気力に支配され続けることではないだろうか。われわれの先祖は立ち上がり、自給自足を達成し、自律独尊の自治を勝ち得た。それだけでなく貴重な資源の確保にも成功し、銀河に粘土を供給し、われわれの存在意義を圧政圏に認めさせた。

これこそが名誉というものだ。始まりから強く尊くあったのではないとしても、苦境から自らの手で這い上がったことは、それ以上の価値ある行いだ。

しかしそれが三〇〇年続いたことはどうだろう。名誉を保ち続けたと言えるだろうか。

それは難しい考えだ。名誉は絶えざる苦闘によってこそ保たれるものだ。われわれは押し付けられてやむを得ずこの惑星での昏魚漁《ベッシュ》を達成したが、目指すべき高みはそこではない。われわれ自身が選んだ星で、われわれ自身のために漁をしてこそ、望みをかなえたと言えるだろう。

　今その時が来た。われわれ自身の星を、大地を手に入れる時が来たのだ。

　今このとき、われわれに最も近いツークシュピッツェ星系において、昏魚《ベッシュ》が大量発生している。これは嘘や憶測などではない。前回到来した大巡鳥《ターシンニャオ》から弦道《ゲンドー》が独自に入手した、極秘情報である。汎銀河往来圏《ギャラクティブ・インタラクティブ》の人々は昏魚《ベッシュ》の取り除き方を知らず、悩まされている。

　だが、われわれならそれを知っている。

　これが解放だ。今こそわれらは自らの意思と能力で、かつて放逐された地へ舞い戻り、はびこる生き物どもを漁《いさ》り揚げて、本当の名誉と星を勝ち取るのだ。

　優秀な漁師こそ必要だ。周回者《サークス》でもっとも優秀な一六組の漁師が先陣を切るだろう。われわれは皆、四季ごとの番付で誰がそれかを知っている。だが、もし本人たちが名乗りを挙げてくれるなら、さらに晴れやかに喝采できるはずだ。

　その一六組を助ける大役を、われわれ弦道が引き受ける。何をするべきか、どこへ向かうのか、そして何よりも、どうやって遠い汎銀河往来圏《ギャフクティブ・インタラクティブ》へ帰るのかについて、有益な助言をする用意がある。

　ここまでの話より簡潔に理解したという方々においては、惑星を巡るわれわれ周回者《サークス》にとって、何がもっとも大事なことか《エッセンシャル・エレメント》を想起してもらいたい。つまり、物事を進める速度が大事だということだ。

速度を出すのは、強力なエンジンと確かな指揮である。確かな指揮とは、命じたことが遅滞なく実行されるということだ。

われわれはあなた方にその意思と能力があることを信じている』

☆　☆

「以上が、先ほどの市街地停電の際に『フョー』から送られてきた宣告文です。……お二人とも、呑みこめました？」

録音を聞かせたプライが、二人の顔を見渡した。

「あんまり……」「嫌でも」

曖昧に笑ったテラと、眉間にしわを寄せたダイオードが、顔を見合わせた。

ジョホール政庁、ざわついた雰囲気の安全保障部の奥にある作戦室である。初めて招かれたそこで、二人とプライ、それになんだかやつれた感じのスタンリーとソーサーが情報テーブルを囲んでいる。

ダイオードがテラに言った。

「船団はもらった、おれたちの言うことを聞け、って白膠木《ヌルデ》は言ってるんですよ」

「え⁉　どこにそんなところがありました？」

「最後のところに。いえ明言はしてませんけど、あれはそういう言い回しでしょう。脅迫ですよ」

「あ、そういうことなんですか？　さっきの停電、白膠木《ヌルデ》族長が狙って起こしたんですか？」

テラが視線を移すと部長のスタンリーがうなずいた。

「われわれ安全保障部とトレイズ長老会はそう確信しています。あれは違法・合法の各種電子情報的ルートを併用した攻撃だったと。さらにいうと、被害を受けたのはジョホールだけではありません。各氏族と緊急に連絡を取り合ったところ、なんと一五氏族すべてが同時に攻撃を受けたとわかりました」

「全船団に停電を？」

「なんて乱暴な。ああ——つまりそれが、例の船団指揮権《コモドアヘルム》の発動だってことですね？　今までこっそり遠隔操作でよその氏族船の分離装置やらエンジン模擬装置やらをいじってきたのは、このためのテストだったと？」

「おそらくそうでしょう」

ダイオードとテラは驚きつつも、一面では納得した。これは理解不能な天災などではなく、まさに自分たちが止めようとしていた事態だというわけだ。

「白膠木《ヌルデ》はとんでもないことを言ってますね。どこまで本当なんですか」

ダイオードが質問形式で言ったが、答えはスタンリーたちの渋面だった。

「あなた方をお呼びしたのは、まさにそれが知りたいからですよ。先祖が追放されたとか、ツークシュピッツェ星系で昏魚《ベッシュ》が増えているとか、それを一六組の漁師で獲りに行こうとか、妄言としか思えないことを彼らは言っている。これはどう受け取るべきでしょうか？ なんらかの比喩や暗号なのか、それとも白膠木《ヌルデ》氏が錯乱してしまったのか」

「あるいは本当なのか」

ダイオードが覗きこむような上目遣いで言うと、「本当であるわけがない」と言下にスタンリーにしりぞけられた。

するとダイオードはテラを見て、「あれを」と言った。

テラは金色の素子石を取り出して、黙ってソーサーに差し出した。いぶかしげに受け取ったソーサーがそれを全員の前で再生し——そして、あの信じがたい追放計画を目にして、等しく驚いた。

「なんですか、これ」と、プライが半笑いで言う。

「父の小角石灯籠弦道《オヅノイシドーローゲンドー》から受け取ったものです」と、あえてフルネームでダイオードが告げる。

「オヅノチーフが？ ああ、あのときの！」

「待ってください、先日の調査では、こんなものをお持ちだったなんて聞いてませんよ？」

スタンリーが厳しい目つきで言ったが、ダイオードは涼しい顔で言い抜ける。

「この石、ただの旅行案内だって渡されていたんですよ。中身を確かめたのはつい昨日です。隠すために託されたのかと思いましたけど、どうも今みたいな場合に出すためだったようですね。で、聞きたいんですけど、これ本物だと思います？」

聞くまでもなく、技術担当のソーサーが文書をひと目見て驚愕し、情報テーブルを族間ネットにつないで分析を始めていた。紋章や文体、史実との名簿の整合などを手早く確かめて、本物のようです、と言う。

「トレイズ氏しか知らないはずの初期のトレイズ人の名も載っています。まず偽物ではありません」

「ということは、白膠木《ヌルデ》さんの演説も本当なんですね。あっはっは」プライが空虚な笑い声をあげる。「本気で一五氏族を引き連れて、汎銀河往来圏《ギャラクティブ・インタラクティブ》へ舞い戻るつもりかぁ……」

「それより問題はわれわれの来歴だ」スタンリーがますます苦い顔になる。「周回者《サークス》の祖先が追放者だったなど、由々しきことだ。……まずその部分を各氏族の長老会は受け入れていないが、ここが本当だと知れ渡れば、一気に動揺しかねない。氏族によってはあっさりゲンドー側に付くものも出るかもしれない」

「それも心配ですが、別のことも気になります」とソーサー。「白膠木《ヌルデ》族長は宣告文の中で停電のことに触れていません。あれが舵輪《ヘルム》という仕掛けの発動だろうと私たちは見当を付けられますが、ほとんどの人にとっては偶然の災難か未知の攻撃でしかありません。未知であるあいだは力の上限がわかりませんから、人々はゲンドーをとてつもなく強力な氏族だと思いこむかもしれません。非常にまずいです」

「さらに肝心の舞い戻る方法を伏せてるのも、無駄にうまいですよね。実際のところ光《クアング》貫環航行装置《アンファン》がなければ戻れないはずですけど、そういうものが本当にあるのか——」

「肥大した氏族船の古い深部に残っているって伝説は、どの氏族にもありますよ」

ダイオードとソーサーがそんなやり取りをして眉間にしわを寄せた。

とにかく、とスタンリーが全員を代表するかのように重々しく言う。

「これで事態は、われわれ安全保障部に対処できる範囲を越えてしまいました。こうなったらもう穏便にことを収めるわけにはいきません。全周回者《サークス》がおおやけに連携し、一丸となってゲンドーに立ち向かうしかない」

「あの、ちょっといいですか」

遠慮がちに手を挙げたテラを、皆が見上げた。

「いま話に出なかったんですけど、白膠木《ヌルデ》さんがデコンパを集めている件は、どうなったんですか？」

「どうってまー、事実この通りあの人が全船団を真っ暗にしてみせたんですから、舵輪《ヘルム》は回ったんですよ。なんとかしちゃったんでしょう。あたしらの調査が至りませんで」

　プライが苦笑いで肩をすくめた。

　するとダイオードが、いいえ、と首を振った。

「本当に全船団の指揮権を奪ったなら、指揮してみせればいいんです。停電なんてチャチな小細工で済ませずに、メインエンジンに点火して一五隻の氏族船を動かせばいい。なのにそれをしていない」

「そう。その代わりに、何か変なこと言ってますよね？　各氏族ひと組ずつ漁師が出てこいって。言い方としては優秀な漁師の晴れ舞台だみたいな感じですけど、これって実は、出来のいいデコンパをかき集めようとしてるんじゃありませんか？」

「あ」

　テラが示した疑問に、トレイズ側氏の三人が声を上げた。

「デコンパが足りていないのか！」「そうです、白膠木《ヌルデ》はまだ完全に指揮権を取り切れていないんですよ」

「舵輪《ヘルム》はちょっとしか回ってないんですね。それじゃあ――」

　テラはうなずくと、ダイオードの耳元でひそひそ話をして、了承を得てから他の者に言った。

「私たちを臨時にトレイズ氏の漁師ってことにしてもらえませんか？」

スタンリーが「聞きましょうか」と身を乗り出した。テラはうなずく。

「白膠木《ヌルデ》さんはまだデコンパがほしい。それを拒んだり無視したりするんじゃなくて、ひとまず従う振りをする。そして偽物を送りこめばいいと思うんです。偽物が中に入って内情を調べて……舵輪《ヘルム》を見つけて、壊す」

「ほう。しかしあなた方が行ったら、船ごと捕まってしまうのでは？」

「そこをトレイズ氏に手伝ってほしいんです。こちらの漁師さんの顔と名前を貸してください。私たちが乗るのは変形する礎柱船《ピラーボート》ですから外見では識別できませんし、多分最後まで生身では顔を合わせません。入港さえしてしまえば、不意打ちや潜入ができると思います。どうですか！」

勢い込んでテラは言った。

今度はトレイズ氏側がひそひそ話をして答えた。

「……悪くない考えですね。しかしやるなら念を入れましょう。この偽装潜入計画を信頼できる数氏族に伝えて、協力してもらいます。バックアップと、いざというときの身代わりですね。それからお二人には訓練を受けてもらいます。舵輪《ヘルム》に出くわしたとき、それを壊せるように」

「訓練なんか受けてる時間ありますか？」

「そういう場合のための急速訓練というものもあるんですよ」

スタンリーが見せた笑顔に、二人はちょっと背筋が寒くなった。

「でもお二人が言い出してくれてほんと助かりますねー」とプライがほっとした様子で言う。「トレイズの漁師に同種の計画を持たせようとしたら、まず長々と現状の説明から入らなきゃいけませんからね。その場合、白膠木《ヌルデ》氏が裏で陰謀を持ってるタイプのアレな人だってきちんとわかってもらわないと、うわべの美辞麗句に釣られて信じちゃうかもしれませんし」

それを聞いたテラは、思わずぽつりと言ってしまった。

「でも多少はうなずけるところがなかったです？　自分で選んだ星で自分のために漁をするのが望ましいって」

みんなの困ったような視線が集まったので、テラは頬を赤らめた。ダイオードが苦々しく言った。

「テラさん、それがまさに美辞麗句なんですよ。釣られてどうするんですかしっかりしてくださいよ、『フヨー』で脅されたでしょう？」

「はっはい！」

身を縮めてうなずくテラを見て、やはりあの誘い文句はやばいですね……とプライとソーサーがうなずきあった。

スタンリーが言う。

「では私たちはこれより、この偽装作戦を主任務として動きましょう。テラさん、ダイオードさん、もしこの作戦が成功したら、例の件を認めることをお約束しますよ」

「例の、というと――」テラは隣を意識して、思わず身を硬くする。「私たち、二人で漁に？」

「ええ。普通は夫婦で漁師になる決まりですが、あなたたちに限っては、結婚後も女二人で乗っていい、という特例を設けることができると思いますよ」

テラは、プラス四秒ほど凍り付いてから、「ありがとうございます」と笑顔で言った。

隣が黙っている理由は、見なくてもわかった。

「って感じで、うまいことトレイズ氏の人たちをだまくらかして出て来ちゃいましたけど、よかったですよね？」

夜のFBBの楕円軌道上を往く礎柱船《ピラーボート》。テラの言葉を前部ピットで聞いていたダイオードが、あっ！　と言ってうつむいた。

「……ダイさん？」

「――っっったり前じゃないですかそんなの！」

「うわっと」

「何が結婚後も組んでいいですよだそんなこと誰が頼んだっつうのまずよそから来た女と

見れば氏族の男にあてがおうとする根性からして度し難くて原始的だしでなければ金目当てで女と女が組んでると思いこむさもしい根性の集団に許可を出す形で私とテラさんが漁をするかどうかの判断なんかしてほしくないってことですよむしろ私らを結婚させろっていうんですよ！　ねえ⁉」

流れるような罵倒の仕上げに少女が振り向いた。最後の部分だけ聞き取れたテラが固まった。

「えっ？　あっ、そ、けっこん？　ですか？」

「や、待っ。いいえ——ちょっと。戻していいですか少し」

「は？　はい」

ぎこちなく前方に向き直ったダイオードの肩が、数呼吸のあいだ上下し、また突然振り向いて言い立てた。

「テラさんもだめでしたよあのときに！　白膠木《ヌルデ》の売り文句に引っかかって、ちょっといいなみたいな顔したでしょう、あれでトレイズ氏に疑われて流れが止まるところでしたよ、やばかったですよ！」

あっ切り替えたんだと呑みこんで、「そうですね！　すみませんー！」とテラは謝った。

再びそっぽを向いたダイオードの頬が赤い。後ろで笑いをこらえるテラも赤い。

久しぶりのペア搭乗ということで船用盛装《デッキドレス》は張りこみたかったが、ただの漁ではなくて特殊任務だということで、複雑で華やかな服装にはできなかった。二人とも体のラインに沿った機能的なタイトスーツと長髪を守るヘアカバーで乗り組んでいる。ただし意地を張って色と装飾にだけは凝った。ダイオードは闇色の地に都市光のオレンジを散らした、夜《ナイト》惑星色《・プラネット》。テラは艶消しの紺色のボディに薄白の巻雲《けんうん》を巻き付けた、海惑星色《シラサンド・シー》。加えて頬・手の甲・くるぶしなどに山地を模したビリジャンとソイルブラウンの低視認性メタルアクセを配置。テラが肉眼で見たことのない固体惑星を仮託した。

ＴＰＯさえ穏やかなら見惚れていたい姿だったが、残念ながらそんな場合ではない。テラは引き続き、先日の話し合いのことを反芻する。

「あのときのスタンリーさんたち、検討すらせずに投げ捨ててしまったじゃないですか。星の外への旅立ちを。あれって、モヤりませんでした？」

「……言われてみればそうかもですけど、私としてはあんまり。だって、白膠木《ヌルデ》から持ち出された話に同意する必要はないじゃないですか」

「それは、ええ」

「私たちが出かけたいのと、あの人が出たいのとでは、理由が違いますよ」

「そうですね、その通りです」

テラはやっと納得してうなずいたものの、一歩考えを進めると、またつまづいてしまった。

「でも本当に、汎銀河往来圏《ギャラクティブ・インタラクティブ》はデコンパに対する圧政圏なんでしょうか。だとしたら将来の展望が……」

「うーん、白膠木《ヌルデ》の演説の真ん中あたりで、往来圏に自分たちを認めさせた、みたいなとも言ってますよね。だから漁師として出向こうって。それが本当なら、三〇〇年前と違って今なら出ていけるってことになりませんか」

「でもそれだと、あの人の話の都合のいいところだけつまんでるみたいで、すっきりしません」

「そうですね……」ダイオードが少し考えてから、妥協案、という感じで言った。「じゃあ予定表に、あの人と出くわしたときに問い詰めること、って書いておきませんか」

「ええ」テラはうなずき、付け加える。「ってことは、この舵輪《ヘルム》騒動を片付けるまでは逃げないってことですよね？」

「そう……なりますね。途中で逃げたら、最悪、船団長《グレート・チーフ》になった白膠木《ヌルデ》に全力で追われるおそれもありますからね」

「うわー、それはイヤ……」

テラはぶんぶんと首を振った。

ふと思い立って、無線で訊いてみる。

「もしもし、エダさん？　インソムニア号、聞こえますか？」

「テーブル・オブ・ジョホール」を出て礎柱船《ピラーボート》で移動しているので、通信経路は変わっているはずである。だが、返事はやはりなかった。

「だめですね。たぶん『フョー』側が閉鎖してます」

「そりゃそうです、船団をクラックしてケンカ売ったんですから、当然クラックし返されることは警戒しているでしょう」

「すると電波か光が直達できるところまで行かないと……ダイさん、『フョー』日陰側の作業港を目指すことを意識しといてください。最優先じゃないですが」

「了解。白膠木《ヌルデ》をとっちめれば、そのあと作業港へ行くこともできますしね」

テラは自分たちの狙いと、実際にしていることを頭の中で照らし合わせる。『フョー』に潜入し、白膠木《ヌルデ》の手にある舵輪《ヘルム》を壊し、ダイオードの父の小角《オヅノ》ともう一度話し、最後に船を乗っ取って逃げる。今二人が入っている操縦ピットを、脱走の時に持って行くことも忘れてはならない。

そのために、礎柱船《ピラーボート》で指定された軌道に向かっている。

なんとも複雑で、ため息をこらえていると、「テラさん！」とダイオードが下方を指差した。

「見て、宇宙船団」

「……わあぁ」

前から、下から、斜めから、真横から。全方位からやってきた光の点が、一カ所にまとまりつつあった。どの船もここへ来る楕円軌道に入った時点で互いにかなり接近していたはずだが、それでも数百キロほど離れていたようで、いま編隊を組むために微調整をしたため、周りから一気にやってきたように見えているらしかった。

組み上がっていくのは十数隻の礎柱船《ピラーボート》からなる、大きな逆V字の編隊だ。その背後一面に、深くまで日光が差しこむせいで燃える綿海のように輝く、真昼のFBBがそびえている。

「渡り鳥の群れみたい……」

「ワタリドリっていう鳥がいるんですね？」

「あは、いませんよ」

「え？」

例によって首をかしげるダイオードだが、テラがマーカーで自分たちの待機位置を示すと、左小指でちょちょいと修正噴射をしただけで、いともあっさりとその位置へ船を滑りこませた。一六隻目、編隊の最左翼だ。

するとその途端に、いくつもの通話窓がピット内に開いて、男たちが顔を見せた。

『ようサリンザーン、来たか！　めかしこんでるな』『嫁さん元気か？』『大会議《バウ・アウア》以来半年ぶりだな、あのときは一緒に飲む時間がなかったが』

古風な黒ずくめのコート姿や、全身の皮膚で情報を受け取るレーダースーツ、足首まである長衣に人工貝殻やビーズをたくさん縫いつけた舞踏服など、いずれ劣らぬ船用盛装《デッキドレス》姿の下に、ヘブリュー氏の誰それ、ドローン&ドングル氏の誰それ、キールン氏の誰それと、と名前が表示される。

ダイオードが軽く咳払いして、低めの作り声で答えた。

「ああ、来たよ。うちのやつは相変わらず美人で元気だよ。前飲めなかった分は、このあと飲もうぜ！」

「っく」

テラはとっさに口元を押さえる。とたんに「そこ笑わない！」と振り向かずに少女が怒鳴ったが、タイトスーツから覗く肩がほのかな紅色に染まっていた。

もちろんダイオードはゲンドー氏のダイオードとして返答したのではなく、名前を借りたトレイズ氏のサリンザーン・某として答えたのである。彼女の姿と声は船機によって改変され、男の姿で送信されている。発言内容までは編集してくれないが、的を外してはいなかったようで、『おお、二回分飲ませてやる！』と上機嫌な返事があった。

夫すなわち船長どうしの挨拶が済んだと見るや、続いて別の数枚の通話窓が開いた。今度はすべて女、つまりデコンパだ。

『ハーイ、アサーイ。元気そうね、そのバングルいいわね』『参るよね、急にこんなのにひっぱり出されて。乳母さんの都合もあるのに』『うちは出るときに下の子がもう泣いて泣いて』『アサーイのところはどう？　聞き入れてくれた？』

「うっ……」

テラは返事に詰まった。サリンザーンの妻のアサーイは二児の母だと聞いている。しかしジョホールで夫妻と対面したときには、時間がなくてほとんど話せなかった。彼女の子供や交友関係についての情報はゼロだ。

懸命に口調だけを真似る。

「ま、まあなんとか。今回は機嫌が良かったのか泣かなかったわね」

女たちが眉をひそめた。

『泣かなかった？　あなたの男の子、中等卒業したわよね？　普段泣くの？』『ママッ子なんだ。愛されてるわね』

「あっあのっ、普段はそういうわけではないのだけど、その――」

「すまない、奥様方」ダイオードがきっぱりと割って入った。「今回は普段と違う漁になりそうで、うちのは心配事で頭がいっぱいになってる。集中させてやってもらえないか」

それを聞くと通信窓の女たちは、あらそうなんですか、それじゃあね、と手を振って消えていった。

ダイオードが目を細めてちらりと振り向く。

「笑って見物してたほうがよかったです？」

「い、いえ……助かりました……」

今度はテラが赤くなる番だった。

そんなやりとりの最中にも前部ピットではツイスタ同士のやり取りが続いている。

『こんな集まりじゃなきゃ最高なんだがな……』

『こんな集まりでもなきゃ、推進剤代が出ねえよ』

『違いない。ただ集まるためだけに礎柱船《ピラーボート》を出したりしないもんな。一六隻編隊なんて初めて見たよ』

『この面子で組んで漁をするって考えると、わりと燃えて来るな』

男たちの話が盛り上がる。ただし注意深く聞けば、本当に意気込んでいる者と、演技でそうしている者を、区別できたかもしれない。演技でやっているのは、トレイズ氏からの申し出に対して、協力を約束してくれた氏族の漁師たちだった。六人ほどいて、彼らはテラたちとともに白膠木《ヌルデ》の企みを妨げることになっている。

「ダイさん、この残りの九人かそこらって、みんな白膠木《ヌルデ》さんの計画を信じてるんでしょうか」

「そんな馬鹿が九人も？　ないと思いますよ、程度の差はあれ、まずは調査に来てるんだと思います」

「ですよねえ……」

そう考えると、盛り上がる通信もなんだかしらじらしいものに思えてしまったが、だからといって、いきなりゲンドー氏に対して敵意を剝き出しにする者もいないだろう。いざというときまでは、できるだけ友好的に振る舞い続けるはずだ。

そんな好ましくない者を、ゲンドー氏はどう扱うつもりだろうか——。

テラがそう思った時、共通チャンネルに新たに一枚の通話窓が開いて、黒衣黒髪の若者が整った白面を見せた。

『お集まりの皆さまに、まずは深く感謝申し上げます。当編隊の嚮導艇《きょうどうてい》を勤めさせていただきます私は、忠哉幻日斎《チューヤゲンニッセージ》次号《ゴー》、若輩ながら弦道《ゲンドー》漁師番付の第三席に位する者でございます』

「次号《ジゴー》さん！」「この人……瞑華《メイカ》さんのツイスタですね！」

ということは、この編隊の先頭にあの二人がいるのだ。

緊張する二人の前で、そして他の一四組の前で、忠哉《チューヤ》は若さに似合わぬ落ち着きぶりで続ける。

『当氏族族長・白膠木《ヌルデ》の命により、僭越ながら人選の役回りを果たさせていただきます。このたびは恒星間を渡って異星の昏魚《ベッシュ》を獲るという大計画にございますので、腕に覚えのある漁師の方しか参加していただくことができません』

『おいおいずいぶんだな、おれたちはキールンのトップだぞ。他のみんなも粒ぞろいだ。それをゲンドーの三位が試そうってのは、ちょっと面白い礼儀じゃないか』

『お気に障りましたらお詫びのほどを。ですが、氏族三位と同じ漁もできないようでしたら、氏族一位の看板が泣くのではございませんか』

『なにをぅ……？』

電波でつながった通信網の中で、にわかに怒気が膨れ上がったような気がした。テラはごくりと唾を呑む。

「煽る煽る。忠哉《チューヤ》さんすごい度胸ですね、あんなに細いのに」

「あの人は顔はきれいでも素材が鉄板なんですよ、だってあの瞑華《メイカ》のツィスタがつとまるんですから」

ダイさんそれ誉めちゃってます、と言いたい気持ちをテラは抑えたが、ふと気になった。

ここにいたるまで瞑華《メイカ》本人の発言がない。昏魚《ベッシュ》漁の世界は確かに男性上位だが、ホスト側デコンパとしての挨拶ぐらいはあってもいいはずだ。

それがないのは、どういうことだろう……？

考えかけたテラだが、忠哉《チューヤ》の次の発言に、些細な疑問も吹き飛ばされてしまった。

『挑んでいただくのはニシキゴイ――極域オーロラを遡って昏魚《ベッシュ》を追う、耐プラズマ垂直漁でございます』

「……ダイさん！」

テラの中で二つの気持ちが膨れ上がる。最悪だった一度目の徒労感と、次やるときはこうしてやろう、とくすぶらせ続けた悔しさ。

こんなに早くその時が来た。身を乗り出したテラに、目を細めてダイオードが微笑む。

「素敵じゃないですか。ここで借りを返してやりましょう」

漁師たちを歓迎するかのような盛大な天のカーテンに向けて、やがて一六本の航跡が伸びる。

2

『ははは、畜生！　こいつ本当にどこまでも昇りやがる。みんなついていけてるか？』

『もちろんだが、プラズマシャワーがすごいな。被曝防護にひと手間いる感じだ』

『がんばりなさいな、うちはなんとかしてるけどね』

『七〇〇℃の高温低圧大気とはずいぶん面白い……センサー類は片っ端から焼けてくのに舵はまるで利かない。たちが悪いぜ』

『面白いじゃなくて手に負えないの間違いだろ。表面ダメージの処理方法ぐらいわからないか？』

『煽ってやるな、経験がないとこれは凌げんよ』

青と紫の光のひだがたゆたう極域に、赤光を曳く獰猛な肉食魚たちが乱舞する。ひとつひとつが都市をも動かす巨力と積み上げた知恵を備え、自在に形を変えるとてつもない魚たちだが、このゆうべの舞は、いささかお粗末だった。

『この獲物、恒星へ逃げるぞ。フロリナ——ちっ』

『おっ、また一頭バラしたな。奥さんのせいにするなよ？』

『誰がそんなこと。うちのはよくやってる、無駄口を挟むな』

今もまた、沈まぬ極夜の恒星に幻惑されて一隻が獲物を見失い、ふりだしの深淵の獲物探しへと戻っていった。この空では気象と昏魚《ベッシュ》と自船の性能、全てが普段よりも厳しく、腕利きの漁師たちにとっても楽ではない漁となっていた。

加えて、通常は漁の最中に自船の音声など放送しないものだが、なにぶん腕自慢が揃っているだけに、虚勢まじりの自慢と計算ずくの挑発が飛び交って、いつになくひりひりと焦がし合うような雰囲気が生まれていた。

そんな中、テラとダイオードの二人は、競って漁獲を上げようとするライバルたちを尻目に——ひたすら昇りと降りだけを繰り返していた。

「テラさんパワー頼みます。いいですね？」

「ええ」

「四本目、開始」

　立ち並ぶ高積雲の雲頂高度あたりから、目を付けた谷間の獲物へと降下開始。上昇を始めた昏魚《ベッシュ》の下をくぐって追跡に移り、腹側から近づく鋏型飛行。瞑華《メイカ》のやり方を模した伝統的アプローチを再現する。

「追えてる……パワー出てますね。今回は余裕ある？」

　ダイオードは力まずに静かにスロットルに触れている。その後ろでテラも平静にＶＵＩパネル群を監視している。

「まあね。でも仕様はまだ前回と同じ。ただの必要な要素の詰め合わせ」

　パネル二枚を拡大。垂直上昇する筒状物体の精細な画像。横から光を浴びてうねうねと律動する異星の異様な飛行生物。体長六五メートル、推定質量一六〇〇トン、オーロラのひだを這い上がるその姿には、妙に馴染みのある切実な願いが感じられるような気がする。

「舷外電路、防眩魚探、燃焼室防御壁。最初から全部備えて来たから集中できてるだけ。これじゃあ、だめ」

「それもない連中よりは、一〇〇倍もマシですけどね」

　ダイオードはちらりと下に目をやる。二〇〇〇〇メートルも下方を、見当はずれのアプローチで半端に昇ってはへなへなと落下していく点が見える。笑う気にはなれない。あれは前回の自分たちの姿だ。瞑華《メイカ》のアドバイスがなければあそこから這い上がることはできなかった。

ふとダイオードは思う。瞑華《メイカ》は白膠木《ヌルデ》の動きをどう思っているだろう？　彼女とその父親はともに自分たちを手に入れようとしたが、理由は異なっていた。瞑華《メイカ》はある種の愛を求めていただけで、白膠木《ヌルデ》のように支配と飛躍を目指しているわけではない。――では、今彼女はどんな気持ちで飛んでいるのだろう。

考えていたダイオードは、ふと視野の隅に目を留める。乱舞する礎柱船《ピラーボート》のひとつが、自分たちよりもはるかに高い天空でニシキゴイに追いつき、回転腕木《スイングアーム》で頭から網をかぶせた。捕獲に成功し、ゆるい弧を描いて水平飛行に移る。

その機体には船機のナビゲートによって、黒い花のアイコンが冠せられている。

「瞑華《メイカ》が捕らえた――」

「もっと寄せてください！」

鋭い声に背中を打たれて、遅滞なく眼前に意識を戻し、五〇メートル先を並走する昏魚《ベッシュ》へと、わずかにトリムをつけた。ダイオードは今、ここにいない誰かよりも、はるかに大事な人のために働いている。そう、テラのため。いつも最優先にしている自分の飛行本能も棚上げだ。なぜならば――。

「ううう、粒子密度がすごい……なんであいつ死なないの？　もしくは落ちないの？」

テラが口に出して独り言を言っている。聞かせているのではなく、それだけ悩んでいるのだ。いまダイオードは注意深く船を昏魚《ベッシュ》に寄せているだけだが、テラの操縦ピットには三段四列一二枚ものVUIが開いている。いくつものセンサーで獲物を精査しているのだ。温度センサー、流速センサー、超短波からX線まで各波長での能動センサーと受動センサー、それに、こんな用途にはとても向かない重力計まで向けている。

「あの辺に何かあるのはわかるのに、何やってるのかわからないぃ……！」

青いしぶきを散らしながら高空大気を遡る、大口を開けた獲物の口吻近くを、テラがマーカーでぴこぴこつつく。ダイオードは遠慮がちにつぶやいてみる。

「血管網で高温を冷やしている……んでしたっけ？」

「普通の奇網《ワンダーネット》は、冷やすんじゃなくて温めるんです」ダイオードがあまり聞いたことのない、低い抑えた声。「でもここの環境はむしろ冷却が必要なぐらいですし、冷やして意味ある状況でもない！　何か違うんですよ、何かが……！」

テラの苦悩を背に受けながら、ダイオードはジョホールの精神脱圧研究室《デコンプ・ラボ》で聞いた話を思い出していた。

☆　　　☆

「構造から考えて、この未知の器官は奇網《ワンダーネット》の一種じゃないかと思う」

ニシキゴイを解剖した男性研究員は、開口一番そう言った。

ラボの情報テーブルには、赤と青に色分けされた細い管が複雑に絡まり合う構造が映し出されていた。最初、ダイオードはそれを胎盤か何かだろうと思ったのだが、研究員が説明し始めたのは異なる器官の話だった。

「奇網《ワンダーネット》というのはある種の生き物が備える血管の網だ。進化した生き物では体の末端へ向かう動脈と中心へ戻る静脈が循環器系を構成しているが、その中間部分に形成される、動脈と静脈の絡まり合った網を奇網《ワンダーネット》と呼ぶことがある。この網は冷えすぎた静脈血が心臓へ戻る前に温めたり、熱すぎる動脈血が脳へ向かう前に冷やしたりといった、温度調節の機能を備えている」

「胎盤じゃなくて湯沸し器か」

ダイオードのつぶやきをひろって、研究員がうなずいた。「そうだよ。奇網《ワンダーネット》というのは血管で出来た熱交換器のことだ」

「あっ思い出しました。奇網《ワンダーネット》って、西暦時代《アンノ・ドミニ》の地球にいた、カジキの体内にあったやつですね」

テラが言うと、その通りとまた研究員がうなずいた。

「奇網《ワンダーネット》を持つ生き物は他にサメやキリン、赤いほうのグルギュリなどがあるが、この場合はカジキが近いだろうな。カジキは非常に速く泳ぐ魚だったが、それを可能にしたのが奇網《ワンダーネット》だった。その器官のおかげで、海水に触れる冷たい体表から心臓へと戻る血液が温められて、カジキは変温動物なのに筋肉の活動性を保つことができたんだ」

「よくできた生き物だったんですねえ」

「生き物はみんなよくできているよ。このニシキゴイにしても、正確には独立した二系統の循環器を持っていて、その中間の奇網《ワンダーネット》でのみ接触するようになっている。多段式の熱交換器そのものだ。いや、熱交換器に見えるのだが……」

滔々と話してきた研究員の口調が、にわかに淀んだ。

「実は大きな謎があるんだ」

「謎？」

「これは奇網《ワンダーネット》じゃない」研究員は突然妙なことを言い出す。「形はそうなんだが、この器官がそうであるはずがない」

「どういうことですか」

「カジキが泳いでいたのは冷たい水の海だ。でも昏魚《ベッシュ》であるニシキゴイが飛ぶのは、ガス惑星の七〇〇℃の空だ。体内を温める必要なんかないんだよ。それなのに、なぜ熱交換器官があるんだろう？　見当がつくかい？」

水を向けられたテラが首をひねる。

「逆に冷やすためでは？」

「熱は燃料から産み出すことができるが、冷気は作り出せない。すぐに体の芯まで熱くなってしまうはずだ。熱交換器で交換するものがなくなる。じゃあ何を交換してるんだ？」

「うーん……なんでしょうね」

「そう、まったくの謎だ！」研究員は情報テーブルに肘をついて頭を抱える。「解剖後すぐ融解してしまったから材質や成分も謎だ。おそらく組織が自己破壊しているんだろうとは思うが……昏魚《ベッシュ》の研究はいつもこうだ。大小の謎が常に湧き出すし、最大の謎については見当もつかない」

「最大の謎？」

「こういった地球の生物に似た昏魚《ベッシュ》が、どうしてガス惑星で生まれてきたのかってことだよ！」

「ああ……」

幸か不幸か二人はその謎について楽しく悩むことのできない立場なので、黙って微笑むに留めた。

「まったく……手に負えない」

少しの沈黙の後、ダイオードが横から口を出す。

「でもですよ。ニシキゴイにそういう器官があるってことは、少なくとも何かの役に立ってるとは言えるんじゃないですか？」

すると、研究員とテラがまるで仲間同士のように肩をすくめ合って、こちらを見下ろした。

「そうであってほしいけれど、そうとは限らないんだよ。生き物は必ずしもその場で一番役に立つ体を持てるわけではなくて、何かの拍子に備わってしまった器官や能力を、だましだまし使いながら、なんとか生きている場合も多いんだからね」

☆　　☆

数日前のそんなやり取りを思い出して、ダイオードは口の中だけでつぶやく。

「……つまりこんなの、意味ないかもしれない」

そのとき、腹側視界に大写しになっているニシキゴイが動いた。正確には「姿勢を変える気配がした」程度の兆候があっただけだが、ダイオードはそれを鋭敏に察知した。

素早く回転腕木《スイングアーム》を起動し、昏魚《ベッシュ》の頭に網をかぶせる。

が、望み薄だと知っていた。この漁に必要な精密な接近をしていないし、そもそも今まで成功したことがないからだ。頭を押さえるこの行為が、昏魚《ベッシュ》の次の動きのトリガーになることが、今ではもうわかっていた。

ぐるん、と巨魚が体をひねる。間髪いれず、ダイオードは片舷スラスターを全開に。昏魚《ベッシュ》の爆発的加速とともに食らうはずだったひれの一撃を、半身を開いて回避した。

当然、避けた代償として姿勢も崩れている。テラが悲鳴を上げる。

「あーっ、この、このへそ曲がり！」

「すみません」

「違いますダイさんにじゃないです、この――」

「この手に負えないあいつとゲンドーと運命に」

「です！」

礁柱船《ピラーボート》は背面で落下。昏魚《ベッシュ》はさらに力強く上昇していく。それを眺めていたダイオードの耳に、しぶとい声が届く。

「ダイさん、五本目お願いします！」

「……ひとつ、聞いていいですか」

ぐるりと船をロールさせて、順面での緩降下に修正してから、ダイオードは尋ねる。はい、なんでしょう？　とテラが答える。

「ニシキゴイは誤差九〇センチ以内の超音速精密飛行をしないと獲れないかもしれません。それをやるにはゲンドー古式の漁法しかなくて、例のもやもやネットは無関係で、私たちが全然まったく見当はずれのことをやっているだけだったとしたら――どうします？　今からゲンドー流に切り替えますか？」

後席が静かになった。ダイオードは雲海を見下ろし、VUIの計器を確認し、空を眺め、また下方を見回して、一頭二頭三頭四頭、五頭もの獲物を見つけ出したころ、とうとう窒息しそうになった。

余計なことを言ったかもしれない。無理難題を解決しようと必死に強がっているパートナーの、やる気をへし折ってしまったかもしれない。

だとすれば背後のテラはきっと意気消沈している。あの大きな体をへなへなと縮めて、泣きそうになっている。なった、何度も、これまでに。

だったらまた叱りつけて——それは正直うざったくもあるけれど——やる気を取り戻させなければいけない。そうするしか道はないのだから。

ダイオードはそう決心すると、ひとつ大きく息を吸って、振り向いた。

「テラさん！」

「あっちょっと待って」

「……え？」

面食らった。後席にでかでかと拡大した一枚のＶＵＩ画面が浮かんでいた。そこに映し出された昏魚《ベッシュ》の三次元モデルの中と外を、青と黄色と赤と緑の多数の矢印が複雑に流動していた。

その見るからにクソ重そうなシミュレーション画面と情報処理的な格闘の真っ最中らしいテラは、笑っていた。正確に言うと頬を上気させて爛々と目を輝かせて口角を妙に上げて、あまり近寄りたくない感じで独り笑いしていた。ダイオードは引く。

「うわ」

「これ……多分これかも、まさかこれだけの器官でこんな効率、でもそれしか、電界計が
ですよ？　計っておいたのが奇跡ですよ？　そう来るかーって感じじゃないです⁉」

「すみません何言ってるか全然わかりませんし顔が怖いです」

「えっ怖いですか？」

テラがあわてて自分の頬を両手でむいむい揉んでから、弱々しく微笑んだ。

「こうでしょうか。――ってか、なんでした？」

「いえ」

ダイオードは首を横に振って、自分に作れる精いっぱいの応急笑顔で頭を下げた。

「ごめんなさい。私まだあなたを信じてませんでした。最高です」

「は？」

「なんでもないです、それ続けてください。進路どうします？」

「え？　あっはい！　じゃあ次の獲物をゆっくり追ってください！」

「ゆっくり、でいいんですか？」

念を押すと、ゆっくりで、なんとかしますという返事が来た。

「そのあいだにデコンプします」

「……どんな形に？」

「形は今まで通りです。あの器官をパクります。いえ、消化します」

「消化？」

「はい！」

高揚のあまり、麦わら色の金髪をジェルの中に大きく浮かび上がらせて、テラが身振り手振りで語ろうとする。

「この空の光と風を、消化してぶん回して飛ばすんです！　ってふんわりしすぎですね、つまり詳しく言うと――」

「言わなくていい」

これまで何度も味わわされた讃嘆と驚嘆を再び予感して、ダイオードは胸を高鳴らせる。

「いいです。言葉にしないで。力いっぱい好きなだけ、表してください」

3

忠哉《チユーヤ》の眼下でまた一隻、礎柱船《ピラーボート》が昏魚《ベッシュ》に追いついて捕らえた。間を空けずにデコンプを実行、紡錘形の大きな気嚢を二つ、船体に背負う形で水平巡航に入る。

今回の漁はニシキゴイ狩りの腕を比べているだけだから、漁獲高を上げる必要がない。

一頭取ったのでそのまま上空待機で様子を見るつもりなのだろう。

他の四人のように。

『シンチン氏のルウがうまくやったな。シンチン氏はここ一〇年、極冠軌道に当たっていなかったはずだが』

『まあ、あいつも長いからな。どこかでやり方を学んでいたか、今見てとっさに真似たんだろう』

『とっさで真似られるかね？　この漁は』

『条件は複雑だがたいして危険がない。深部逆転層での忍び漁だとか、浮遊噴出物《ワンダリング・イジェクタ》での掻き揚げ漁なんかよりはずっとシンプルだ』

『いくつかの環境対策と、あとは直進精度だけですもんね』

『まあその対策を知らなければ手も足も出ないわけだが……』

悠然と高みの見物を決めこんでいるのは、すでに漁獲した漁師たちだ。いずれも出漁歴二〇年以上のベテランばかりで、ニシキゴイ漁の経験もある。実際彼らの腕はたいしたもので、このうち二人は忠哉《チューヤ》よりも先に漁獲した。残る二人と、今しがた成功した一人も忠《チュ》哉《ーヤ》より年上だった。

そのうち一人が声をかけてくる。

『なあ、ゲンドーの。この運動会はいつまでやるつもりだね』

例の、最初に食って掛かったキールン氏の漁師だ。温かい海に囲まれたフォルモサという古い島から出た血筋だと称しており、言うだけあって見事にニシキゴイを獲ってみせた。口調が多少柔らかいのは、早獲り競争で忠哉《チユーヤ》に負けたせいだ。もっともその差は二分程度しかなく、実力というよりは運によって生じたものだ。

『見る限り若い連中は成果がなさそうだ。適当なところで切り上げちまっていいと思うがね』

「できれば時間いっぱいまでやらせてください」

他の礎柱船《ピラーボート》のように気嚢を作るでなく、空力と推力で飛行を続けながら忠哉《チユーヤ》は答える。

ほう、優しいな？　とキールンの漁師がいぶかしがる。

『腕の悪いやつを振るい落とすんじゃなかったのか』

「われわれも漁師の数を減らしたいわけではありません。ここで習熟してニシキゴイを獲れるようになる方がいれば、むしろ重畳というもの」

『ふうん？　まあ推進剤の無駄に終わらなきゃいいがな』

彼が軽口で切り上げたのは、忠哉《チユーヤ》に負けた引け目からだろう。

推進剤などどうでもいい、と忠哉《チユーヤ》は内心で思っている。燃料切れや事故に備えた救助船を今回も上空待機させているからでもあるが、それだけではない。任務のためだ。

忠哉《チユーヤ》はなんとしても、一人でも多くの優れたデコンパを連れ帰らなければならなかった。優れているというのは、単に経験豊富だとか難しい漁ができるというだけに留まらない。

それだけだったら、ここにいる四組━━先ほどの一隻が上がって来たので、五組で事足りる。

だがこの五組はすべて、鋏型航跡からの対腹併走、頭がけで昏魚《ベッシュ》を捕らえた。細かな相違はあるが、いずれもゲンドー古式のバリエーションだ。周回者《サークス》の早期に編み出されて、以後固定化したやり方だということだ。

それを実践したというのは、漁の腕前を示したことにはなっても、優れたデコンプ能力を示したとは言えない。優れたデコンパとは、他氏族のデコンプを巧みに真似できる者ではない。飛行が得手な者でもないし、昏魚《ベッシュ》を獲ることのできる者でもない。

本当に優れたデコンパは━━。

『お、獲った』

上がり組の一人がそう言い、どれだ？　と皆が注目した。あれだ、あれ、と旋回する光点のひとつに共有タグが付与される。

『━━ジャコボール・トレイズのサリンザーンだ。しかし、誰か面識があるか？　あれはどんな男だ？』

『おう、何度か一緒に飲んだよ。あれはだいぶ面白いやつで、飲ませると潰れるんじゃなくて逆にシャンとしてくるんだよ。飲めば飲むほど背筋が伸びる。漁師にしとくには惜しいぐらい真面目な男だ。しかしそれがどうかしたか？』

『えらくとんでもない獲り方をやったように見えた。━━あれが真面目な男だって？』

『とんでもない獲り方？』

ベテランの言に興味を引かれて、各自が本格的に望遠観測を始める。忠哉《チューヤ》も右へ倣う。

サリンザーンという男は知らないが、先ごろ揉めたばかりのトレイズ氏の漁師ということで警戒はしていた。

そして、聞いてしまった。

『本空域の皆さん、特にまだ獲れてない皆さん！　聞いてください、こちらはエンデ、じゃなかった、ジャコボール・トレイズのサリンザーンです！』

共通チャンネルで男名を名乗る女の声。ということはサリンザーンの妻アサーイか、と思った大勢の漁師たちの中で、ただ一人、忠哉《チューヤ》だけは息を呑む。

――これがアサーイ？　そんな、話したこともない女の声か？　聞き覚えが……。

その疑惑は、次のひとことを聞いて、あっさりと確信になる。

『新しいニシキゴイ漁ができました！　これならゲンドー式が難しい方でもできると思います！　今からやるので見ていてください！』

「なんだって？」

などという声を普段滅多に漏らさない忠哉《チューヤ》が、思わずつぶやいてしまった。そもそも、編み出したばかりの漁法は、気軽に人に見せびらかすようなものではない。

当然、共通チャンネルは漁師とその妻たちの叫びで満たされた。

『見せるの!?』『新しい漁ってほんとか』『あれはそんなたいしたものじゃ――』『いいぞ！ さっきの急加速、どうやったんだ？』『どこ？ 座標は!?』『ちょっと待て、いきなり人に見せるなんて早まるな！』

驚愕と制止と歓待と呆然、入り混じったあらゆる呼びかけにまるで耳を貸さず、トレイズ氏のマーカーを背負った礎柱船《ピラーボート》が次の獲物に追いすがる。雲の谷間へ降下して、突然何かに目覚めたように急上昇、力の限り天空を目指す色鮮やかな昏魚《ベッシュ》と絡み合うように、長い長い昇りを始める。そこまでは、この日すでに見慣れた光景だった。

しかし対流圏を過ぎ雲頂を越え成層圏に入って間もなく、礎柱船《ピラーボート》は突然相手の背中側へ回りこみ――つるんっ、と上へ出た。

「へ」

誰もが変な声を上げた。目を疑い、VUI映像の処理ラグを疑った。

それぐらい妙な動きだった。ろくなブースト噴射もしていないのに、下船後に船用盛装《デッキドレス》のポケットから噴き出す体液性ジェルのような行儀の悪さで、ちょっと余分に前進したのだ。

と、昏魚《ベッシュ》がグイッと食らいついた。

「あ！」

また声が上がった。今度は見たことのある動きだった。漁師が頭から網をかぶせようとした瞬間に起こるダッシュだ。

けれども今は網から逃れようとするのではなく、礎柱船《ピラーボート》に追随するかのようにぴったり真後ろにつけていた。

前後に並んだまま、なんと両者はさらに増速した。

「あーあああ……？」

もはや驚きや疑問の叫びではない。わけのわからないものを初めて見たときの人間たちが漏らす、感心と戸惑いの混じった頼りない声がチャンネルに漂う。なぜ先へ行く？　なぜついて行く？　どうやって速度を出した？　どうやってプラズマ防御を行ってる？

これはなんなんだ、現実なのか作り物なのか？

一切合切を高度五〇〇〇〇かそこらの低空に置き去りにして、ひとつとなった礎柱船《ピラーボート》と昏魚《ベッシュ》は高く高く高く昇って行き、高度一〇〇〇〇〇メートル、空が宙となる一〇〇キロのラインを越え、ニシキゴイにまつわる伝説が示すはるかな高み――一〇〇〇キロへの到達があるのかもしれないとみんなに思い知らせたところで、ぷつんと切れた。

連結が。礎柱船《ピラーボート》と昏魚《ベッシュ》との。あたかも一体だったかのような連動が。

動くことをやめ、可視光でも赤外線でもマイクロ波以下の電波でもほとんど放射をしなくなった大きな生き物が、傾きながら離れていく。いや、これまでの惰性があるのでいきなり落下はしないが、もはや礎柱船《ピラーボート》にはついていけない。ゆっくりと放物線の残り坂を消化していく。

と思うと先行の礎柱船《ピラーボート》が一八〇度向きを変えて、穏やかな噴射で後戻りした昏魚《ベッシュ》はもう、真横にぴったり寄り添っても無反応だ。

自由落下しながらデコンプで包みこみ、切り離して熱気球を仕立て上げ、そいつを上空に残して意気揚々と動力降下を開始しながら、デコンパが宣言する。

『これがダイ、いえ「昇り魚の飛び尽くし漁」です！』

「もうちょっとなんとか」

してほしい、名前を。

後半は飲み込みつつも忠哉《チユーヤ》はすっかり惹かれている。撮影した映像をただちに船機に放りこんで分析を命じたが、開漁《アプローチ》から退漁《エグジット》までの全漁程《トラジエクトリー》をプロセス化したのに、その大部分が意味不明だ。何を狙ったのか、なぜ狙ったのか、何をやったのか、何が起こったのか、ほとんど何もわからない。昏魚《ベッシュ》が勝手についてきて勝手に力尽きた。読み取れるのはそれだけだ。

周回者《サークス》三〇〇年の歴史にない漁が出た。理屈抜きで笑いが漏れる。

と思ったらサリンザーンからバイナリで全漁程《トラジエクトリー》が送られてきた。忠哉《チユーヤ》にだけではない。全船宛だ。肩を震わせながら目を通した忠哉《チユーヤ》は、その内容に寸時絶句し、やがて今度こそ屈託なく笑い出す。

「電荷交換加速……！　なるほど！」

眼下では、それを始めた一隻の周りで、一〇隻以上が試し始めている。

「電荷交換加速！」

二度の漁獲を成功させて降りていく礎柱船《ピラーボート》。そこでようやく原理を聞かされたダイオードは、振り返って大きくうなずく。

「はい、続けて」

「まあ単語ひとつじゃわかりませんよね」テラが軽く苦笑する。「ひらたく言えばプラズマのパワーで加速しました」

「ひらたすぎませんか??」

「ええ、それが簡単にできるならみんなやってますよね。まずプラズマシャワーは上から降ってきてるんで、上昇すると正面から食らっちゃって、普通なら加速どころか被曝してやられてしまいます」

「ですよね。じゃあ一体どうしてそれができるんですか」言ってから、うさんくさそうな顔でつぶやく。「ひょっとしてあの奇網《ワンダーネット》の働きですか？　交換する熱がないとか言ってたのに」

「ええ、交換する熱はありません。あれは膜を通して別のものを交換する網だったんですよ」

ダイオードの手元に、テラがしきりにいじっていた一枚のＶＵＩ画像が飛んできた。

「見てくださいね。ニシキゴイは大きく開いた口の周りに血管が密集していて、ここでまずはプラズマシャワーを受け止めます。この盛大に粒子線を被曝した血液が全身に回ると、いろいろ大変なことになりそうなんですが、そうはなりません。この血液は少し奥にある奇網《ワンダーネット》を通ってまたすぐ口先に戻ってきます。いっぽう奇網《ワンダーネット》より奥には別の血管系があって、こちらが内臓や後部の体表へと巡っています。奇網《ワンダーネット》によって交換されるのはただひとつ、電荷なんです」

「電荷？　電荷なんか交換してどうするんですか？」ツイスタであって化学者ではないダイオードは懸命に理解しようとする。「血管にスポーツ飲料が流れているとでも？」

「スポーツ飲料かどうかわかりませんけど、人間が飲んだら体が爆発してしまうような何かだと思います」テラも無理に細かいことを説明する気はないようで、困った顔で話を進める。「とにかくそこで、プラズマシャワーのエネルギーを受け取っているんですよ。で、それを体内の磁界に通すことで推進力を得る……」

「推進力？　そんなバカな」わかる言葉が出てきたのでダイオードは食らいつく。「今なにも噴射しませんでしたよね。噴射せず進むんですか？　物理やばくないです？」

「噴射しなくても力は生じますよ。ローレンツ力です」テラは図解を両手で押し出して対抗する。「磁界に電流を通して力を発生させる有名な仕組みがありますよね？　電気モーターっていうんですけど。あれロケット噴射してますか？　ゴーッて火を吐いて回ってますか？」

「噴いてるわけないでしょうバカにしてます？　いえバカって言ったのは私ですけど」ダイオードは懸命に、巨大な信じられなさを言葉にしようとする。「前からぶち当たってくるプラズマシャワーをまともに受けてるのに、それでさらに前へ進むなんて、絶対おかしいです！　エネルギー保存則に反してます！」

「プラズマシャワーは運動エネルギーのほかに電気エネルギーを持ってくるんですよ、その電気エネルギーのほうがはるかに大きいんですよ！」観念よりも明らかな現実を盾にして、テラが力説する。「電気エネルギーの収支で見れば矛盾は生じてません！　ニシキゴイは荷電粒子線の電荷を汲み取って体内で回せる構造をしていて、それが汲み取れるのは正面から照射を受けているときだけで、だからオーロラが降ってくる空を目指すときにだけ、とんでもなくぶっ飛んだ加速のできる生き物なんですよ！」

はあはあと息を荒らげて二人はにらみ合う。船はゆっくりと降りている。

「……ニシキゴイは、って言いましたよね」

「ええ」

「コイはひとまず棚に上げます。じゃあ船は？　今の話が、この船のさっきのトンデモブーストの説明になってます？」

ダイオードは自分のＶＵＩを見回して、ついさっきテラに追加されたばかりの仮想レバーを叩く。

「これ押しただけで、なんであんなヌルッとした気持ち悪い加速ができたんですか?」

「そういうデコンプしましたから」テラは初めて、澄んだ笑みを浮かべた。「以前、船の外板を回し続けようとしましたよね。失敗しましたけど。なので、今回は船に血管を通しました」

「……すみません、血管って」ダイオードは想像しようとして、額を押さえる。「いまこの船、全長二〇〇メートルかそこらありますけど、その中に想像力だけでくまなくパイプを張り巡らせたってことですか」

「いえ全体じゃなくて後ろ半分、エンジン支持構造のあるあたりだけですけど」

「それだってホテル一軒建てるぐらいの配管は必要だったんじゃないですか⁉」

「どっちかといえば自分の体内の血管の真似をする感じですか」

「普通、自分の体内の血管を全部知ってる人いませんよね?」

「そんなに心配してくれなくても大丈夫ですよー、配管っていうのは、ポンプを動かせば勝手に液体が巡ってくれる構造なんですから」テラは笑っているが、それは力を出し切った人間が満足してぶっ倒れる前の笑みだ。「外板を変形させ続けて滑らせ続けるよりも、はるかに楽ちんですよー」

「いや、それ、テラさん……ああ」

あまりの無茶に、実感がまだ追いつかない。何か言おうとして、ダイオードはあきらめる。つまり彼女は、疑似的なものとはいえ、ひとつの生き物の体を再現したのだ。無茶を言うなと責めるべきなのは、彼女の挑戦ではなくこの漁そのもの、いや、この苛酷な極域での生そのものだろう。

ダイオードは軽く首を振って、最後に残った疑問を口にしようとする。

が、言い始めた途端に答えがほの見えていた。自分は、あいつと同じだった。

「それで、ニシキゴイはどうしてあんなに、昇るんですか」

「それはほら、ダイさん」ふわふわと頭を揺らしながら、テラがささやく。「結局エダさんの子供たちですからね」

「……雲海の？」

「雲海から、いずれ出ようとしている、です」

直後にふぁーあ、と大きなあくびが聞こえた。

「ちょっと、テラさん？」

後ろに目をやったダイオードは、仮想スロットルパネルを適当に操作して船を水平巡航に入れた。一度試し、二度試して確かめた。自分たちは網を打ち、漁獲を遂げた。

二〇〇〇〇トンは堅い大物だった。しばらくは何を示す必要もない。

操縦ピットを結合して、パートナーのそばに入った。

「おつかれさまでした」

こっくこっくと首を傾けて居眠りするテラの肩をつかんで浮かび上がり、漂う金髪を撫でつけて、その頭をダイオードは抱いた。

周りの空では漁師たちが乱舞している。誰もあのやり方を再現できていない。伝統芸とは根本的に異なる、あんな建築生物学的なデコンプはおいそれとできるものではない。もし出来るとしても、せいぜいベテランが一、二人だろう。普通、そんなやり方は実現可能性を疑われるものだが、テラは手順をすべて公開してしまったから、疑念は生じようがない。単にテラの才能の大きさが強調されるだけだ――。

「……ふふっ」

いや、自分たちは今、トレイズ氏の漁師としてここに来ている。

だからゲンドー氏の鼻を明かした者としての名が周回者《サークス》史に残るのは、サリンザーンとアサーイ夫妻の名だ。きっと二人は突然降って湧いた栄誉に困ってしまうだろう。それともももっともらしい顔で受け止めるだろうか？

まあどっちでもいいことだ。そんな話が持ちあがるころには、自分たちはもうこの星にいないのだし――さもなければ周回者《サークス》そのものが一人の男に支配されて別の何かになっている。

そのことを思い出して、ダイオードが気持ちを引き締めたとき、VUI上で黒い花のアイコンが点滅した。

『サリンザーンさん、水揚げおめでとうございます。少し個人的なお話をしていいでしょうか？』

忠哉《チユーヤ》だ。ダイオードは緊張し、軽くのどに触れて答える。

「あ、あー。サリンザーンだ。ありがとう、何の用だろうか」

『寛和《カンナ》さまですね？』

ひぐっ、と思わず変な声を上げてしまった。それからため息をついて変声アバターを切り、本当の声と姿を現した。

「そうですよ。なんでバレました」

『きっかけは声ですが、決め手はデコンプです。あれは余人には難しい』

「まあ無理でしょうね」

『それにしても、生き延びただけでなく、こんな形でいらしていたとは』つかの間ダイオードを眺めて、忠哉《チユーヤ》は目礼する。『驚きました。「フョー」のほうには亡くなったとの噂も流れていたので』

「生きてますよ、この通り。——で？　それをまた取り押さえるつもりですか？」

尋ねてから、そうしたいなら黙ってするはずだ、と気づいた。

『いいえ、お二人にお願いがあるのです。頼み事など、とても出来た義理ではありませんが、聞いていただけませんか』

「お願い？」

　ダイオードが眉をひそめたときだった。

「それは瞑華《メイカ》さんが乗っていないことと関係あるんですか？」

　隣でテラが目を開けていた。ダイオードへ軽く微笑んでから、忠哉《チューヤ》に向き直る。

「そこにいませんよね？」

　忠哉《チューヤ》は無表情に答える。

『急に何をおっしゃるんですか？』

「急じゃないです。ずっとあの人の発言がないから気にしてました。でも決め手は船の形です」テラは上空の忠哉《チューヤ》機の映像を拡大する。「いま気嚢なしで飛んでますよね。瞑華《メイカ》さんがいないから大規模なデコンプができないんでしょう。あなた今日はずっと、オートでできそうな定型の変形ばかりでした」

『……』

「そんな船で一頭水揚げしたのは、本当にすごいと思います。あなたの技量はたぶん、ここで一番です」

　肯定されるか、でなくても見え透いた否定が来るだろうとダイオードは思った。

　だが返事はなかなか来なかった。テラが呼ぶ。

「忠哉《チューヤ》さん？」

『……ご明察ですが、ひとつ外れた点がございます。重ねてお願いするのですが、内密の話をさせていただいてもよろしいでしょうか』

テラが振り向いたので、ダイオードはうなずいて見せた。

「どうぞ、忠哉《チューヤ》さん」

『瞑華《メイカ》様を助けてください』

落ち着いた、しかし大きな感情を含んでいそうなひとことだった。二人は動きを止める。

「……どういうことですか？」

『瞑華《メイカ》さまほか何人もの網打《デコンパ》ちさま方が、芙蓉《フヨー》は枢軸院《スージクイン》に囚われておいでです。わが族長、白膠木《ヌルデ》仕切鬼蛍惑《シキリヨーニケイワク》は、ご自分の娘を玉手箱《タマテバコ》の鍵となしてしまわれたのです。このままでは何もかもが瓦解してしまいます。どうかお助けを……！』

「待ってください忠哉《チューヤ》さん、いっぺんに言わないで」

彼をなだめてから、テラがささやいた。

「タマテバコっていうのが、例の舵輪《ヘルム》なんですかね？」

「たぶん。玉手箱はゲンドーの童話に出てくる、急速加齢ガスの詰まったトラップ箱のことです。きっと重要な機能がある危険な装置だから、そういう名前なんですよ。でもそんなことより――」

ダイオードはテラと通信を交替した。次号《ジゴー》さん、と呼びかける。

「あなたにひとつ言いたいことがあります。──それ陰謀ですよね。あなた、ずっとその陰謀に従って動いていながら、今になって助けを求めるのは虫がよすぎませんか？　これまで私たちに何をしたのか忘れたんですか？」

青年は深々と頭を下げて答えた。

『それについてはお詫びのしようもございません。害意はなかった、とも申しません。一時は確かにあなた方を捕らえて、白膠木《ヌルデ》さまに差し出すつもりでおりました。しかし……それもすべて瞑華《メイカ》さまのためでした』

「瞑華《メイカ》なんか箱に詰めて恒星マザー・ビーチ・ボールへ撃ち出してやりたいって思ってる私に、それ言います？」

『お気持ちはわかります、そう思われるのは当然です。お咎めは、ことが終わりましたらすべてこの次号《ジゴー》が承ります。ですからこのことだけは、聞いていただけませんでしょうか』

「さっきから頼む頼むってそればっかり！」

「ダイさん、あれ！」

VUIに向かって怒鳴ろうとしたダイオードを、テラが揺さぶって上空の映像を指差した。

そこで信じられないことが起こっていた。炎を吐いて旋回し続けていた一隻の礎柱船《ピラーボート》が、ゆるりと溶けるように輪郭を失って落下を始め――見る間に大きな逆さの壺のような形になったかと思うと、再びしずしずと上昇を始めたのだ。

「デコンプ……」

「定型じゃないです、あれ人がやってます！」

「――次号《ジゴー》さん？」

テラが言うことの意味をまだ汲み取れないまま、ダイオードはＶＵＩ画面に目を戻す。忠哉《チューヤ》は前かがみで額を押さえていた。単に頭を下げているのではないことがダイオードにはわかった。それは苦痛をこらえている姿だった。

「デコンプ酔い……？」

『はい――』うっ、と口元を押さえて青年は声を震わせる。『私は網が打てるのです。ですがご承知の通り、弦道《ゲンドー》では網打ちは女の仕事であり、男がそれに手を染めるのは恥だとすら思われています。そしてもちろん、このことが白膠木《ヌルデ》さまに知られれば、私はやはり箱の鍵とされていたはずでした』

忠実な随身《ズイジン》は、ぐいと口元を拭って顔を上げた。

『瞑華《メイカ》さまは、だからこそ私をここへ送り出してくださったのです』

『あのっそれとオレのためでもあるっす！』

突然、忠哉《チューヤ》の後ろから女が顔を出した。ダイオードは一瞬驚いてから、相手の顔を思い出す。

「あなたたしか……ランジュ、とか言った？」

『ハイそうっす蘭寿終夜立待《ランジユヨモスガラタチマチ》っす！　覚えててもらえて嬉しいす！』

「あなたがデコンプしてたの？」

『してないっす、座ってるだけっす！　やれるかもと思ってたけど、本物の礎柱船《ピラーボート》のデコンプって難しいっすううう！』キモノはちょっと上等にして、しかし髪形はいつぞやのバードヘアをそのまま操縦ピットまで保ってきた女学生が、大型獣の檻に放りこまれた中型獣ぐらいの弱った顔で訴える。『もともと最初はオレが白膠木《ヌルデ》さまの御用で召されるはずだったんす。なのに瞑華《メイカ》さんが割って入ってくれて。それで逆にオレが忠哉《チユーヤ》さんの後席をやることになったんす』

『寛和《カンナ》さま、お聞きの通りです。瞑華《メイカ》さまは、今こういった者たちの身代わりになってお られるんです』

「待って待って、どんな話かと思ったら——」ダイオードは手を振って先方の映像を消し、耳を塞いだ。「聞きたくないですよ、そんな話！」

「ダイさん……」

「あれだけ好き放題やられて私もテラさんも追っかけられて困らされて、そして脱走しなければ代わりにその鍵とやらにさせられていたかもしれないんでしょう？　そんな女が飼い犬にちょっと情けをかけてました、本当はいい人なんでしたって言われても、だから何って感じですよ知るかバカ百億万年会いたくない！」

「ダイさん」

手を握られた。何か教え諭されるのかと身構えかけて、ダイオードはさすがにもう、気づく。

「じゃ、逃げましょうか」

テラが、仕方ない、という感じで微笑んでいた。

「とにかくなにがなんでも生理的にイヤ、ってことはありますよね。逃げちゃいましょう。今ならまだ私たち、サリンザーンさんで通りますから、どこか他の氏族船に……」

その結果新たに生じるはずの、山のような面倒事も、一緒に背負ってやりくりしましょう、という顔だった。

「っはああああぁ……！」

盛大にダイオードは肩を落とした。

「ずるい」

「ん？」

「自分を人質にして」

「なります？　私なんかで」

「なりすぎです。でもテラさん」顔を上げる。「テラさんこそ許すんですか。あの変態女とその他もろもろを」

「その辺のことは棚上げにする方向ですね。忠哉《チューヤ》さんに貸しを作ったら、この先動きやすくなる気がするんですよ。それが最適ルートかなって」

そういうテラの表情が、少しだけ硬いような気はした。つまり、彼女も思うところはあるのだろう。

話しているうちにダイオードの気持ちも多少変わっていた。つまりは、飲みこむための水が必要なだけだった。

もう一度チャンネルを開く。

「次号《ジゴー》さん」

『はい』

「わかりました、あなたと瞑華《メイカ》を助けます。その代わり、あとで私たちの逃亡も死ぬ気で助けると約束してください」

「破ったら全部バラしますからね」

きっぱりとテラが付け加えたひとことで、少しだけ気が晴れた。

『同意いたします』

忠哉幻日斎次号《チューヤゲンニッセージゴー》が目礼した。

4

オーロラ輝くファット・ビーチ・ボールから昇って来た二十余隻の船団が、遠点での大噴射を次々に終えて衛星軌道に乗った。隊形を整えてゆるやかに接近していく先は、つややかな赤桃色の花弁を宇宙空間に広げる氏族船「フョー」だ。はるかな汎銀河往来圏《ギャラクティブ・インタラクティブ》へ漁に出かける構想に賛同して集まった各氏族の礎柱船《ピラーボート》たち一五隻と、先導のゲンドー船が数隻である。漁船の中には試練を乗り越えたものもそうでないものもあるが、いずれにせよ補給が必要なので一度入港せねばならない。「フョー」航管との交信を無事終えて、南極側の萼筒港《がくとうこう》への最終進入を開始した。

と、いう建前で訪れた船団が、実は丸ごと反抗者たちの集まりになっているとは、「フョー」の誰も知らないことだった。

「とりあえずここまでは問題、起きてませんけど……」

本日のMVPということで梯形陣の先頭につかされたテラが、前後を不安そうに見比べる。

「大丈夫ですかね？　いきなり航管にバレちゃわないかな」

「大丈夫なんじゃないですか。監視船の乗員が何かたくらんで来ない限りは」

「そういうの、たくらんできますよね!? アクションものなんかでは」

「私たちが痛快爆発ド派手コンテンツにならないよう祈りましょう」

一四隻の漁師たちは、蓋を開けてみれば全員が打倒白膠木《ヌルデ》を目的とする襲撃者で、トレイズ船ともともと密約を持っていた四隻が呼びかけると、残りもすべて合意した。審判役を決めこんでいたゲンドー氏の監視船は、忠哉《チューヤ》が話しかけて隙を作り、数隻がかりで船ごと取り押さえた。

その船は現在、船団の中ほどで礎柱船《ピラーボート》が囲んでいる。何かしでかしたらデコンプでサンドイッチにしてしまうぞと脅してあるが、命懸けで暴れられたら防ぎようがない。

他にも問題は二つあった。ひとつはテラたちがまだ漁師同盟に正体を明かしていないことだ。白膠木《ヌルデ》に対して勝ち目が見える、ギリギリまでひっぱるつもりでいる。それが吉と出るか凶と出るかはわからない。

もうひとつは、その勝ち目をどう見つけるかだった。

「次号《ジゴー》さんは親族やら何やらに協力させるって言ってますけど、それだけじゃちょっと頼りないんですよね」

精密な調整の必要な港湾進入を、例によって手動で器用にこなしながら、ダイオードが言う。その腕前に感心しつつ、テラは尋ねる。

「頼りないんですか？ しっかりした人に見えましたけど」

「本人が頼りないんじゃなくて、次号《ジゴー》家が弱いんです。いまゲンドーで有力なのは白膠木《ヌルデ》の蛍惑《ケイワク》家と、その息のかかった儀典部なんですけど、人事や資材の割り振りでは、蛍惑《ケイワク》の取り分を全体の一〇分の六ぐらいとすると、次号《ジゴー》は二〇分の一ぐらいですね。昔ちょっと族長に逆らったとかの些細な理由で、ずっと割を食ってる気の毒な人たちです」

「二〇分の一！　あ、そういえばダイさんのお父さまは？　長老株を放棄したとは聞きましたけど」

「あの人も家同士の力比べで言えば、プリンタトナーの粒ぐらいの存在感ですよ。まああないよりはマシですか」

ダイオードは忠哉《チューヤ》を呼び、父と連絡を取ってよいか尋ねた。返事を聞いてかっと牙を剝く。

「あっのうっかりぼんやり父、すでに捕まったそうです。逃げる知恵ぐらいあると思ってたのに！」

「ああん……」

「テラさんこそ切り札を使ったらどうですか？」

「切り札？　ああ、はい」

テラは事前に取り決めておいた通信プロトコルで呼んでみる。

「エダさん、生きてますか？」

彼女は、インソムニア号は、今でも無事だろうか。

息詰まる数秒の後、ミニセルがぴこんと点灯して白衣の女が手のひらサイズで現れた。テラの顔の前で手を振る。

『おっテラちゃんだ、今日も可愛いねー。こっちだいじょぶよ、故障して動けなくなったふりして警備をだましてる。そっち今どこ？』

「よかった。港のすぐ外です」

安堵した途端に、ダイオードがズガッとピットごと真横に下がってきた。ぎょっとするテラに、見せろと手ぶりで示す。

「はい――」

「通名ダイオード、本名寛和石灯籠弦道《カンナイシドーローゲンドー》、テラさんのツイスタで私的パートナーです。こっちを見なさい、エダとやら」

居丈高に宣告してテラの左手を覗きこむ。テラはあわてて制止する。

「だっダイさん⁉　いきなりそんな言い方しなくても」

「それはこっちの台詞ですよ、何いまのなれなれしい！　ざけてんじゃないですよ何が可愛いだ誰のだと思ってんだ、それにテラちゃん？　なんでそんな呼び方許してるんですか！」

「そっそれは許してるとかじゃなくて勝手に言われてるだけで、この人、初代船団長ですごく偉くて言い返せなくて」

「初代がなんだってんだ死人じゃないですか！　いいですよ私が抗議しますよインターコ

ンチネンタルさんて呼ばせますよ。聞きましたかエダ、以後テラちゃんは禁止――」

『っはははは、あっはっは。ああそうなんだ、君らこうなんだ？　かっわいー若いー』

　小さいエダが腹を抱えて笑い出したので、二人はいったん口を閉ざした。しかしダイオードが咳払いして挑む。

「真面目に話してます。テラさんをたぶらかすな」

『えー別にたぶらかしてないけどな、これは必要な情報のやり取りよ。そこに潤滑剤として親密さを添加してるだけで。ねっテラちゃん？』

「あのすみません。それやめてください……私、ダイさんのなので」

『んっ』

　エダはうつむいて眼鏡を手で押さえ、少しのあいだ震えた。

『つまりそれが……君の取り戻したいものだったと』

　不意に時間が巻き戻った。テラは、「アイダホ」で投げかけられた問いを思い出す。

「えっとダイさんの性格もですけど、存在というか触れられるものというか、つまり体？　だと……思います、はい」

「やめてくださいよマジで言わなくていいです！」

『了解』

　短く答えると、エダは短髪を軽くかきあげ、片手を胸に添えてダイオードに一礼した。

『ドライエダ・デ・ラ・ルーシッド、享年二九歳だ。からかって悪かったね、以後控える。君らとは朝まで馬鹿話をしていたいけれど、今そんなひまはない、たぶん到着までにお茶を一杯飲む程度の時間しかないだろう。情報交換に徹することにするが構わないね？』

突然の変化にダイオードが軽くのけぞったが、「いいでしょう」と同意した。

『てことでしばらく、相互理解の多いあたしとテラくんで話す。テラくん、説明するが』

「あ、はい！」「くっ……」

ダイオードが歯噛みしつつも口を閉ざした。

『こっちでは現族長の白膠木《ヌルデ》とかいうやつが、玉手箱を開けて悪さし始めた。玉手箱ってのは、旧追放船団時代に仕込まれていた、何も面白いところのない機械なんだけど――』

「あの、玉手箱知ってます」

『知ってる？』

「はい、忠哉《チューヤ》さんが話してくれたのと、ほかいろいろ情報がありまして。一六隻の氏族船を好きに操る装置ですよね？」

『そう、それだ。話が早いね。それでみんなで汎銀河往来圏《ギャラクティブ・インタラクティブ》へ乗りこもうなんて言い出してるわけよ。つまらん展開だ』

それを聞いて、テラはおずおずと尋ねた。

「あの……エダさんて往来圏へ帰りたいんですよね。だったら白膠木《ヌルデ》さんと手を組もうとかは考えないんですか」

　言わないほうがいい気もしたが、確認したほうがより良いに決まっている。

　すると意外な返事があった。

『いやーそれはないね、検討にも値しない』

「そうなんですか？」

『あたしの目的は、ばらばらでひどく薄れて不確実だ。それは身軽な君らと組んだとしても、追い切れるかどうかわからないかすかな手掛かりで、ましてや氏族だとか社会だとかを担いだ、うすのろのでかぶつなんかと組んじゃったら、とうてい捉まえられなくなるようなものなんだよ』

「……」

　エダは底意の読めない試すような目をしている。いや、ミニセルの小さな投影像ではよくわからないが、彼女の目的なんてものに踏みこんだら、捉えどころのない入り組んだやり取りがいくらでも続くに違いなかった。

　だからテラは。

「よくわかりませんけど、当面こっちについてくれるってことですね？」

『そーよ。当面、そしてきっと最後までね』

　あえて思い切り都合よく解釈した。今のところは。

「……ええと、話を戻しますけど、白膠木《ヌルデ》さんが周回者《サークス》を支配することは止めなきゃいけませんよね。そしてそのために、またこれ自体を目的として、私たちは捕まってるデコンパさんたちを助けたいんですよ」

『ああ、箱の鍵だね』

「それです！ 忠哉《チューヤ》さんも言ってましたけど、鍵ってなんですか？」

『玉手箱は二四人以上のデコンパと物理的に接続したときに起動するシステムなんだ』

「二四人……と物理的に接続？」

『そう。「フョー」の中央近くに隠された部屋があって、そこにコア装置とベッド群が設置されている。そこに一三人のデコンパを昏睡状態で寝かせたときから段階的に起動が可能になり、すべてのベッドを埋めると全機能が解放されるようになっている』

「それって少し、いえ、めちゃくちゃ非人道的な装置に聞こえますけど!?」

『そりゃそうだよ。だって玉手箱は、防軍《バオジュン》の管理者が追放脱圧者たちを制圧した状況下で使う装置なんだから』

「追放脱圧者……」

『周回者《サークス》の先祖が開拓者じゃなくて追放者だったって話はもう聞いてるね。そういう連中が指揮装置を掌握して、勝手に汎銀河往来圏《ギャラクティブ・インタラクティブ》に帰ってきたら困るだろう？ だから防軍は、反乱者たちが自発的には使えない仕組みを装置に組みこんだ。それが玉手箱だ。なんで二四人必要かわかるかい？』

「その当時、追放者たちには二四の氏族があったから？　つまり……全氏族が一人ずつ人質を差し出さなければ、稼働しない装置？」

『そうそう、そういうこと。テラくん今日は理解が早い。頭なでなで』

ふざけた言い方をするエダが白膠木《ヌルデ》と手を組まないわけが、なんとなくわかった気がした。テラが口元を押さえて隣を見ると、ダイオードが同じように苦い顔でうなずいてくれた。

「ひどい装置です……なんでそんなもの作ったんですか」

『それは作ったやつに聞いてみなくちゃわからんけど、思い出話をするなら、当時は普通の人間のほうが、デコンパを気持ち悪いと思っていたからね。それでやつらはあまり抵抗を感じなかったんだろうよ』

「エダさんは違った？」

『もしあたしがそっちにいたら、きっと三年目の反乱のときサクッとぶち殺されてたよ』

「はは……」

エダのごく軽やかな口調は、こういうことを人に告げ続けてきたから身に付いたのかもしれないとテラは思った。

「とにかく――そういう装置に、知り合いが捕まっているんです。何かうまく助けられる方法はありませんか？　エダさんの船団長権限とかで――」

『玉手箱の機能はまさに船団長権限とかぶってる。どちらが強いかって話になるけど、当然、厳重な認証手順を経るあっちのほうが強いね』

「で、でも今はまだ完全に動作してないんですよね？」とっさにテラは食らいつく。「その、まだ向こうの自由にならない機能をこっそり使うことで、うまく隙を突けませんか？」

『おっテラくん、おもしろいところに目をつけるね』パチッと指を鳴らす。『準稼働状態ではリーチしてない権能を利用する死角攻撃か。うーんと……こんなのはどうかな？』

　エダの姿がワイプして簡単な図面に切り替わった。ひと目見て理解できたが、テラは言わずにはいられなかった。

「だ、だいぶ荒っぽくないですか……？」

『荒っぽいけど多分死にゃしないし、何よりこれはバレない。奇襲の要諦はタイミングと単純さだ。ややこしいやり口は無駄だし無理だよ、練習の時間もないのに』

「う……確かにそうですね」

『君ふくめ一五組の漁師が白膠木《ヌルデ》に会いに行く。その最初の対面で片付けよう。今回は様子見だなんて思っちゃダメだ。相手だってこんないさかいは初めてなんだから、きっとうまくいくさ』

「だといいですけど。それでエダさんの手を借りる点については……あ、小角《オツノ》お父さまのおかげだとしておけばいいか。ダイさんいいですか？」

『ダイちゃん、前でお仕事中』

はっとしてテラは船の周囲を見回す。花のつぼみの外皮のような対デブリ防護殻を過ぎて、武骨な港湾砲の前を過ぎ、萼筒港《がくとうこう》に入っている。金属チューブ型の桟橋が近づきつつあり、いつの間にかピットを前に戻したダイオードが、注意深く舵を取っていた。

少しだけ顔を向けて言う。

「最終進入中です。本船ドッキング後、船団全部が着くまでまだ少しあるから、そのあいだに他の人たちと連絡を取ってください」

「はい！」

「流れは聞いてました、任せます」

テラは「フヨー」側に拾われないよう、秘匿チャンネルで船団に作戦を話した。同時に忠哉《チユヤ》からも、入港後に素性がばれないように、テラたちだけ別ルートで街に入る案内が来る。

その最中に礎柱船《ピラーボート》は桟橋に性急に近づき、ぶつかる直前にふわりと減速して、柔らかくドッキングした。無線で最後の調整に忙殺されていたテラは、エダの含み笑いを耳にする。

『なるほど、うまいね』

「でしょう？　私これが大好きで」

『うん、ごちそうさま。あたしはこの辺で引っこむわ』

「あ、その前にちょっとお聞きしたいんですけど——エダさん？」

ミニセルから白衣の姿が消えた。

ダイオードがピットをそばに寄せて、「降りますよ、いいですか」と、ドッキングハッチとは反対舷の船陰を指差した。

自分たちのこと、エダ自身のこと、GIのこと、それにデコンプのこと。いろいろと話したいことはあったのだが、今は時間がなかった。

「エダさん、またあとで」

そう言って、テラは手早く下船の支度を始めた。

5

やれと強要され、なぜやったと叱られ、いつでも常に口出しされ、かと思えばやった報告をしても無視される。

そんな黒い痛みに心を押し潰されていた瞑華《メイカ》は、顔に当たる光に目を覚まされた。

天井から小さなスポットライトで照らされており、それを遮って彫りの深い壮年の男の顔が逆さまに覗いており、自分は引き出し型の寝台に収まって、壁の棚から頭だけ引き出されている。

「フョー」の枢軸院《スージクイン》、玉手箱《タマテバコ》と呼ばれている部屋だった。

逆さ男が、瞑華《メイカ》の頬の涙を、労わるような手つきで拭う。

「大丈夫かい、瞑華《メイカ》。被験に耐えられるかい」

瞑華《メイカ》は、にんわりと口の端を持ち上げて答える。

「大丈夫ですわ、お父さま。この程度ならたいしたことはありませんわ」

「でも、つらいのだろう。苦しいのだろう。どうしてもだめだったら、誰かに代わらせるからな」

「その必要はありませんわ、お父さま。この機械はきちんと加減してくれるみたい」

「そう、もちろんそうだ。でなければたとえ弦道興隆の大義のためでも、大事なおまえをここに入れたりはしない……」

男——白膠木《ヌルデ》は少しだけ安心したような顔で目を細めた。

「それも長い苦痛ではない。間もなく届く一五の鍵をここに収めれば、おまえを出してやれる。あと少しの辛抱だ」

「ええ、わかってます」

「もちろん、約束はきっと守るからな」

「ありがとう、お父さま」

周りの随身《ズイジン》が瞑華《メイカ》の体調を慮って、しばしの休憩を進言する。鷹揚にそれを許して、父は部屋から出ていった。

周りに誰もいなくなると、瞑華《メイカ》は頑丈な寝台を内側から拳で殴りつけた。

自分は確かに耐えられるし、ありがとうと言った感謝の気持ちも嘘ではない。

だが、耐えられるのは普段から同種のストレスにさらされているからだし、感謝しているのは父がこちらを侮って詮索しないからだ。決して大義に殉じたいと思っているからではないのに、父はまるで理解していない。自分の娘を従者のように見なしているし、その娘が忠哉《チューヤ》と婚約したのは改心したからだと思っている。

そして寛和《カンナ》はもう手が届かない。

それらもろもろの一切合切が、骨が痛むほどの強さで壁を殴りつけた、瞑華《メイカ》の理由だった。

隣の別の寝台が棚から勝手にグィと飛び出し、「うがあぁぁ！」と奇妙な悲鳴が響いた。

担当の随身《ズイジン》が駆けつけて被験者の状態を調べ、飲み物をあてがい、寝台を出したままで去った。すぐにまた押しこめる状態ではないが、連れ出すほど重態でもないと判断したらしい。

あとに残された被験者が愚痴をこぼす。

「くそったれが、なんてひどい機械だ。まったくなんて趣味の悪い設計だ」

男の声だった。男がこの玉手箱に入れられているというだけでも、珍しくて居たたまれないことだったが、声で誰だか分かったので、瞑華《メイカ》は興味をそそられた。

遠い親戚にあたるこの男とは挨拶ぐらいしかしたことがない。だが共通の話題があるはずだった。

わずかに身を起こして近くに随身《ズイジン》がいないことを確かめつつ、隣を覗いてささやきかけた。

「こんばんは、寛和《カンナ》さんのお父さま」

先ほどの瞑華《メイカ》と同じように頬を拭っていた、少年のように童顔の小柄な男が、目を向けた。

「おやこれは、白膠木《ヌルデ》のお嬢さん」

「ずいぶんうなされてましたけど、どんな悪夢を？」

「去っていった人々が不幸せになる夢を……いや、あなたに言うことじゃない。どうもお見苦しいところを」鼻水を手の甲でぬぐって小角《オヅノ》が顔を背けた。「心配御無用だ。見回りに戻られるといい」

「私も被験者ですわ」

「なんだって？　あなたはどういうつもりで？」

ただ驚くだけでなく聞いてくるのは、さすが寛和《カンナ》の父親だと思った。

「なぜ私につもりがあるだなんて思われるの？」

「あなたは賢く強い人だ。うちの子を追っかけたり言いくるめたりした手並みはたいしたものだった。そんなあなたが無考えにここへ入るはずがない。父親のためではないだろう？」

「……よその娘のことはよくわかるんですね」

なんのためにというよりも、誰のせいでここに入っているかを考えれば、彼に話すのはちょうどいい気もした。瞑華《メイカ》は寝台に身を戻して天井を見ながら、淡々と口にした。

「自分の随身《ズイジン》と結婚するためです」

「ほう……？」

「お父さまは私を外人《ガイジン》の網打ちと、めあわせるおつもりでした。でなくても随身《ズイジン》は次号《ジゴー》の筋なので格違いです。だから普段なら許していただけるはずのないことなんですが、今度のことで網打ちが足りずにお困りでしたので、そこにつけこんで取引しました」

「どうも率直に答えられる。そうか、忠哉《チューヤ》というのは、君といつもいる忠哉次号くんのことだな。彼はいい男だと思うが――あなたはうちの娘が好きなんだと思っていた」

「そうですよ。でも逃げられてしまいましたから」やや遠慮がちに訊かれたことを雑に肯定したうえで、さらに雑に続ける。「仕方なくうちの忠哉《チューヤ》で妥協することにしました。というのも、彼ならきっと私を抱かずに暮らしてくれそうなので」

「それは――ふむ」

隣は静かになった。瞑華《メイカ》は少し胸が晴れた。

しかし、じきに彼は語り始めた。

「僕は実はデコンプが少しできる」

「まあ……」

「実際は目障りな動きをしていたからだと思うがね。男網、これを名分に捕まえられた」

「……そんなことを、私が聞いてしまっていいんですか？」

「恥ずかしくないのかって？　まあそりゃ多少はそう感じるが、これは古い感情だ。寛和《カンナ》なら鼻で笑うだろう。君もそうじゃないか？」

「さあ……」

「それにどのみち馬鹿な話だ。われわれの先祖は全員デコンプ罪で追放された人間だ。その子孫なんだから、われわれはみんなデコンプの才があるはずだ。男網も女舵もない。しかも族間相婚で血も混じっているから、どこの人間かというのもただの物語でしかないはずだ」

「それはちょっと過激なお話ですね」

「なに、あなたのお父さんほどじゃない」

これには瞑華《メイカ》も黙らざるを得なかった。

遠くの星へ移り住むという。父はおかしくなっている、その周りの人々もおかしくなっている。誰もかれもが抱えていた秘密をぺらぺらしゃべり始め、「フョー」の進路は途方もない方向へ捻じ曲がりつつあり、それを戻す方法はおろか、どちらへ戻したらいいのかもわからない。

吸着靴の足音が近づいて来た。瞑華《メイカ》はつぶやく。

「まるでこの世の終わりみたいですね」

すると隣から返事があった。

「まだうちの子がなんとかするかもしれない」

「は？　無理でしょ」

思わず鋭く返してしまうと、いやそれはそうかもだが……ともごもご言ってから、彼は付け足した。

「だが、あの子たちなら」

随身《ズイジン》が立ち止まり、寛和《カンナ》と小角《オヅノ》の寝台を精神増圧機《マンプレッサー》の腹へ押しこんだ。

ゲンドー氏のありがたい招待を信じたふりをして、一五氏族の漁師が「フョー」中枢で白膠木《ヌルデ》たちを取り押さえるという計画は、入港と同時に頓挫した。

笑顔で待っていたゲンドー氏の接遇団は、漁師たちが桟橋に着いて下船した途端に豹変し、船と漁師のつながりを切断。変形する礎柱船《ピラーボート》という最大の武器を奪って全員を捕縛したのだ。エアロック一五カ所を同時爆破するというなかなか思い切った、しかし氏族船全体から見ればささやかな決断によって、漁師たちは文字通り一網打尽にされてしまった。

しかも捕まった中には、先導したはずのサリンザーン夫妻がいなかった。彼らは煙のように消え失せており、さては最初からゲンドーの手先だったのかと残りの人々を悔しがらせた。接遇団は接遇団でそのことに戸惑っているようだったが、そんなのは漁師組から見れば敵側の些細な不都合のようにしか見えず、だまされたとの思いで地団太を踏もうにもゼロGの宇宙港では床に踏ん張りがきかず、ただ空を蹴って悔しさを示すしかないのだった。

ともあれ、一組減って一四組となった漁師たちは、枢軸院《スージクイン》へ連行された。

「『枢軸《スージク》』とはシャフトとホイールを表す古代の言葉」

薄暗い無重力区画。黒髪の青年漁師が左手にタイマツ型のランプを掲げ、右手で壁に張った植物性のねじったロープをつかんで、解説のような独り言のようなことを言いながら浮き進んでいく。

「この言葉が古代から存在したということは、とりもなおさず西暦時代《アンノ・ドミニ》の弦道氏が、遠心重力型宇宙ステーションを建設していたという証拠に他なりません。伝統という点では銀河有数であり、漁業技術の点でも抜きん出ているわが氏族が周回者《サークス》の先頭に立つことこそ、人々に豊穣と幸福をもたらす道だというのが、わが族長、白膠木《ヌルデ》の考えでございます……」

「それはそっちが勝手に考えた理屈だろう」「うちにも他の氏族にも、立派な氏族伝承がある」

網でひとまとめにされて、黒衣のゲンドー人たちに運ばれている漁師たちが言い返す。

すでにお互いのたくらみが露見してしまったせいで、口調はぞんざいだ。

「周回者《サークス》は今さら船団長《グレート・チーフ》だの遠征計画だのを必要としとらんのよ。漁とリサイクルをやって、大会議《バウ・アウア》でゆるく取り分を話し合うだけで、なんとかやっていけてるってんだ」

そう言ったのも漁師塊の中の誰かで、おそらくは威勢のいいキールンの漁師か。その妻も一緒になって、そうだそうだほっといてちょうだいと囃し立てる。

そのとき、行く手の暗闇の中から、柔和な低い声が投げかけられた。

「でも、子供はどこも減っているでしょう」

ぼう、ぼう、とタイマツ型ランプがいくつも灯り、その中心に常人の倍はありそうな大きな顔が浮かび上がったので、漁師たちは息を呑んだ。

異様な顔である。目は糸のように細くて目尻が下がっており、口角はいやに上がって意味もなく笑っているように見える。左右ひと房ずつの長い口ひげとひとつまみのあご髭を生やしているが、頬がぷくっとしているので威厳に欠け、やけに珍妙に見えている。髪は少なくて、黒布で作った背びれのような形の小さな帽子を頭頂部に載せている。顔が揺れるとその帽子もぺたぺたと左右に倒れる。

そしてどういうつもりか、左腕にはびちびちと暴れる水棲魚を抱えていた。

「暮らしは少しずつ慎ましく小さくなり、もっとも丈夫なはずの構造材にも亀裂が見つかり、三年行かなかった街区がいつの間にか閉鎖されている。二四の氏族が一六に減った。私たちはくるくるとFBBを周りながら、もっとも大事な速度を失って落ちている。大気圏にではありません。いずれ来る急激な破綻への坂道をです」

人物は前に進み出て、その姿と周囲の光景をあらわにする。通路はいつの間にか縦横に木材を組み合わせた床と柱と天井、それに紙製の無数の引き戸に囲まれている。壮大な建築ではないが、およそ他の氏族船では見ることのできない異様な光景であり、前方と過去へ向かっては、どこまでも続いていそうだった。

「私たちは飢えて破れて死ぬ。枢軸院《スージクイン》へよくいらっしゃいました、白膠木《ヌルデ》仕切鬼蛍惑《シキリヨーニケイワク》です」

ゆったりした袖の広い東洋服とズボンの男が、手刀で右と左の空気をゆるやかに掻くだけで宙を歩く。室内中央までしずしずと出て来ると、前方にムッと力強く手のひらを向けて、静止した。

それを見て漁師たちは身構えた。無重力だから浮かんでいることに不思議はない。止まったことが不思議なのである。白膠木《ヌルデ》は目に見えない力を持つのかもしれない――同時に漁師たちを戒めていた網も解かれたが、飛び掛かる者はいなかった。警戒して睨みつけている。

その光景を――テラとダイオードは、一五メートル離れた天井裏のダクトから覗き見ていた。

腹ばいでミニセルの画面を見つめて、テラは感嘆の声でささやく。

「すごい……！ まるで手から磁場でも出てるみたい。白膠木《ヌルデ》さんもデコンプをするんですか？」

「いえ、あれはあらかじめ空間に張ってある、縦横の足場糸を押しているだけだと思います」ダイオードが苦い顔で言う。「背景の壁や床が縦横の輪郭だらけだから、溶けこんで見えないんです」

「え？ それは——ずいぶん古臭いハッタリ、じゃなかった、古風なトリックですね」

「遠慮しなくていいです、このインテリアに慣れてるゲンドー人同士ならやらないやつです。あのお面もその手のハッタリかと——」

「お面？ あの大きな顔、マスクかぶってるんですか？」

「ですよ、木彫りの面です。さすがに生身には見えないでしょう？」

「いえ、そういう人なのかなと……」

「そんなわけないじゃないですか、白膠木《ヌルデ》はごく普通の中年男性ですよ！」

「そこ知りませんもん、私たち！ 見たことないから、何かすごいの出てきたって思いました よ！ 暗いし！」

「族外者にはそう見えるんですか……すると案外有効な作戦なのか」

「どうします?」

「もうちょっと観察しましょう。やつはイカレた妄想に取り憑かれただけだとは思いますが、何か情報が出るかもしれないし――ひょっとしたらまともなのかもしれない」

言ってからダイオードは自分が弱気になっているような気がしたが、テラの言葉に助けられた。

「そうですね、それにあの見えない糸、切り札の邪魔ですしね」

「……ああ、その通りですね」

「行けると思ったら上からドーンと突撃しましょうね。私、がんばるので!」

テラが狭いダクト内でグッと拳を握って力んだので、そばのダイオードはぎゅっと壁に押し付けられた。

「ふぇい」

いくつかの条件が重なった結果、二人はそこにいた。漁師たちには同行できない。忠哉《チューヤ》やエダは一部の潜入ルートを提供して警戒装置を止めてくれたが、案内まではする余裕がない。そこでダイオードの得意なダクト潜りをやることになった。二人が抵抗の少ないタイトスーツ型の船用盛装《デッキドレス》を選んできたのも、もとはといえばこういう事態に備えたもので、狭いダクトへの侵入を容易にした。

ただ一つ容易でなかったのは、テラがどうしても大きいことだった。しかしそれも、突撃の際には有利に働くはずだった。

念のために直接覗かず、少し離れた隙間からミニセルのカメラを降ろして見守る。

「その姿、歓迎の装いにしては奇抜すぎやしないか、白膠木《ヌルデ》族長」

しばし気圧されていた一団の中から、体格のいい夫妻が進み出る。確かニシキゴイを二番目に獲った、ヘブリュー氏の漁師だ。ややわざとらしくだが、周りを見回して言う。

「舞台装置も凝ってくれたもんだ」

「こういうのは大会議《バウ・アウア》のときに公演してくれればいいと思うわ。お金取れるわよ」

「お褒めいただいて恐縮ですが、これは身内を楽しませるためではなく異国の人々に思い知らせるための姿です」

白膠木《ヌルデ》は左腕に抱えた魚を揺すり上げて言う。

「恵比須《エビス》――という怪物の姿です。怪物、あるいは私たちが忘れてしまった神というシンボルだと唱える者もいますが、ともあれ異形です。漁業と酒造を司り、海の向こうからやってくる奇妙で強力な存在。私たちがそういうものであることを、こうして表現していくのですよ」

「わざわざ表現しなくてもいい、ゲンドー氏の漁業が優れていることはおれたちも認める」ヘブリューの漁師は片手で宙をはたく。「酒造りがうまいかどうかは知らないが。それだって普通に示せることだろう。周回者《サークス》一六氏族、いつもそうやって話し合ってきたじゃないか。なんで急に早まったことを始めた？」

　そうだその通りだとうなずく漁師たちに、白膠木《ヌルデ》は首を横に振る。

「あなたたちは誤解されています。私たちは他の氏族を脅したいのではありません。星を越えて行った先で存在を示すのです」

「星を越えて？　――ああ、例の遠征計画とかいうやつか？　もうあんな戯言を続けなくてもいいと思うが」

「ボスになりたいならなりたいと素直に言えばいいんですよ」

　漁師の呆れ顔に、その妻までもが言葉を添えて、目配せし合った。白膠木《ヌルデ》がしばし沈黙する。

　その頭上でテラが心配そうにつぶやく。

「奥さんまで言ってる。白膠木《ヌルデ》さんにとってはずいぶん失礼ですよね。大丈夫かな」

「失礼というか、煽ってますねこれは。怒らせにかかってる」

「ああ」

　ダイオードはテラの腕に触れて準備させる。

「……戯言ではありません」異顔の面の奥で、白膠木《ヌルデ》が再び口を開く。「あの放送で申し上げたことにひとつも嘘はなかった。私たちはみな逐《お》われた者であり、厳しさにさらされた者でした。ですがだからこそ、この惑星でデコンプという力を鍛えられたのであり、玉手箱を完全に起動しさえすれば、銀河の川面に網を入れられるようになる。

その証拠に――」

「その証拠が、仲間の家を何分か暗くしたっていうだけじゃ、脅しとしても迫力に欠けるわ」

ヘブリューの女に再びあざけりを受けても、今度は白膠木《ヌルデ》は黙らなかった。「迫力が、なんでしょうか？」と腕の魚をどこかへ放った。

左右に立ち並ぶ角柱の陰から、黒衣の随身《ズイジン》たちが影のように滑り出して、漁師たちに襲いかかった。

すると、ニシキゴイを一番最初に獲ったドローン＆ドングル氏の漁師が「精神脱圧《デコンプレッション》！」と叫んだ。それに応じて驚くべきことが起こった。

いまだジェルに濡れる妻たちの船用盛装《デッキドレス》、そのバッスルやドロワーズや予備酸素タンクやハンドバッグの中から、剣や棍棒、鎌や楯がいっせいに形を現したのだ。

「付け焼刃だ、取り押さえなさい！」

白膠木《ヌルデ》が号令すると、乱闘が巻き起こった。

「うわ、ここでああなるんだ。白膠木《ヌルデ》さんは説得で押し切るのかと思ったのに」

「D＆Dの漁師は全船団漁獲一位のエシクですよ。あれは説得できません。血の気と狂信があふれてるんだから、どのみちぶつかるしかない」

殴り合いを見てあわてるテラに、ダイオードは小声で促す。

「今です。エダさんに」

「は、はい！」

　ダイオードは眼下を注視する。開始三〇秒時点での乱闘は、漁師たちが優勢に見えた。何しろ船団有数の運動神経を備えた男たちと、粘土製とはいえ、変幻自在の武器を手渡す女たちだ。捕り手を叩きのめし、押し返す。

　しかし、突然ガタンと音を立てて壁の柱が倒れると、それに引きずられるようにして、漁師たち五、六人が薙ぎ倒された。

「ワイヤーだ！　誰か切ってくれ！」

　D&Dの漁師が揉み合いながら命じる。彼らも白膠木《ヌルデ》が空中で停止した方法には気づいていたのだ。しかし混乱の中で見えないものを切断しようとするのは危険すぎた。刃物を持った者が躊躇するうちに、ズシンと部屋を大きく揺るがしてさらに数本の柱が倒れる。繊維にはじかれた漁師が、おかしな姿勢で宙を吹き飛ばされていった。

　そこへさらに増援の随身《ズィジン》が乗りこんできた。みるみる漁師たちが押し戻される。戦況は覆り、黒衣の者たちが漁師を一人また一人とおとなしくさせていった。

「片付いちゃいそうですよ」

「大丈夫——大丈夫だと思います」

　ダイオードは白膠木《ヌルデ》をじっと見つめながら繰り返す。今のところ、副族長だとか腹心のたぐいが出てこない。つまり白膠木《ヌルデ》ひとりがゲンドー側の采配を振っている。彼の動きにさえ気を付ければ、まだ勝ち目はある。

その白膠木《ヌルデ》は部屋の隅で見守っている。乱闘がほぼ収束すると、疲れた様子で手を挙げた。

「切り上げなさい。皆、ご苦労でした」

漁師たちがひとまとめにくくられていたさっきとは違い、今度は一人ずつ手を縛られている。その中の一人、リーダー格のD&Dの男に近づいて、白膠木《ヌルデ》は仮面をつけたまま目の高さを合わせた。

「乱暴を働いて申し訳ない。この手順を経るしかなかったので」

「乱暴を働いたのはこっちだが……いや」漁師が何かにはっと気づいた。「まさか、わざとデコンプさせたのか？」

「ええ」

「女たちを消耗させるためか。やられたな」

見ていたテラもダイオードも感心しかけたが、白膠木《ヌルデ》の答えはさらに不可解だった。取り上げた粘土武器のひとつを随身《ズイジン》から受け取って、興味深そうに眺めながら言う。

「消耗させたのは彼女たちではありません」

「なに……？」

「でもこれで、皆さんを玉手箱に入れやすくなったのは確かですね」

白膠木《ヌルデ》は身を起こして周りに命じた。

「網打ちの方々を奥へ」

「やめろ！」「妻を放せ！」

女たちが引き立てられていくのを見て、男たちが叫ぶ。ヌルデがまた頭を横に振る。

「いずれ無事にお返しします。ただ、問題がひとつだけありますが――網は打てなくなります」

「なんだと？」

奥へ向かいながら、白膠木《ヌルデ》は一度だけ振り向いた。

「これは仕方のないことなんです」

そして、女と随身《ズイジン》たちを連れて闇の中へと消え去った。あとに残された男たちが、額を集めて相談を始める。

テラはダクトの中で息を詰めて、今耳にしたことを反芻していた。

（彼女たちではありません）

（網は打てなくなります）

――ぞわり、と身が震えた。網が打てなくなるとは、どういうことだろう。無事に返すというのだから、傷つけるという意味ではない。だが、網は心で打つものだ。言葉と日常の枷から精神を解き放ったときに、網は広がる。船は飛ぶ。

それができない状態とは、それこそ……想像を成せない状態なのではないか。

だがそれなら、前のほうの言葉の意味は？

白膠木《ヌルデ》は今の小競り合いを仕掛けることで、何を消耗させたのか？

「テラさん！」

思い切り肩を揺さぶられてテラは我に返った。ダイオードが焦った目で見つめていた。

「行きますよ、いいですか？」

「は……はい」

「ほんとにいいですか？　今何か大事なこと考えてました？」

「いえ──いいです、大丈夫。突入ですよね⁉」

どこかに跳んでいた思考の焦点が、現在に戻った。テラは通路の先を見る。

「彼らを追いかけないと。あっでも、この先は……」

ダクトの先は、なかった。枢軸院《スージクイン》のここまではダイオードの経験と勘で来られたが、さすがに秘中の秘である玉手箱の中にまでは通じていないようだった。

「仕方ありません」

ダイオードは今までカメラを差し出していた換気口を示して、後ろへずり下がった。

代わりに前へ出たテラが、船用盛装《デッキドレス》のくびれた腹の部分から、巻き付けていたＡＭＣ粘土を取り外して、換気口の蓋に宛てた。

目を閉じて深呼吸――見守るダイオードにとっては驚異以外の何物でもないプロセスを経て――帯状だった粘土が、ダクトの上下に突っ張る強力なシリンダーに変化する。

ミシミシと音を立ててきしんだ蓋が、やがて下方へと砕けとんだ。

「やりました！　先に行きますね！」

爪先から長身を滑り出させるテラに遅れず、ダイオードも頭から飛び出した。

浮かんだまま部屋の片方へ積み重なってしまって、もがく漁師たちの目の前に、黒と青の姿をした一対の女たちが出現した。啞然とする顔の中で、さすがにD&Dは気づいたらしく、「エンデヴァの五八Kか？　なぜここに？」と尋ねる。

「白膠木《ヌルデ》さんを止めに。私たち、トレイズのサリンザーンでもあるので」

「その声、おまえ――」

「すみません、時間がないので話はあとで。奥さんたちを助けてきます」

「待て！」

無視して二人は闇の奥へと進む。ダイオードがちらりとテラを振り向いた。

「説明して連れていくという手も？」

「時間がありません。みんな壁側に寄っちゃってましたよね」テラは首を横に振る。「あれ、すでにエダさんの処置が始まってるってことです」

「ああ！」

ダイオードが緊張してうなずいた。

やがて、おそろしく古びた木製の頑丈な扉に突き当たった。門前には誰もおらず、調べてみると監視・警戒装置は何もなく、代わりになんと、内側から閂《かんぬき》がかかっていた。もし二人が暗号鍵を解析する現代的な解錠機器などを持ちこんでいたら、途方に暮れたことだろう。

しかしここには、ただ一人残ったデコンパがいた。

テラは腰の粘土を扉の真ん中に押しつけて、目を閉ざす。

——精神脱圧《デコンプレッション》。がっちりはさまる、じゃまものをよこへ。

扉の間へと意識を流しこみ、細い隙間から向こう側へ広げて、閂を横へ押し出した。

目を開けて両手を扉に当ててから、テラは隣に言った。

「ダイさん、入る前にひとついいですか」

「はい？」

「私たちは玉手箱を壊してデコンパさんたちを助ける。でもその前に、私、白膠木《ヌルデ》さんにあることを聞きたいんです。ちょっとだけ話させてください。いいですか」

「かまいません。ただし」ちらりと見上げてダイオードが言う。「自爆、特攻、自己犠牲は厳禁です。何かあったら私がどうするか——わかってますよね？」

「わかってます。これ、そんな流れじゃないでしょう」

わずかに苦笑するとテラは改めて大扉に手をかけた。

「行きますよ――！」

引き戸だった。二人で思い切り左右に開いて、中に踏みこんだ。

「テラ・インターコンチネンタルとダイオードです。お話しに来ました、白膠木《ヌルデ》さん！」

小さな祠《ほこら》の周りにいた、巨面の男と黒衣の付き人たちが、いっせいに振り向いた。

その外周をぐるりと、高くまで壁が取り囲んでいた。壁には一メートル四方ほどの格子が整然と並んでいる――いや壁ではない、引き出しだ、棚だ。一段あたり数十個の引き出しが、見上げんばかりに数十段積み重なって、円筒形の部屋の底を形作っている。円筒の軸はおそらく「フョー」の軸であり、ひょっとしたらここが氏族船の重心でもあるかもしれない。

その底で、二人は白膠木《ヌルデ》たちと対面したのだった。

空調すら止まったかのように空気が凪いだ。しかしそれも数秒だった。返事のないまま、二ダースもの随身《ズィジン》がいっせいに飛びかかってきて、二人を押さえつけた。「触らないで！話しに来たんです！」と抵抗しながら、テラはさらに観察する。女たちはすでにいないから、周囲の引き出しの中だろう。いっぽう中央の祠は細い木を組み合わせた作りで、ペットの小屋程度の大きさのささやかな代物だが、白膠木《ヌルデ》たちに守られているから、大事なものに違いない。よほど念入りなフェイクでない限り、あれがこの部屋の中枢だ。つまり、玉手箱のコア。

「白膠木《ヌルデ》さん！」テラは叫ぶ。「ひとつ教えてください。弦道氏を至上だと考えるあなたが、どうして他の氏族に干渉するんですか？『フョー』一隻だけでツークシュピッツェ星系へ行けば一人勝ちなのにそうしないのは、理由があるんじゃありませんか？」

それを聞くと白膠木《ヌルデ》は片手を挙げた。随身《ズイジン》たちがぴたりと動きを止めた。

「女の身で何をしに来たのかと思えば……それはどういう質問でしょう？」

「あなたがＡＭＣ粘土の秘密を知っているんじゃないかっていうことです」

「秘密。なぜそう思ったんです？」

「あなたはさっきの乱闘が収まったとき、デコンパさんたちを消耗させたかったんじゃないって言いましたよね。あれは、ＡＭＣ粘土を消耗させるためだったってことじゃないですか。粘土をいろいろな武器に変形させて、デコンプレッションの力を削いでおいたんでしょう」

「なかなかの創作力ですね。ああ思い出した、あなたはテラ・インターコンチネンタル・エンデヴァ――人呼んで『作話のテラ《テル・テール・テラ》』、でしたね」

「……違ってますか？」

「続けてください」

白膠木《ヌルデ》は妙に落ち着いている。と思ったら、テラたちの背後で大扉が再び閉ざされた。

漁師たちを締め出せて安心しているのかもしれない。

「私たちは知っているんです」テラは隠し札の一枚を切ることにした。「精神脱圧《デコンプレッション》は人間だけの力じゃない。むしろ本当は、粘土の能力なんだと。AMC粘土という異星の生き物が、人間のイマジネーションを受け入れたときにだけ成立する、常識を超えた変形現象。——それがデコンプなんです」

「どこかよそで話すべきでしたね」白膠木《ヌルデ》はそう言って、随身《ズイジン》たちを見回した。彼らも騒ぎこそしないが、動揺している様子だった。昏魚《ベッシュ》でなく粘土が生き物だという考えは、一般人には聞き慣れないものだ。「……まあいい、遠からぬうちに皆にも明かすつもりでした。この者たちの前ならいいでしょう。それで？　テラさん。その情報はどこから？」

「エンデヴァ氏にも古い施設はあります」よし嘘じゃない、とテラは自分に向けてうなずく。「出所はどこでもいいでしょう。私が言いたいのは、粘土は見た目よりもはるかに大きな謎を秘めた複雑なもので、私たち周回者《サークス》はその表面的な性質をつまみ食いしているに過ぎないってことです」

「興味深い——」白膠木《ヌルデ》はさらに合図して、テラを随身《ズイジン》から解放させる。「そのあたりは後で詳しくお聞きしましょう。しかし、それで？　そこまではただの知識です。要求は？」

「ここまでの知識を持っている人間ってだけでも、けっこうレアでしょう」テラは自信ありげに前へ出る。左右の随身《ズイジン》たちは勝手に上と下へ流れていくようだ。「白膠木《ヌルデ》さん、あなたは事情がわかっている仲間がほしいはずです。そうじゃないですか？　誇り高いゲンドー氏の人たちが、一隻で出かけようとせずに玉手箱で他の氏族を連れて行こうとしているのは、単純に数が欲しいからじゃないですか？　同胞意識なんかじゃなく」

「まあ大きく間違ってはいません。それで？　なぜ私たちが仲間をほしがってると思うんです？」

「だって、粘土は手ごわいから。このFBBですら、三〇〇年かけてもまだ獲るのが難しい昏魚《ベッシュ》がたくさんいます。なのにあなたが獲りに行くのは未知の昏魚《ベッシュ》、ひょっとしたら昏魚《ベッシュ》ですらない、未知の粘土生物。そんなところに行くのに、心細くないわけがありません」

「ほうほう……わかって来ましたよ。つまりあなたが言いたいのは」

「はい」何もかもわかっている顔で、テラは一礼する。「ツークシュピッツェ星系での粘土対策を一緒にやらせてもらえませんか？」

「なるほど――そのためにこんなところまでいらしたんですね。どうやって来たのか知りませんが」

「ええ。いかがですか？」

すでに完全にアドリブで話を続けつつ、テラはなんとかうなずいた。

そして白膠木《ヌルデ》の次のひとことで、凍り付いた。

「よろしいでしょう。あなたがみずから精神増圧機《マンプレッサー》に入ると言うなら、こちらも断る理由はありません」

「マンプレ……え？」

「粘土を狩るにはデコンプが要る。しかしデコンプする者は粘土と同じ夢を見てしまう。この重大な矛盾に、まさか気づいていなかったとは言いませんよね？」

白膠木《ヌルデ》の面の小さな覗き穴の奥で、いまだに見えない素顔が笑っているような気がした。

「あなたがきれいに型に収まることを祈ります」

「待っ――」

再び、白膠木《ヌルデ》の手のひと振りでテラは捕らえられた。今度は抗議も通じない。随身《ズイジン》たちの手で、外周の棚の頂上近くまで運び上げられる。

「テラさん！」

とっさに飛び出そうして、テラよりも多くの随身《ズイジン》たちに手首足首を摑まれたダイオードが叫ぶ。

「白膠木《ヌルデ》！　この電気漏らしの脳崩壊の空間識失調の迷子族長、テラさんを放せ！」

「おお、なんと卑しい言葉を」族長の苦々しいひとことを受けて、若い男の随身《ズイジン》が彼女を羽交い絞めにした。「ゲンドー正統の女子が口にしていいことではありません。お父さまに聞こえますよ」

「お父さま――おまえあのうすぼんやり無害父をどうした!?」

「おかしな呼び方をするんですね。大事なのだか嫌いなのだか――まあ命に別状はありませんよ、あの辺りです」

白膠木《ヌルデ》が棚の低いところ、三段目あたりを指差す。

「精神増圧機《マンプレッサー》、玉手箱《タマテバコ》。昔の往来圏防軍《ワンライウエイバオジユン》が遺したこの装置は、実はまともな人間にとってはごく無害です。上の者に忠誠を誓い、言われたことを言われた順番でやり、何も言われないときはおとなしくしている。そういうごく簡単なことのできる人間は、あそこに入っても何の変化も見せません。穏やかで有用な人間のままです」

「そんな……くそげろ、この」

「クソゲロ地獄ゴミ穴拷問装置などではありません。おおひどい言葉だ……しかし、ある種の人間、四六時中取り留めのない妄想にふけってばかりいる、きちんとしていない人間にとっては、そこに居続けることは楽ではないようです」

ダイオードがはっと気づいて声を上げる。

「じゃあこれは、各氏族で最高のデコンパを利用して船団の指揮を統一する装置じゃ、ない?」

「そんな装置だと思っていたんですか？　違いますよ。玉手箱は各氏族でいちばん行儀の悪い網打ちを据えることで、確実に追放者たちの力が削がれたと認定し、もって船団長《グレート・チーフ》に全権限を与える、認証機械なんです」

「――テラさん！」

もう一度ダイオードの叫びが耳に入ったとき、テラはまさに玉手箱の寝台に押しこまれたところだった。

「ダイさ――」

寝台がカラカラと暗闇に滑りこみ、テラは収納された。閉所恐怖にもがいた手は、なぜかどこにも当たらず、広い空間を無駄に掻いて――

ぱし、と大きな温かい手に受け止められた。

「え？」

「さあ、網を開いて」

やさしく微笑みかけられる。品の良い端整な顔立ち、立つとテラと同じほどある背丈、襟ぐりと袖を華やかなレースで飾った舶用盛装《デッキドレス》に身を包んだ青年は、名こそ思い出せないが、かつてテラがあてがわれた中でも最高のお見合い相手であるはずだった。

「網を開いて。リンゴエビだ」

「は、はい」

青年が前部ピットから気軽に言う。テラは周りの雲海を見て、後部ピットのＶＵＩ表示を眺めて、漁だ、と気づく。

デコンプしなきゃ。網を打つんだ。リンゴエビだと散り方がすごいから──そう、袖網を増やすと包みこめるかもしれない。暴れたらオッターボードを四枚に増やして──うらん、八枚、一六枚？

「普通に」と言われる。「普通に、袋網と袖網二枚でいいからね。僕がトローリングする」

「え」

言われても展開は止まらない。船の後方に八本の網を流す。それを曳航する一六本のケーブルに次々と開口板を落とすと、風を食らってきれいに開く。ガス惑星に花咲く直径二キロメートルの大輪。手綱の加減でかたちが揃う。きれいな幾何学図形がぐるぐる回る。楽しい、面白い、興奮する──。

ふうっとすべてが暗転する。青年の落胆した声が聞こえる。

「どうしてあんなことを？　あれで標準進入したら真ん中がスカスカだ。あの網は──難しすぎる」

「あ……す、すみません。つい」

「もう一度やろう。左右二枚でいいからね？　簡単だから──」

じんわりと柔らかな、深い痛みが胸に刺さる。言われたとおりにやればいいのに、どうしてもそれができない。

「どうしてこうなるの？」

「すみません……ごめんなさい……」

「僕が嫌いなんじゃないよね？」

「いえ、決してそういうわけじゃ……ほんとに素敵な方だと……」

相手は悪くない、まったく普通の、それどころか普通よりずっと優しい扱いをしてくれている。なのに合わない、どうしようもない。きっと自分が全部悪い——。

目尻ににじむものを拭って顔を上げると、ほい、と古い素子石を差し出される。

「イケメン百選」

「え？」

「顔のいい男が山盛りだから。銀河中の映画とか立画からのオムニバス」

同僚のマキアが、隣の席のビューワに幻想的な美貌の俳優を映し出して、こういうの、と微笑む。

「あんた自分のタイプがよくわかってないのよ。いろいろ見たらきっとピッタリなのがあるよ」

「いえ、その」

「俳優なんかと結婚できない？　まあそれはそうだけど、傾向をはっきりさせるってことでね。逆に意外な好みが見つかるかもしれんし」

「いえ顔の問題じゃなくて……男の人はちょっと……」

「だから男臭くないのもいるってば、これとかこれとか。ていうかそこまで言うならあんたの好みはないの？　それってどんなの？」

「好みはちょっと……まだわからないんだけど」

「まだじゃないでしょ、必要なことなのに！」立ち上がって叱られる。「あんたこの先どうすんの？　いつまでもあの変な子供と遊び半分でやってくの？　それじゃだめでしょうちゃんと考えなきゃ！　みんなどう思ってるか知ってるでしょ？」

「あ、待って、私はそれ」

「いや待ってじゃないよ、これあたしが待つことじゃないよね？　あんたのことだよ！もう知らん！」

「マキア……」

謝ろうとしても相手は振り向かない。他の人に声をかけて部屋を出て行く。これはさっきより悪い。相手の好意を受け止められない、自分の代案は示せない。苦手意識と漠然とした期待だけでふらふらしている。考えなければならない先のことが頭に浮かばない。

涙がぽろぽろこぼれ始めた。もうにじむどころではない。自分の特性、ここにない何かを求める取り留めのない空想が、自分と他人のあいだの摩擦になる、他人も自分も居づらくさせる。本当につらい。こんなにいろいろ考えなくてもいいのに、自分で自分を苦しめることにまで発揮されてしまう、こんな力はなければいいのに——。

ゴトンと世界が揺れて、はっとテラは我に返った。

「テラさん――！」

頭上にほんの少し隙間が空いて、ダークブルーの瞳が覗いていた。

ダイオードを羽交い絞めにしていた随身《ズイジン》、つまり忠哉《チューヤ》が隙を見て彼女をここまで投げ上げたのだ。

「ダイさん！」

隙間は閉じた。すぐに下から他の者たちが追いついたらしく、揉み合う声がした。

だがそれだけでも、テラの見当識が戻った。

これが玉手箱《タマテバコ》！　被験者の記憶を漁って急所となるエピソードを選び出し、強要《コアース》、背反《ダブル》拘束《バインド》、無視《ネグレクト》などのさまざまな圧力をかけて自分に自分を責めさせる装置。目が覚めた今ではおかしいとわかる。マキアは特別仲がいいわけではないが、あそこまでひどいことを言う人でもなかった。逆にお見合いをした青年はもっと冷たかった。

それに、いろいろなつらいことはあったけれど、それはデコンプのせいじゃない。テラがデコンプのせいで苦しんだことなんかない、むしろデコンプは自分の呼吸、自分の命綱、そして自分の花だった。

いちばん大事な要素がどれなのか気づかせてくれたのが、あの人だ。

「ダイさん……！」

いまは天井に手で触れられる。手のひらで手繰って必死に外へ出ようとすると、外から押されているのを感じた。随身《ズイジン》たちが人力で閉ざしているらしい。

「――このっ！」

つるつる滑る天井面に手でふんばるだけなので、どうしても力を出せなかった。外では五、六人が棚につかまって押さえている。力比べのつもりでがんばってみたが、どうしても進まない――。

と思った時、天井がじわりと迫って来た。

「うわ」

冒険コンテンツによくある、侵入者を押し潰す仕掛け天井のように感じて、テラは一瞬恐怖を感じたが、そうではなかった。背中側をまさぐると隙間が広がっている。自分が天井に近づいているのだ。見えない起重機で押し上げられるように、徐々に強く天井に押し付けられている――。

いや、それもまた間違いだった！

自分の体が頭のほうへと滑り出し、同時に、寝台も同じ方向へ動いた。外から押さえている随身《ズイジン》たちが、たまらず手を放して緩やかに落ちていく。落ちる？　――そうだ、これは落下だ。場のすべての人間が卒然と悟る。

いつのまにか重力が発生している。

重力はいつも発生している。「フョー」は自転して遠心重力を作っている。だが中央の枢軸院《スージクイン》は無重力のはずだった。実際ここではみんなが浮いているし、インテリアも無重力であること、軸であることを前提にデザインされていた。

　だがいま発生している重力は異様だった。円筒形の部屋の上端近くにいるテラは、寝台ごと滑り出して、天井へと落下してしまう。テラの右隣も左隣も、近くにある寝台はみな同じようにカラカラと飛び出して、中の人間を放り出している。

　ところが奇妙なことに、棚の対面を見るとひとつも寝台が滑り出していない。一、二人這い出している者もいるが、これは自力でなんとか寝台を押し出したのであり、しかもその寝台は手を放すと棚の中へ戻ろうとしている。

　テラは天井に足をつけて、頭の上を見上げた。はるか上、さっき門を開けてテラとダイオードが乗りこんできたあたりの床では、そちらへ向かって下層の棚から人や寝台が次々に落下している。なんと床と天井で重力の方向が変わっている。デコンパ以外の人も多いらしく、そこへ漁師妻たちが落ちてきたために、随身《ズイジン》が押し寄せて最後の乱闘を始めていた。それも床に立った状態で、つまりテラから見て上下逆のまま、だ。

　見える範囲に死者こそ出ていないが、総じて大変な混乱状態になっていた。

　今こそテラはどこか上のほう（床のほう）を見上げて、声を上げた。

「エダさん、いい仕事です！」

これが彼女による、船団長命令《グレート・チーフ・コマンド》の割りこみ——自転軸移動の大技だった。

南北方向の軸を中心に回っている大きな花、「フョー」。この自転をまず外周での逆噴射によって止める。市内の外周近くでは重力が消えて騒ぎになるが、中心軸ではもともと無重力だ。気づかれる危険性は低い。

テラは、白膠木《ヌルデ》と漁師たちが一度目の乱闘を始めたちょうどそのときに、エダに自転停止を要求して、この危険性をさらに下げた。巨大な氏族船が逆噴射を始めたときの轟音を、うまく乱闘の騒音に合わせることでごまかしたのだ。ただ、その制動による接線方向への弱い加速度は生じていたため、あちこちで滞空中の人やモノが壁面に流れ着くという事態が起こった。

テラとダイオードが大扉から乱入したとき、枢軸院《スージクイン》だけではなく「フョー」全域が無重力になっていた。このため族長である白膠木《ヌルデ》にはおびただしい件数の呼び出しがかかっていたはずだが、彼が気づいていなかったところを見ると、通信もエダがカットしていたのだろう。

そして最後に彼女が仕掛けたのが、自転軸移動だった。これまで南北軸で回っていた「フョー」を、東西軸で回す——。円筒形の玉手箱にしてみれば、これまでローラーのように長軸周りで回転していたものが、プロペラのように棚の中間階あたりを中心に回り始めたことになる。

テラの寝床を押し出したのが回転開始の加速度であり、テラを天井に降り立たせたのが新しい人工重力だった。寝床の位置が向かい側だったら、こんなに楽に出られたかどうかわからない。しかしテラは寝床が飛び出る側の壁にいた。これは純粋にテラの運による勝利だった。

勝利していないのは、テラが天井側にいることだった。

「ダイさん、がんばって……！」

部屋の高さは二〇メートルもあるだろうか。さっき一瞬来てくれたダイオードは、すぐに床に引き戻されたらしい。今はそこで漁師妻たちとともに、上下逆さまになって蹴ったり噛みついたりしている。ただ、粘土武器はあらかた取り上げられているので、形勢はよくない。よくないが、玉手箱のコアである祠を巡る攻防が、全体の勝敗を決するのは明らかだ。

テラはそこに加勢できないので、見上げて応援するばかりだ。そのテラのそばには、寝台を押さえこんでいた四人ほどの随身《ズイジン》がいるのだが、その彼らも見上げて応援するばかりだった。かなり奇妙な共存状態ではあるのだが、こちら側で争っても大勢に影響しない。それがなんとなくわかって、しばらく双方とも手出ししなかった。

状況が変わったのは、乱闘の中にある人物が現れてからだった。

「お父さま、やめてください！　戦いをやめさせてください！」

その声に誰もが振り返った。祠の上にヤガスリのキモノとハカマ姿の少女が立っていた。

白膠木《ヌルデ》が声を上げる。

「瞑華《メイカ》！　何をしているんです！」

「くそシットファックテリブルガッデムなボケ乱闘をやめろと言ってるんです！」

「なんということを。おまえは献身的な娘だと思っていたのに、逆らうのですか？　新しい未来へ向かう弦道に」

「やかましい変態おめんオヤジ！」

「お――」

白膠木《ヌルデ》が絶句した。瞑華《メイカ》が青ざめた顔に笑みを浮かべてダイオードを見る。

「寛和《カンナ》さん！　あなたは来ないと思ってました。あれだけさんざんな目に遭わせたこんな弦道なんか打ち捨てて、どこかへ行ってしまったものだと！」

「まあ予定としては、ほぼその通りですけど」

「わかってます、私のためでないのは」周りを見回して、誰よりも目立つはずの灯台のような女がいないことにちょっと眉をひそめたが、すぐダイオードに目を戻した。「それでも、来てくださった！　それだけで十分です」

「それはどうも。でもここからどうするんですか？」

「決まってますわ、全部ぶっ壊すんです！　そうすれば私たちは――」

これまであきらめて受け入れていた理不尽な運命を、跳ね返すことができるかもしれない。瞑華《メイカ》はそれを口にしなかったが、ダイオードはうなずいた。彼女にだけは通じたようだった。

正確には、あともう一人、受け取った女がいた。

急な寝返りをダイオードは受け入れてくれたようだったが、はたと瞑華《メイカ》の足元を見て、困惑の顔になった。

「でも、どうやって？」

瞑華《メイカ》はまばたきし、自分が足をかけている細木の小屋に目を落とし、白足袋に包んだ足で思い切り蹴りつけた。

「あいたっ」

びくともしなかった。古びて見えるが、おそろしく頑丈な小屋だった。ひょっとすると重金属に塗料を塗ってあるのかもしれなかった。

場の空気が戻った。――緊張が解け、随身《ズイジン》たちが押し包む。瞑華《メイカ》の足元ではただ一人、忠哉《チューヤ》が背中を守っていたが、多勢に無勢は明らかだ。

一度は変わりかけた流れも、再び元の濁流に呑みこまれるかと思えたとき――。

「瞑華《メイカ》さーん！」

頭上から叫び声が降って来た。電桜色《プラズマピンク》のリボンを揺らして、瞑華《メイカ》がそちらを振り仰ぐと、二〇メートル上で逆さまになっている女が、薄桃色の細長い棒を、こちらへ思い切り差し出していた。

「使ってください!」

投げ上げられた棒は空中で螺旋を描き、すべての中心を通過して、瞑華《メイカ》が思わず振り上げた腕に絡みついた。

もう一度目を合わせる。エンデヴァのデコンパがうなずいている。きっと彼女も、さっきの叫びを聞いていたのだ。

瞑華《メイカ》はAMC粘土を両手で包む。定型ではないデコンプだ。でも、この場面と、ひときの仲間がイメージを与えてくれた。

——ふるきをしぼりだして、あたらしきながれのうずを。

「ま、待ちなさい瞑華《メイカ》!」

木の面をかなぐり捨てて叫んだ白膠木《ヌルデ》が目にしたのは、これまで見たことのなかった、娘の寂しげな笑みだった。

「なんて憎らしい人なんでしょうね」

その手が下ろされ、与えられた想像の形を異星の生物が思い切り現す。

細く伸びた粘土に幾重にも巻き付かれた祠は、卵の殻のように粉々に砕かれた。

五秒後、ゲンドー氏族船「フョー」の船機は異常自転を検知、三〇〇年間保ち続けてきた花柱を恒星に向ける姿勢へ復帰するため、強力な制動をかけ始めた。

「危ない！」

　棚から外れて落ちていたいくつもの寝台が再び浮き上がり、別方向へ滑り出す。乱闘で壊された器物の破片が顔や肌に当たる。実際には氏族船全体が減速し、向きを変えているのだが、その場の人間にとっては、まるで風のない竜巻に巻きこまれたようなものだった。重力の方向が変わりつつ弱まったため、室内のあらゆるものが予測できない方向へ飛び回り、死角から襲いかかってきた。

「ダイさん！」

　高さ二〇メートルの部屋の天井から床へとテラは飛び出したが、途端に背中にどしんと何かがぶつかって斜めに弾き飛ばされてしまった。振り向くとそれは随身《ズイジン》の誰かだったようだが、その彼も寝台にぶつかって別のほうへ流れていった。

　ダイオードに目を戻してみるが、見つからない。器物のあいだを五〇人以上の人間がもがきながら漂っている。「ダイさーん……！」と探していると、突然左手の甲にミニサイズの白衣女が現れた。

『テラくん、ちょっとお知らせがあるんだけど』

「エダさん？　今忙しいんですけど！」

『うん知ってる、動きながら聞いて。玉手箱システムが無事お亡くなりになったんで、あたしが奪ってた制御を船機に返してあげたんだけど、これ、どうも戻らんっぽい』

「は？　どういうことですか？」

『「フョー」の船機は、こんな巨大な花の形の氏族船が何度もひっくり返るような動きを、まともに制御できないってこと。もともと三〇〇年前の貨物船時代のやつだからね。今この子はパニクってて、このままだと空中分解の恐れもある』

「空中分解⁉　大変じゃないですか！」

『うん、で、しゃーないからあたしが船機の代わりをやろうと思う。あたしが自転止めたせいで起こった事態だしね。いい？』

「エダさんが船機の代わりを……？」考えこんだとたんに、壁から外れた陶製のパネルか何かが顔の前をシュッと流れていったので、ぞっとした。「は、はい！　なんでもやってください！」

『オッケ、じゃあそゆことで』

これだけ危険な状況だと、なおさらダイオードが心配だ。気が急いたテラはおざなりに答えてさらに進んでいったが、しばらくたってから気づいた。

「エダさん、それってインソムニア号はどうなるんですか？」

返事はなかった。

うっすらとテラは何かがわかりかけた。

「それって――」

「テラさん危ない！」

思っていたのと正反対の、真後ろから声がした。テラは振り向こうとした。

後ろを見る前に肩を突き飛ばされて、すぐにごつんと音がした。振り向いた目に映ったのは、ゆっくりと通り過ぎる寝台と、のけぞって回る小柄な人影だった。

「え？」

一瞬、無関係な人が事故に遭ったかのような同情と安堵を覚えた。

その錯覚が途切れて冷ややかな現実にわしづかみにされると、テラは切れ切れに叫びながら宙をもがき泳いでいった。

エピローグ

『あ、じゃあお命に別状はないんですね』

VUI画面に映っている、「テーブル・オブ・ジョホール」のプライが胸を撫で下ろす。

テラは微笑み返す。

「ええ、一時は心配したんですけど、もう普通に立てますししゃべれます」

『そりゃあよかったー、実によかったですね。そういうことでしたらこっちも事情を考慮しますんで、ゆっくりご養生なさってくださいね』

「支払いの棒引きとか、治療費とか出ます？」

『あっ無利息期間の延長と、ジョホールに戻られた時の滞在優遇などですねー』

にこやかに、限りなく懐の痛まないサービスをプライが告げる。おそらくあくまでも善意なのが、この人らしくてトレイズ人らしいとテラは思った。

話が終わるとテラは空の操縦ピットを出て、礎柱船《ピラーボート》から降りた。桟橋は大きく損傷したところのひとつで、船内工員と船外工員が総がかりで復旧工事をしている真っ最中だ。そこを通るテラは大声で歌い歩いてでもいるかのように、人目を集めた。退場時の入出港管理所では係員に顔をじろじろ見られるだけではなく、肩の後ろを透かし見られた。

「あんた一人？」

「一人です。あの、入場のときに言いましたよね？」

「ここは港だよ。出入りで人数が違うことは珍しくない。で、用件はなんだったっけ？」

「それも入場時に……いえ、族外通信です。市内からではミニセルがつながらないんですよ」

「そりゃそうだよ。なんでつながると思うんだ？」

女性係員はいぶかしげに見上げる。テラは言い返そうとして、やめる。

この人にとっては当然の疑問なのだ。

早期に復旧した栈橋では、入港した他氏族の船から、救助隊員や補給員、行政官などが出入りしている。一〇日前の玉手箱事件以来、五〇〇人以上のスタッフが「フヨー」入りした。これまで永年閉鎖的だったこの船が、一気に族外人と交流を始めたかのようだ。

無重力通路の窓からそんな光景を眺めていたテラは、ふと考える。――ひょっとして、これをきっかけに本当にゲンドー氏が開放的になったりするんだろうか？

いやいや、そんなわけがない。物事はそんなにうまく進まない。それにそもそも、開放がここの人たちの幸せにつながるとも限らない。大体の人は、自分のいるところがどこにも開かないままでよくなることを望むものだ。

だからこれはきっと一時の光景だ……そんなふうに思いながら、テラは蕚筒港を出る。

☆　☆

ゲンドー氏自身と全周回者《サークス》を揺るがした玉手箱事件は、「フョー」に乗りこんだ大会議漁師団によって制圧された。D&D・キールン両氏の漁獲ランカーに率いられた一五漁師とその妻は、ゲンドー氏主宰のコイノボリ漁で大きな漁獲をあげてまずは歓心を買い、たくみに氏族船の中枢に入りこんで、果敢な戦いの果てに、奇矯な計画を目論んでいた族長・白膠木《ヌルデ》とその一派を取り押さえた。

この際、無理な命令で従わされつつも、氏族のためにやむを得ず族長に背いて戦った、随身《ズイジン》の青年がいた。また、衝突の結果を察知して、「フョー」救援のために速やかに動いた、外部の有力者もいた。

だが、もっとも異彩を放ったのは一人の古き名流の男だった。

彼は自身の地位を投げ打って白膠木《ヌルデ》に逆らうことを決め、人質を取って立てこもる族長を打倒するために奇抜にして有効な策を用いた。「フョー」の自転軸を操作したのである。

これが戦闘のもっとも重要な局面を衝いて、漁師団を勝利へ導いた。

いっぽうで自転軸操作は市内各所に転倒被害をもたらすことになったが、彼はその際にも同胞ゲンドーの上下の身分へ呼びかけて、漁師団への協力と被害者救助をうながし、短期間ながら「フヨー」の混乱を抑えて秩序を保った。のちに白膠木《ヌルデ》の蛍惑《ケイワク》家に代わって、穏健な有力者の雲岳《ウンガク》家が事態の収拾に乗り出してくると、何の未練もなく彼らに統率権を返上して、自分はまたいち研究者に戻ると明言した。

小角《オヅノ》石灯籠《イシドーロー》弦道《ゲンドー》がその人である。彼を次期族長に推す声こそさほどないものの、彼こそがこの事態にもっとも重要な働きをしたという点では、多くの人々の意見が一致している。

☆　☆

「——みたいなことがクオット氏の分析記事に書いてあるんですけど、どういうつもりですか？」

ミニセルで病室の真ん中に投影した文章を指差して、ベッドに上体を起こしたフォームパジャマ姿のダイオードが責め立てる。ベッド横の椅子に腰かけた小角《オヅノ》が両手を挙げる。

「悪い質問だ。他氏族が書いた文章について、僕はどんなつもりも持てない。そいつはその記事のライターだかＡＩに聞いてくれないと」

「なんであなたが普段目立たないのにここぞというときに活躍したヒーローみたいな扱い

なのかって聞いてるんですよ、屁理屈陰険父！」

「知らないよ、僕はヒーローなんかじゃないし、そんなのになりたいとも思ってない。そもそも事実と異なってるし」

「……異なるんですか？」

「そうだよ」小角《オヅノ》は弱々しく微笑んで言う。「僕は捕まって箱の中で寝てたから、自転軸移動には何の関係もないし、放り出されてからも、向こうの漁師さんと少し打合せして、当たり前のことを確認しただけだ」

「その当たり前の確認で、そのあとの果てしない泥沼が防げた気がします」横からテラが言った。「あのあとゲンドーの他の家族が乱入してきたり、漁師さんたちが礎柱船《ピラーボート》を呼び戻して戦闘したりしたら、お互いただじゃすまなかったと思うんです。市内の被害もほったらかしになったでしょうし」

「買いかぶりだよ、そうなったらきっと、他の誰かがなんとかしていたよ」

小角《オヅノ》はかぶりを振ったが、ダイオードが「ふーん……そうですか」と不満そうに口を閉ざしたので、テラは苦労して笑いをこらえた。

颱風閣《タイフーカク》内にある病院である。玉手箱事件の最中に頭を打ったダイオードが運びこまれて、ずっと入院している。意識はわりと早く戻ったので当人は退院したがったが、人医と機医がタッグで阻んだ。検査の結果に納得できないというのだが、十日のあいだに三度もフルスキャンをやって、今朝出た結論が機器不調だった。

ダイオードは大いに不満の様子だが、テラとしては入院そのものは悪くなかったと思っている。事態が混乱していたこの一〇日、どのみち隠れる必要があった。小角《オヅノ》の伝手でここに入れたのは幸いだった。

その小角《オヅノ》は娘を病院に送ってからの丸三日、混乱の収拾で手いっぱいだった。そのあいだ構えなかったことを気にしているらしく、四日目にやっと来られたときはずいぶんな心配ぶりだった。動けないダイオードにいろいろ気を回してウザがられ、そういうのは全部テラの役割だと気づいたのが五日目で、以来一歩引いて観察しているようだった。

一〇日目の今日。ちょっといいかいと迷惑そうなダイオードの前に屈みこんで、額の左半分を覆う創傷パッドに血がにじんでいないのを見て取ると、小角《オヅノ》は目を細める。

「大丈夫そうだね」

「まあ、はい」

「最初に傷を見たときはぞっとしたが」

「出血だけでしょ。額って傷のわりに血が出る場所なんですよ。記憶ないですけど」

微笑む父親とうなずく娘、ほんのいっときの穏やかな光景は、しかしすぐ消える。

「よかった、わざわざ外から呼びよせておいて大ケガなんかさせたら、いろんなところに顔向けできなくなるところだった」

「別にあなたに呼ばれてませんけど」

「でもあの素子石は見てくれたんだろう？」悠然と言ってから、自信なさそうに二人を見比べる。「え、見てなかった？」

「いや見ましたけど……」しぶしぶ認めつつ、ダイオードは尋ねる。「あれは私たちを呼び寄せるためのものだったんですか？」

「呼びよせる『ため』のものじゃなかった。目的としては君らに理解と展望を持ってもらいたかったんだ。結果として君らはここへ戻って来ることになったけど、それにしたって、ただわけもわからず巻きこまれて来るよりもよかっただろう？」

「どっちにしろ気分はよくないですよ、あんなものを見せられたら！」ダイオードがまた声を上げる。「私たちは汎銀河往来圏《ギャラクティブ・インタラクティブ》について、美味い仕事のある暮らしやすい星とか、素晴らしい景色の見られる素敵な惑星とか、おいしい名物のある楽しいステーションなんかを知りたかったんですよ。そういうウキウキ気分のときにグロテスクな理由で祖先が食らった追放計画の詳細なんか、見たくなかったですよ！」

「グロテスクな資料を読みたい気分なんか、人生のどの時点にもないのが普通だよ。少なくともそれに耐えられる状態のときに読めてよかったね寛和《カンナ》。ハハハ」

「っざけっ」

投げられたのが枕で、被弾したのは笑っている小角《オヅノ》の顔面だったので、テラは特に割って入らなかった。

　ボスンと枕が落ち、少年めいた男の首が大きく曲がる。ちょっと心配したが、いててと首を押さえるだけで済んだようだったので、ほっとしながら枕を拾った。

「でも実際、ちょっと困っちゃいましたね」

「何がだよ、テラさん」

「今回の経緯で、なんか期待薄になったってことですよ。汎銀河往来圏《ギャラクティブ・インタラクティブ》。はいダイさん」枕を返して小角《オヅノ》に向き直る。「あちらはそんなにいいところじゃないんでしょうか。デコンパは迫害されていたって言うし、粘土は暴れているって言うし」

「ふむ、今でもまだあっちへ行きたい？」

「それはまあ――」

　テラはダイオードとさり気なく目を合わせつつ、うなずく。すると小角《オヅノ》が腕組みして天井を見上げた。

「ちょっと悪あがきさせてもらうけど――寛和《カンナ》、それにテラさん。君たちこの『フョー』で出産・育児はしない？」

「あ？」

　ダイオードが噛みつきそうな形に口を開けてにらむ。うっと怖気づきながら、小角《オヅノ》が続ける。

「いや、今度の雲岳《ウンガク》氏は前よりだいぶ大らかだから、風通しが良くなると思うんだよ！現に今さっき君が見ていたニュースだって、今日からアクセスできるようになった族外のものだしね。だめか？」

「そう　いう　ことは　しません！」

一言ずつ叩きつけるようにダイオードが言った。テラも横から控えめにうなずいた。

「しません。あと、風通しのほうもちょっと……」

「そうか。じゃあこれを見てくれ」

あっさりうなずくと、小角《オヅノ》はミニセルを起動して、ベッドの上の空間に画像と文章からなる構造物を投影した。また何かの資料のようだ。

「なんですこれ」

「白膠木《ヌルデ》が独り占めしていた秘密資料だ。前回の大巡鳥《ターシンニャオ》から受け取ったものだよ。彼があなってしまったのでようやく僕ら研究者も触れるようになった。とても興味深いぞ」

「――へえ？」

身を乗り出した二人は、今日はじめて本当に興味深い話を聞くことになった。

「これによれば、ツークシュピッツェ星系が粘土の被害を受けてるのも、処理に困ってるのも事実みたいだ。で、こちらへきて漁をしてみてほしいと言っている。文面からして詐欺的、強圧的、差別的なニュアンスじゃない」

「……いい話、ですね」

「それだけじゃない。試験的な漁の成果によっては、周回者《サークス》の追放解除や、往来の自由も考えると書いてある。どうだ、かなりいい話だろう？」

「いいですね。良すぎて不安になるぐらい。これに乗ってほしいんですか？」

テラがうなずきつつ尋ねると、待ってくださいその前に、とダイオードが遮った。

「ここまでうまい話を、なんで白膠木《ヌルデ》は伏せたんですか？　この原資料付きで公開すれば、襲撃なんかされなかったんじゃ？」

「かもしれない。でも秘密にしておくほうが威張れると思ったんじゃないか」

「ああ……」

「白膠木《ヌルデ》は、弦道《ゲンドー》がもっとも古くて由緒正しいということに、哀れなほど高い価値を置いていた男だからな。何が何でも弦道《ゲンドー》の主導で行きたかったんだろう。それこそ計画の実現そのものが難しくなっても」

「潰れてほんとよかったですね」

親子はまるで興味のなさそうな顔でうなずきあった。

「で、もうひとつ面白いのがこっち」と小角《オヅノ》が別の資料を出す。「実は、向こうからの申し出は二つ来ている」

「二つ？」

「ひとつは防軍《バオジュン》だが、もうひとつ、隕沙門《ユンシャメン》という人々が漁師を呼んでいる」

「何者ですか？」

「わからない」小角《オヅノ》の表情は好奇心と不安のあいだで揺れている。「隕・沙・門、弦道《ゲンドー》の古代文字と同じだけど読みが違う、全星代読みだな。民間機関らしい。意味は……流星塵の、グループか。どういう集団だろう」

「両者の文面はどうなんですか。詐欺的、強圧的、差別的なニュアンスではない？」

「寛和《カンナ》、読めない？　ああ座学は苦手だったね」

「いいから読めつってんですよ嫌味ウザ父！」

「そういうニュアンスじゃないみたいですよ」テラが横から自分のミニセルにミラーファイルを受けて、軽く目を通す。「特に詐欺は一番ありそうですけど、詐欺特有の表現の手抜きとか、推敲やデザインの甘さなんかは、感じられない……気がします」

「わかるんですか？」言ってからダイオードは小さくうなずく。「そうか、テラさん、こういうの」

「まあ真偽を確かめるっていうより、いつの時代のか当てるようなスキルですけどね」

テラは微笑み返した。

ふんふんと二人を見ていた小角《オヅノ》が訊く。

「で、どっちに乗りたい？」

「どっちにも乗らないという選択肢もありますよね、だって私たちには——船があるので！」

ダイオードが澄まし顔で言う。テラもうなずく。

「もっと情報を集めたいです。なんならそれを知るために向こうに行きたい」

「ふん、まったくだ」小角《オヅノ》は席を立つ。「好きにするといい」

彼が出て行くと、テラはベッド周りの小物の片づけを始めながら尋ねる。

「ダイさん、今日はお父さま、何しに来たと思います？」

「いつものウザ絡みをしに来たんでしょう」

「違いますよ。たぶん、最後のひとことを言いにいらしたんです」

ダイオードは瞬きする。

天井を見上げてベッドに横たわり、「ふううん」と長くうなずく。

☆　　☆

玉手箱事件のクライマックスにおいて、テラとダイオードは多くの人々に目撃された。

病院に引っこんで隠れたつもりだったが、やはり完全に隠れ切れたわけではなくて、三日ほど経ってから例のＤ＆Ｄとキールンの漁師たちの訪問を受けた。どういうつもりだったのか聞きたいという話だった。

「私たちは白膠木《ヌルデ》さんの先走った行いを止めたかっただけです。姿を偽っていたのは、女のままだと皆さんを混乱させると思ったからです。それ以外にだましたり馬鹿にしたりする意図は決してありませんでした。あと、白膠木《ヌルデ》さんを打倒したことの功績を主張するつもりもありません」

ダイオードはまだ寝ていたので、テラ一人で話した。自分のものではない手柄を受け渋る漁師たちに、むしろ頼みこむ形でなんとか功労者になってもらった。

それはよかったが、ひとつだけ片付かない問題があった。

「あの新型のコイノボリ漁はどうするんだ。あれも名前を出さないつもりか？」

「サリンザーンさんの考案だということにしてもらってもいいんですけど……」

「ことにする？　実際はどうなんだ。本当にサリンザーンのやつが考えて、あんたにやらせたんじゃないのか？」

これは相当厄介な質問で、テラもしばらく答えに詰まってしまった。事実としてサリンザーンは何もかかわっていない。本音では自分たちの手柄だと誇りたい。自分とパートナーの二人で成し遂げたことなのだと、胸を張って言いたい。

だがこの漁師たちは、テラたちがやったと認めるよりも、知り合いの男の漁師の手柄だと言われるほうが、まだ呑みこみやすいようだった。その通りだとテラがその場しのぎで認めたとしても、サリンザーンがあの漁を再現できるわけではないから、先々彼らに恥をかかせるだけだが、それでも多分、正解はそちらだ。栄冠は譲り、波風を立てず、陰で笑ってひっそり見守る。どうせここからは出て行くつもりなのだからそれでいい。

そんなことを考えて、テラが出した答えはこうだった。

「――いいえ、あれは私とパートナーのダイオードさんで編み出した技です！　トレイズ氏の研究室でヒントはもらいましたけど、まぎれもなく私たちのアイディアです！」

ダイオードがこの場にいたら。

そう言うに違いない、そう言えとつつくに違いないことを、テラは大きな胸を張って言ってのけたのだった。

漁師たちは揃ってあきれ顔になった。間の悪いことに、エンデヴァ氏の二位の漁師も同席していた。彼らはテラが無断脱船者であること、氏族的な追跡対象であることを皆に思い出させて、その場で捕まえるべきだとまで言い出した。

ここで天の助けとなったのが、上席大会議監査官スタンリーの登場だった。

彼は玉手箱事件が「フヨー」に大きな混乱をもたらしたことを知ると、部下のプライの手に余ると考えて、二日目に自らテーブル・オブ・ジョホールを発っていた。その彼がちょうど少し前に入港しており、漁師たちの居所を聞いて、会談に乗りこんできたのだ。

事情を聴いたスタンリーがテラとダイオードへの依頼を明かして取りなしたので、その場はどうにか収まった。

かくしてクォット氏の分析記事には漁師たちの手柄が載り、テラたちはなお数日、曖昧な立場のままでいることを許されたのだった。

☆　　☆

小半時の後、テラはかばん二つに荷物をまとめる。服装は颱風閣《タイフーカク》近辺で比較的容易に手に入る地元衣装、つまりヤガスリのキモノとハカマだ。ベッドでうとうとしているダイオードを揺さぶる。

「ダイさん、起きて」

「んにゃ」

「行きますよ」

「……了解」

身を起こしたダイオードの体から、印刷物である患者用発泡パジャマをぺりぺりと剝いで、同種のキモノを着せる。選択基準は怪しくないかどうかだ。

「支度いいですか。ケガは痛くない？　お手洗いいきます？」

「オールグリーン。テラさんこそ、このまま出ていいの？」

「え、何がですか？」眉根を寄せて、思い返す。「トレイズ氏の借金のことかな。借金は踏み倒すしかないと思うんですけど」

「テラさんてそういうことする人なんですか」

「したくないけど、仕方ないですよね？」

「まあ借金はいいとしても」もぞもぞと服を着て帯を締め、見上げる。「あの子に挨拶しました？　メールくれたっていう」

「――ああ、カーリィ」

数日前に届いたメールには文章しかなく、カリアナという名前から顔を思い出すには少し時間がかかった。エンデヴァ族長夫人ポヒの娘である彼女は、どこにいるかわからないテラに向けて、安否と先行きを気にかける便りをくれたのだ。きっかけは前回テラたちが「フヨー」から脱出したときの報道だった。爆発事故のニュースで名前が出ていたので、万が一のことを想像して、心配でたまらなかったという。

「嬉しいですけど、うーん……」

「なんですか」

「年下の女の子に話せるような立派な近況がないなと思って」

「年上の男性に漁の手柄をドヤる勇気はあるのに？」

「それとこれとは違うじゃないですか、強い相手と戦うのと弱い仲間を守るのとじゃ」

「その認識もどうかと思いますけどね」言って床に降り、襟や袖を整える。「じゃあ女の子を助けた話でもしたらどうですか」

「ダイさんのこと？」

「私じゃなくて」

「はい？」

テラは顔を寄せるが、ダイオードはなぜかそっぽを向く。

「まあいいです。自己満足の近況を送りたくないっていうなら、こっちは元気、そっちも元気で、ぐらいでいいんじゃないですか」

「そか。そうですね」

テラは手早くミニセルで、一日後の遅延送信をセットする。ついでに叔父夫婦他にも同種の短文を出す。

「済みました」

「じゃ、行きましょうか」

「ええ」

最後に二人は入り口から室内を見回す。「フヨー」の定番インテリア、片側の壁が大胆な恒星向きの窓になっている部屋だ。ほんの数日過ごしただけで、どちらにとっても馴染みのない病室。

だが少なくとも周回者《サークス》の部屋ではあった。

廊下に出たところで、人間のナースに鉢合わせしてしまう。

「あら、外出？　院機の先生の許可は出たの？」

「何の許可も出ていません」ダイオードはにっこりとしてみせる。「でも行きます。お世話になりました」

「ちょっとあなた――」

「ほら！」

テラの尻を叩いて走り出す。「ひゃ！」と跳ねてからテラも走る。唖然とするナースに、走りながら頭を下げる。

「すみませーん！　もうこれっきりご迷惑はかけないので！」

二人は颱風閣《タイフーカク》メインストリートに駆け出し、中心軸へのリフトへ向かう。

☆　☆

タイミングよく現れてテラを救ってくれたスタンリーだが、もちろんそのために来たわけではない。主な目的は「フョー」の救援であり、そこが無政府状態になるのを防ぐことだった。幸いにして「フョー」側では小角《オヅノ》と雲岳《ウンガク》家が動いたので完全な大混乱は回避されたわけだが、彼らだけではどうしても片付かない、片付かせるわけにはいかないのが白膠木《ヌルデ》の処遇だった。

白膠木仕切鬼蛍惑《ヌルデシキリヨーニケイワク》の族長の身分は、全船団停電テロを起こしたときに剝奪した、と「フヨー」長老会は唱える。どうせ記録もそのように書き直しているだろうが、それが嘘か否かはスタンリーにとってはどうでもいい。要は大会議《バウ・アウア》の権威のもとで主犯を捕まえて、裁いて、今回の事件にけりをつけて、再発を防止できればいい。すでに今回、大会議漁師団などという前例のないものを「フヨー」に入れた上で自身も乗りこんでいるので、これだけでもゲンドー氏への牽制になっている。だから今日明日いきなり白膠木《ヌルデ》を連れて帰るというような、性急な行動に出る必要はなくなっていた。

いずれまた日を改めて、つまりスタンリーと雲岳家の調整が済んでから、白膠木《ヌルデ》は周回者法廷《サークス》に引き出されることとなった。それまでは雲岳家《ウンガク》の預かりという身分で、「フヨー」の歴史と窮屈さが釣り合う奥のほうへと押し隠された。

その娘・瞑華《メイカ》は例外的に自由の身である。

まず彼女より先に彼女の随身《ズイジン》、忠哉《チユーヤ》が脚光を浴びていた。族長の無理な命令で動きつつも、氏族のためにやむを得ず背き、騒乱を早期に鎮めた若き腕利きのツイスタ。これだけでも世評の高まるところだったが、のちにどこからか詳報が漏れて、彼がひそかに族長の娘を助けていたことまで知れ渡った。おまけに、大会議漁師団の奮闘のさなかに、玉手箱本体を破壊したのはその娘だという未確認情報までくっついていたので、デマだ創作だと騒がれつつも、二人の人気はいやが上にも高まった。

　そんなわけで、瞑華《メイカ》仕切鬼蛍惑《シキリョーニケイワク》は外を出歩ける身分だった。蟄居させられた父親やもっぱら家庭内のことに没頭する母親に代わって、蛍惑家と内外の仕事について、彼女はよく働いた。

　ただ、その権勢は拭うがごとく失せていた。かつてはよその氏族船内に駐在するゲンドー使節団まで意のままに動かしていたが、今ではそんなことは望むべくもなく、私的な召使いであるかのように扱っていた儀典部の随身《ズイジン》たちも、ほとんどが姿を消した。これは外から見えることでもなかったが、以前から彼女を妻にと望んでいた滞在外人たち（その多くはゲンドー他家の食客である）も、手のひらを返したように便りを寄越さなくなった。

　たとえ身分違いの随身《ズイジン》と連れ添うことになったとしても、きっと将来その子の代には、蛍惑家も盛り返すかもしれない。そんな思いが、特にゲンドー氏族内から、瞑華《メイカ》の黒髪に降りそそいでいた。

☆　☆

「フョー」南極側、萼筒港《がくとうこう》の片隅。広大な有圧倉庫の片隅に移動させられていた、半ばスクラップのような竜骨吊下げ型貨物船《フィッシュボーン》。

そのエアロック外扉を開けようと作業している大小二つの人影に、声がかけられた。

「どこへ行くの？　寛和《カンナ》さん、テラさん」

振り向いた二人は、深宙色《スカイブラック》の髪を広げてゆっくりと漂ってくる娘を見る。

「あなたの知ったことじゃありません」

「あら、そんな口を利いていいのかしら」

「わかってます、これあなたがやったんですよね？」ダイオードはインソムニア号の外扉のロック部分をべったり塞いでいる粘土塊を示す。「これを外さないと入れないし、外すときっと通報するやつでしょう。文字通りの意味で粘着最悪クソ粘土ですね」

「ご明察ですけど、開けなくても目の前に人が来たら私に通報するやつですわ」

「クソ毒マシンこね混ぜ女！」

「懐かしい罵倒、ちっとも変わってない。でも私はもう……なんにもないんです」

いつぞやと同じようなことを、いつぞやよりもずっとほろ苦い口調で、瞑華《メイカ》はつぶやく。

「手先も随身《ズイジン》も散り散りになって、漁師枠すらもあの温厚づらの雲岳《ウンガク》に掠め取られた……残るは、いま目の前にいるあなただけ」

白い片手をすがるように伸ばす。

「何をするのか、教えてくださいな」

　ダイオードが顔をしかめつつも見上げたので、テラはうなずき返す。

「ほぼバレてるようなものですし」

「……ツークシュピッツェですよ、瞑華《メイカ》」ダイオードはぼそぼそと言う。「光《クアング》貫《アンフアン》環装置があるので」

「やっぱり」瞑華《メイカ》が小さく微笑む。「この船、外側は粘土の張りぼてでも、中身はとても古くて速い船みたいだから。そうだと思ってました。――行かないでくれない？」

「一緒に望まない子作りしようなんて鳥肌提案はお断りですってば」

「一緒にそういうクソ原始時代制度に反抗しましょうと言ったら？」

　しぶしぶ答えていたダイオードも、聞いていたテラも、さすがに目を見張った。

　瞑華《メイカ》は目立たない平凡なインソムニア号を見てから、巨大な氏族船の倉庫内を見回す。

「女は網打ち、女は子作り、自分で漁法を編み出しても認められない――そして網の打てる男は恥じて隠さなきゃいけない。そんな古臭くてどうしようもない世界、船。一緒に壊さない？　寛和《カンナ》さん」

「瞑華《メイカ》……」

「テラさんも」ふわりと前に出て、テラの肩に触れる。「あなたも仲間ですよね。私たちの。手伝ってくださいませんか。頼もしそう……」

「いえ――その」

瞑華の提案はまっすぐで勇敢で、テラはまともに言い返せない。 だから、目を逸らして代わりに自分から質問する。

「逆に——逆に瞑華《メイカ》さんは外へ出ないんです?」

「テラさん⁉」

「まあ、私も誘ってくださるんですか」

驚くダイオードとは反対に、瞑華《メイカ》は首を横に振る。

「素敵なご提案ですけど……テラさん、ご存じ? 昨日の通信大会議《バウ・アウア》の内容。白膠木《ヌルデ》元族長が引き起こした問題についての話し合いで、各氏族もっとも興味を持ったのは、なんだったと思います?」

「大会議《バウ・アウア》通信? いえ、ちょっと聞いてないですけど——」

「ほかにも玉手箱はないのか、ですって。——他氏族を強制的に使役するような装置の有無は重大にして緊急の問題なれば、最優先で調査するべし。危険予防のためとはもっともな理由ですけど、皆さんの本音が透けて見えるようなお題でしたわ。よそにあるのは大変困るが、できればうちにはあってくれ、という」

瞑華《メイカ》は本当に面白そうにくすくす笑って、ひと息にまくしたてた。

「周回者《サークス》が追放者だというのは事実なのか。隣接星系が粘土生物に襲われているという話の詳細はどうなのか。恒星間宇宙船はあるのかないのか。そしてデコンプって一体なんなのか、そういうことはだぁれも、ひとことも話さない！　本当に大事なことに触れる勇気なんて、一人も持ってないチキン野郎ども、砂に頭突っこんでりゃ危機が通り過ぎてくれると信じるダチョウ爺いばかりの集まりでしたわ！　面白おかしいのなんのって！」

「二人」

「は？」

「二人、いました」ダイオードが訂正する。「そういうのを持ち出した長老が二人。トレイズとヌエルでしたか。……そういうのは次の大巡鳥《ターシンニャオ》に訊こう、であっさり流されてました」

「聞いてらしたのね」決まり悪げに語調を弱める。「でもつまりそれは、関心が薄いということですよね。――ね、テラさん、わかったでしょう？　外に出ると簡単におっしゃるけど、これだけ腰の重い有象無象を引きずって行かなけりゃいけないんですよ？　簡単なことでは」

「あのーすみません」テラは申し訳ないと思いつつ、話を遮る。「そういうことじゃないんです」

「はい？」

「別にみんなのためとか、周回者《サークス》の調査隊として行こうって話じゃないんですよ。そういうの全部ぶん投げて逃げちゃおうってことなんです、これは。私とダイさんのは」

小角《オヅノ》との話で、いくぶん調査隊っぽい意味合いを帯びたことを思い出しつつも、そっちはメインじゃないし、という思いでテラは自嘲気味に笑ってみせる。

「ほんとにただの無責任な旅なんですよ……すみませんけど」

「え……でも、死にに行くわけではないんでしょう？」瞑華《メイカ》が動揺しながら尋ねる。「戻って来たら、氏族に伝えたりするんじゃありません？」

「まだ逆に聞きますけど、なんで戻って来られると思うんです？　行先は――」止める間もなく言葉が出てしまった。「いいところか悪いところかわからない。人類が歓迎してくれるとも限らない。それどころか水と酸素があるかどうかもわからないところですよ。そこへこの、なんだかわからない片道だけの船で行くんです」

「言っちゃいましたか」ダイオードが嘆息する。

「言っちゃいました」テラは苦笑する。

「片道って、そんな、あなた方……」瞑華《メイカ》は信じられない、という顔をする。

ダイオードが小さく咳をして、隣を指差しながら瞑華《メイカ》に言った。

「まあ、こういうことです」

「……くっ」

瞑華《メイカ》が歯噛みしつつ、小さく片手を挙げたとき。

「寛和《カンナ》さま、テラさん！　避けてください――！」

テラたちの頭上を指差して、通路の向こうから忠哉《チユーヤ》がすっ飛んできた。そばには蘭寿《ランジユ》も連れている。

「いけません、瞑華《メイカ》さま！」

それを聞くとテラは頭上を見て、船舶移動用の巨大なクレーンがいつの間にかインソムニア号の真上でカギ爪を開いていることに気づいた。急いで外扉を塞ぐ粘土を変形させて払い落し、ダイオードと荷物をエアロックに放りこむ。

「待ちなさい！　待って――」

強い声で呼びかけつつ、決して飛びこんではこない瞑華《メイカ》にさよならと手を振って、外扉を閉ざす。

ダイオードが尋ねる。

「――この船って操縦ピット形式ですか？」

「いえ、大勢で操縦する古いタイプです。ピット二つはこっそり積んでおきましたけどね」

答えて、開いた内扉へ足を踏み入れた。

「エダさん！　いますか？」

呼びかけながら、放射状に座席が並ぶ無人の操縦室へ上がる。船機のディスプレイが点灯したが、そこにもミニセルにもエダの返事はない。「いませんね」とついてきたダイオードが言う。「ダイさんはそこに」と中央の船長席を示して、テラは一等航法士の席に着く。

「エダさん、この『フョー』でがんばってるみたいで」

「例の船機の身代わりって話ですか？　そういうことする人なんですか？」

「ええ」三〇〇年前のオリジナルがしたことを思い出し、テラは胸を痛める。「せっかく次のチャンスが来たのに……」

「待ちます？」

ダイオードが尋ねたときだった。チャイム音とともにディスプレイのひとつに文字が浮かんだ。

「……『フョー』航管、情報リンク？」

そこには正式な申請が必要なはずの、インソムニア号の出港許可と、中型船エアロックへの進入指示が表示されていた。

テラは笑う。

「行けって言ってるみたいですね」

「おかげで何も爆破しないで済みそうですね」

忠哉《チューヤ》たちに羽交い絞めにされた瞑華《メイカ》が、引き離されていく。外部カメラでそれを見送りながら二人は船をエアロックに入れる。ダイオードは初めて見る操作系に忙しなく目を走らせ、各部スラスターを一象限ずつちょんちょん噴いては、特性をつかもうとしている。そうやって練習しているあいだに空気の吸い戻しが済んで、外扉が開いた。船は残っていた空気とともに、後ろ向きに真空の空間へ滑り出す。

方向転換、微速噴射、武骨な港湾砲の前を過ぎて対デブリ防護殻の外へ。渦を巻くファット・ビーチ・ボールが左手にそびえた。右手は恒星マザー・ビーチ・ボールが遠く淡く輝く、漆黒の宇宙だ。

「どうですか、ダイさん。この船に納得できました？」

「まあ、三〇〇年前のものにしては、かなりいいガラクタですね。目的地への航法と光《クァング》貫環《アンファン》の起動手順は？」

「こっちに出てますけど、そこのボタンひとつでいけるみたいです。脱出船ですからね」

「なるほど」

テラは座席から浮かび上がり、うんん、と長身を優美に伸ばす。それを見てダイオードもぐるぐると肩を回す。

「ようやく、か……」

「ええ、ここまで来ました」

船長席へ飛びついて、今でもかすかにあの甘苦い香りを帯びる銀髪に、金の頭をすり寄せる。細腕でぐいとテラの首を引き寄せた少女が、航法細目と見慣れた雲海を見比べる。

「さあ決めましょう。がんばって耐えればなんとかやりくりできるかもしれないこっちと、何もかもわからなくて飛びこんだとたんに木っ端微塵になるかもしれないあっち。どっちにします？」

テラは人差し指を惑星の縁に向ける。

「ジョホールのシュリンプフライ、ちょっとおいしかったな」

「ではそっちということで」

「あん、嘘です！」

二人は馬鹿みたいに目立つ赤ボタンを押す。

星系短絡機関・光貫環《クァングァンファン》が起動。船尾に張り出した四つの角で支えられるリングの直径に等しい穴が、空間に空く。背景物体の掩蔽《えんぺい》によってしか観測できないその穴に、現在地と重力ポテンシャルの等しいツークシュピッツェ星系内の目的地が、重ね合わされる。

インソムニア号は細かな光の粒子になり、渦を巻いて穴に吸いこまれる。同じ質量が目的地で排出されるまでに確かになんらかの支払いがあるとされるが、その支払いは二週間の経過時間以外、人類が体感できる範囲にない。自分の知らない部分を費やす航法を、人はためらう理由を持てない。

光を吸いこんだ球の輪郭は淡く輝き、やがて消える。

本書は、書き下ろし作品です。

著者略歴　1975年岐阜県生，作家
著書『第六大陸』『復活の地』『老ヴォールの惑星』『時砂の王』『天涯の砦』『フリーランチの時代』『天冥の標』（以上早川書房刊）他多数

HM=Hayakawa Mystery
SF=Science Fiction
JA=Japanese Author
NV=Novel
NF=Nonfiction
FT=Fantasy

ツインスター・サイクロン・ランナウェイ 2

〈JA1506〉

二〇二二年二月二十日　印刷
二〇二二年二月二十五日　発行
（定価はカバーに表示してあります）

著者　小《お》川《がわ》一《いっ》水《すい》
発行者　早川　浩
印刷者　草刈明代
発行所　株式会社　早川書房

郵便番号　一〇一 - 〇〇四六
東京都千代田区神田多町二ノ二
電話　〇三 - 三二五二 - 三一一一
振替　〇〇一六〇 - 三 - 四七七九九
https://www.hayakawa-online.co.jp

乱丁・落丁本は小社制作部宛お送り下さい。
送料小社負担にてお取りかえいたします。

印刷・中央精版印刷株式会社　製本・株式会社フォーネット社

ISBN978-4-15-031506-1 C0193

本書は活字が大きく読みやすい〈トールサイズ〉です。